태산을 바라보다 望嶽

태산은 무릇 어떠한가
제나라와 노나라는 푸르름 끝없고
조물주는 신묘한 위풍을 모았고
산의 북쪽과 남쪽은 아침저녁을 갈랐다
층층이 일어나는 구름이 가슴 설레게 하니
눈을 부릅뜨고 돌아드는 새를 바라다본다
반드시 정상에 올라
뭇산이 작은 것을 한번 보리라

岱宗夫如何, 齊魯靑未了. 造化鍾神秀, 陰陽割昏曉.
蕩胸生層雲, 決眦入歸鳥. 會當凌絶頂, 一覽衆山小.

진조여휘

Fantastic Oriental Heroes

장담 신무협 판타지 소설

진조여휘 4
장담 新무협 판타지 소설

초판 1쇄 찍은 날 § 2005년 12월 21일
초판 1쇄 펴낸 날 § 2005년 12월 31일

지은이 § 장담
펴낸이 § 서경석

편집장 § 문혜영
편집책임 § 서지현
편집 § 장상수 · 최하나

펴낸곳 § 도서출판 청어람
등록번호 § 제1081-1-89호
등록일자 § 1999. 5. 31
어람번호 § 제2-0789호

주소 § 경기도 부천시 원미구 심곡1동 350-1 남성B/D 3F (우) 420-011
전화 § 032-656-4452 팩스 § 032-656-4453
http://www.chungeoram.com
E-mail § eoram99@chollian.net

ⓒ 장담, 2005

ISBN 89-5831-901-1 04810
ISBN 89-5831-770-1 (세트)

東方不敗

진조여휘

Fantastic Oriental Heroes

장담 신무협 판타지 소설

4

검정마리(劍情萬里)

도서출판 청어람

목차

1장
서신 속에 감춰진 절반의 진실

1

연분홍 휘장이 길게 드리워진 방 안, 사십대로 보이는 귀부인이 말없이 한 장의 서신을 바라보고 있었다.

그녀는 자신의 친정이 있는 낙양에서 오랜만에 조카가 보내온 서신을 펼치며 처음에는 무슨 일로 서신을 보냈을까 궁금해서 즐거운 마음이 가득했었다. 그러나 서신의 내용은 그녀의 생각처럼 즐거운 내용이 아니었다. 오히려 정반대로 구구절절 한이 맺힌 내용이었다.

그래선지 서신을 읽는 시간이 길어질수록 그녀의 표정은 굳어져만 갔다.

'얼마나 한이 맺혔으면 그 순한 아이가 사람을 죽여달라 할까?'

떨리는 손을 감추지 못한 채 그녀의 가슴도 싸늘히 식어만 간다.

일각가량이 흐른 후, 말 한마디 하지 않고 서신을 끝까지 읽어 내려간 귀부인이 고개를 들었다.

그녀는 무릎을 꿇고 고개를 숙인 채 가늘게 떨고 있는 구상을 바라보며 조용히 입을 열었다.

"그래, 이 사람들이 여기로 오고 있단 말이냐?"

구상은 귀부인의 음성이 참으로 아름답다고 생각했다. 듣는 것만으로도 기분이 좋아진다. 운비화의 고모만 아니었다면, 천검보의 지체 높은 부인만 아니었다면 한 번쯤 수작을 걸어보고 싶을 정도다.

"예, 마님. 그들은 이곳으로 오고 있습니다. 제 귀로 들은 것이니만큼 틀림이 없을 것입니다."

"호! 그래? 한데 무엇 때문인지는 아느냐?"

"그것은……."

구상의 얼굴에 곤혹스런 빛이 떠오르자 운여경은 더 이상 묻지 않았다.

"좌우간 알았다. 가서 전하거라. 조카를 욕보인 놈들을 가만 놔둘 고모가 아니라고 말이다."

구상이 떠나가자 운여경은 식은 찻물을 들이키고 생각을 가다듬었다.

이 일은 개인적인 일인지라 드러내 놓고 처리하기에는 문제가 많은 일이다. 될 수 있는 대로 조용히, 은밀하게 처리해야 한다.

'그라면…….'

마침 그녀는 그 일에 어울릴 사람이 한 명 떠올랐다. 그녀는 시비를 불러 자신이 생각한 사람을 데려오라 명하고 다시 서신에 눈길을 주었다.

그자는 저의 목을 조이고 욕을 보였어요. 고모, 그자를 죽여… 사부님이 저를 구하려다 그자의 손에 패했어요. 상당한 고수이니 조심…….

"감히 운가장의 여식을 욕보이다니, 죽일 놈!"

복강량은 전주 부인이 자신을 부르자 가슴이 뛰었다.

천검보의 요직에 오르기 위해서는 수많은 난관을 거쳐야 한다. 그러기 위해서는 그 무엇보다 높은 사람들에게 확실하게 인정받아야 했다. 하지만 별달리 연줄이 없는 그로서는 그럴 만한 기회를 얻는다는 것이 쉬운 일이 아니었다. 일이 있어야 인정을 받든 말든 할 것이 아닌가.

한데 마침내 기회가 온 것 같다. 전주 부인이 은밀히 부를 때는 그냥 얼굴이나 보겠다고 부른 것이 아닐 테니까.

"부르셨습니까, 부인!"

"그래요. 복 대주께 부탁할 것이 있어서 불렀어요."

역시 뭔가가 있다.

복강량은 뛰는 가슴을 진정시키고 운여경의 얼굴을 살폈다. 아름다운 운여경의 얼굴은 사십대 중후반의 얼굴이라고는 믿어지지 않을 정도로 팽팽했다. 젊은 여인과는 또 다른 안숙함에 가슴이 뛸 정도다. 실짝 얼굴이 붉어진 복강룡은 재빨리 고개를 숙이고 말했다.

"말씀하시지요."

차갑게 가라앉았던 운여경의 안색이 환하게 풀렸다.

복강룡이 자신의 얼굴을 보고 낯색이 변한 것은 그만큼 자신의 미색이 시들지 않았다는 증거가 아닌가.

미소를 지은 운여경이 입을 열었다.

"복 대주를 부른 것은 전주께 알려질 만한 사안은 아니지만, 매우 중요한 일이 있어서 그 일을 맡기기 위함이에요."

복강룡은 남편이 전주로 있는 벽혈검전(碧血劍殿)의 고수 중 한 사람으로, 그 실력으로만 따지면 족히 별혈검전에서 다섯 손가락 안에 들 수 있었다. 게다가 그녀가 알기로 복강룡은 명예욕이 대단히 많은 사람이었다.

그녀의 젖은 입술이 슬며시 열렸다.

"이번 일만 성공하면, 내 할 수 있는 데까지 복 대주를 도와주겠어요."

복강룡의 어깨가 가늘게 떨렸다. 고개를 드는 그의 눈이 강렬하게 불타오른다.

"말씀하십시오, 부인! 속하가 할 수 있는 일이라면 뭐든지 하겠습니다!"

각오가 다져진 복강룡의 대답에 운여경은 빙그레 웃었다. 그런 그녀의 눈에도 옅은 열기가 떠오른다. 가슴의 두근거림도 거세진다.

어찌 보면 당연한 일이었다. 탄탄한 몸을 가진 무인, 열기를 뿜어내는 남자의 두 눈은 여인의 가슴을 뜨겁게 달구기에 충분했던 것이다. 그래선지 말을 하는 그녀의 입에서도 단내가 흘러나왔다.

"음… 좋아요. 지금 본 보를 향해 오고 있는 자들이 있어요. 그들을… 처리해 줘요."

일각 후, 운여경의 설명을 들은 복강룡이 강한 의지를 가지고 방을 나가자 운여경은 시비를 향해 말했다.

"선양아, 가서 뜨거운 물을 받아놓거라. 향유도 좀 타고."

"예, 마님."

그리고 그날 저녁, 벽혈검전의 전주 곽당은 평소보다 훨씬 뜨거운 운여경의 몸을 식혀주느라 밤새 힘을 써야 했다.

자기 방에서 몰래 귀를 기울인 시비 선양의 말에 의하면, 그날 밤 날이 샐 때까지 전주의 방에서는 신음 소리가 멈추지 않고 흘러나왔다고 한다.

그녀의 말을 들은 다른 시비가 눈을 흘기며 물었다.

"너는 뭐 했니? 날이 새도록?"

*   *   *

복강룡이 친구이자 순찰단의 제삼지대 대주인 염인청에게 찾을 사람에 대한 정보를 넘긴 지 이틀, 마침내 그는 자신이 원하던 소식을 손에 넣을 수 있었다.

"자네가 찾는 사람인지는 모르겠네만, 세 명의 청년과 스님 한 명을 숙평호 부근에서 봤다고 하네. 호수를 따라 내려오고 있으니 찾는 것은 그리 어렵지 않을 거야."

점심 무렵 찾아온 염인청의 말에 복강룡은 벌떡 몸을 일으켰다.

"고맙네! 내 오늘 일은 나중에 보답함세!"

"별말을 다 하는군. 한데 누군가? 자네가 그리 신경을 쓰다니."

"아, 뭘 좀 알아보려고 그러는 거네. 그럼 다음에 보자구."

밖으로 나선 복강룡은 자신의 수족과 같은 응풍대 무사들을 소집했다. 언제 느닷없이 비상이 걸릴지 모르니 멀리 가지 말라 일러둔 덕에 응풍대 무사들은 일각 만에 모두 모여들었다.

"무슨 일입니까, 대주?"

부대주 고상명의 물음에 복강룡은 굳은 얼굴로 말했다.

"비밀 임무라면 비밀 임무라 할 수 있을 것이다. 보를 나서기 전까지는 궁금해도 기다리도록!"

2

화창한 햇살이 호수의 출렁이는 물결에 반사되어 눈을 부시게 한다.

산들거리는 바람은 가슴속으로 파고들며 지나는 나그네들을 유혹하고, 커다란 나무의 늘어진 그림자는 나그네들에게 쉴 자리를 내어준다.

거대한 느티나무 그늘 아래, 바람의 유혹을 버티지 못한 몇 사람이 풀밭에 앉아 쉬고 있었다. 그중 하나, 건량을 씹으며 파란 하늘을 올려다보던 청년이 중얼거렸다.

"하늘 드럽게 맑다. 칼로 콕 찌르면 파란 물이 쫘악 쏟아질 것 같구만."

그러자 그 옆에 있던 싸늘한 인상의 청년이 별 웃기는 소리 다 들었다는 듯 한마디 했다.

"남들이 들으면 늑대가 별 헛소리를 다 한다고 할 거요."

힐끔 고개를 돌린 늑대 인상의 청년이 옆에 있는 도를 슬며시 잡아가고,

"한판 하고 싶냐?"

얼음덩이 같은 청년의 눈에서 싸늘한 한광이 번뜩였다.

"못할 것도 없지요!"

"후회하기 없기다!"

"내가 할 소리요!"

책자를 뚫어지게 보고 있던 통통한 몸집의 스님이 고개를 들어 그런 두 사람을 바라본다.

새삼스러울 것도 없는 일이었다. 천중산 서쪽 능선의 끝자락 숙평호가에 도착하기까지 하루에도 서너 번씩 벌어지는 일이었다. 그러다 보니 이제는 두 사람의 다툼이 그저 재미로만 보일 뿐이다.

'오늘은 뭐 먹을까?'

오직 그것만이 영등의 관심사였다.

찰랑거리는 물결을 응시하며 깊은 생각에 잠겨 있던 휘가 그런 세 사

람을 바라보며 웃음 지었다.

호백문과 이동천을 상대로 신나게 싸우는 두 사람을 뜯어말리며 이들을 달려왔다. 이제 천검보까지는 반나절의 거리, 아마도 긴장이 될 것이다. 삼양신문의 고수들과도 싸움을 했지만, 그들은 그 문파의 일부분일 뿐이었다. 그러나 이번에는 천검보의 본 문을 찾아가는 길이다. 상대적 긴장감이 당연히 다를 수밖에.

오십여 리 길을 반 시진 만에 달려온 복강룡이 맨 처음 본 광경은 그 자신도 이해하기 어려운 광경이었다.

두 사람은 앉아 있고, 두 사람은 살벌한 기운을 뿜어내며 대치하고 있었다. 거기까지는 그러려니 하고 봐줄 수 있었다. 싸우는 거야 강호에서 흔히 볼 수 있는 일이 아니던가.

한데 앉아 있는 사람들이 너무도 태평하다. 분명 같은 일행인 듯한데 마치 담 넘어 남의 집 닭싸움 구경이라도 하는 듯하다. 대치하고 있는 두 사람은 여기저기 옷까지 찢어진 채 원한이라도 진 사람처럼 노려보다 다시 시퍼런 검기를 날리며 싸우고 있건만…

옆에 있던 고상명이 의아한 듯 물어온다.

"대주, 저 사람들이 우리가 찾는 사람들 맞습니까?"

"음, 행색을 봐서는 맞는 것 같은데……."

하는 짓을 봐서는 도무지 자신할 수가 없다. 복강룡이 미간을 찌푸리며 말을 끝자 고상명이 앞으로 나섰다.

"뭐, 제가 확인해 보죠."

휘는 백여 장 떨어진 곳의 꺾어진 길에서 십여 명의 무사들이 나타나자 눈을 빛냈다. 그들의 복장은 전에 한 번 본 적이 있는 복장이었다. 비록 옷 색깔은 달랐지만 가슴에 새겨진 문양은 분명 천위단의 무사들 가슴에 새겨진 문양과 똑같았다.

네 자루의 검이 교차한 하늘 천 자.

그렇다면 저들은 천검보의 무사들일 터. 저들이 자신들의 행적을 알 수 있는 이유는 단 한 가지뿐이다. 운비화의 연락을 받았다는 것.

"초 형! 풍 형!"

휘가 부르자 정신없이 도검을 휘두르며 악에 받쳐 있던 두 사람의 동작이 거짓말처럼 멈췄다.

풀썩, 웃음을 지은 휘가 저만치서 다가오는 복강룡을 바라보았다. 동시에 두 사람의 고개도 돌아간다. 그리고 두 사람의 입가에 환한 미소가 떠올랐다.

"너무 심하게 하지는 마십시오. 기세를 꺾는 건 좋지만 일이 커지면 번거로워지니까요."

휘가 나직이 말하자 두 사람의 고개가 천천히 끄덕여졌다.

"좋았어! 차마 풍가를 벨 수 없어서 고민했는데."

"제때 왔군! 형님을 찌른 동생이라는 소린 듣기 싫어서 참았는데."

영등은 멀뚱히 두 사람을 바라보다 설레설레 고개를 저었다.

'아미타불… 아마 전생에 철천지원수였을 거야.'

고상명은 초평우와 풍인강이 느닷없이 고개를 돌리더니 자신들을 향해서 걸어오자 의아한 생각이 들었다. 조금 전 모습으로 봐서는 원수지간 같았는데, 같이 걸어오는 것을 보니 그것도 아닌 것 같다.

어쨌든 그거야 상관없는 일이고, 문제는 다가오는 자들의 기운이 보통이 아니라는 것.

복강룡을 쳐다보며 물었다.

"대주, 저들의 무위가 보통이 아닌 것 같은데요?"

"음… 나도 듣기는 했다만, 염화선자 유능하를 이겼다고 하더군. 그래서 웅풍대를 모두 데려온 것이야."

"하기는, 웅풍대 전원이면 절정의 고수라도 해볼 만하지요."

하지만 복강룡이 미처 모르는 것이 있었다. 심지어 운여경조차도, 운비화가 보낸 서신에 적힌 것이 결코 진실의 모든 것이 아니라는 것을, 왜 그랬는지는 더욱더…….

삼십여 장으로 가까워지자 무사들이 말에서 내린다. 하나같이 엄정한 기세, 보는 것만으로도 감탄이 절로 나올 정도였다.

초평우는 그것이 더욱 마음에 들었다. 상대가 강하면 강할수록 힘이 솟는 초평우였으니까.

도를 쥔 손에 불끈 힘을 주고 복강룡을 가리켰다.

"저놈은 내 거다."

선수를 놓친 것이 아깝다는 표정을 지은 풍인강이 이마를 찌푸렸다.

"형님, 너무 무리하지 마슈. 셀 것 같은데."

"흐흐흐, 센 놈하고 붙어야 맛이 나지."

자기를 가리키더니 뭐라 중얼거린다. 처음에는 무슨 말인가 했다. 호기심에 귀를 기울였더니 두 놈 하는 말이 가관이다. 귀에서 연기가 솟는 기분에 복강룡도 손을 들어 초평우를 가리켰다.

"저놈… 내가 맡지. 으드득!"

그리고 내친 김에 한마디 더 했다.

"싸움이 시작되면… 죽여도 좋다!"

복강룡이 자신을 향해 손을 뻗자 초평우가 함박웃음을 지었다.

"흐흐흐, 풍가야! 저놈도 내가 마음에 드나 보다."

"요즘은 유별난 취향을 가진 사람이 많으니까."

십 장의 거리를 두고 멈춰 선 복강룡이 분을 참지 못하고 입을 열었다.

"나는 천검문의 웅풍대주 복강룡이라 한다!"

웬만한 무인이라면 이 한마디에 몸이 굳는다. 한데 이놈들은 몸이 굳기는커녕 두리번거리며 어디서 개가 짖느냐는 표정이다.

'찢어 죽일 놈들!'

할 수 없이 바로 본론으로 들어갔다.

"어떤 놈이 조화냐?"

순간 늑대 같은 놈의 눈에서 불길이 솟는다. 얼음덩이처럼 싸늘한 표정을 짓고 있던 놈의 얼굴에 하얀 서리가 내려앉는다.

'뭐야? 이놈들 왜 이래?'

초평우가 으르렁거렸다.

"방금 어떤 놈이라고 했나?"

"죽고 싶으면 뭔 말을 못해!"

도를 비켜 들고 금방이라도 달려들 것만 같다. 치켜든 검첨에서 새파란 검기가 뭉실거리며 솟아오른다. 그때였다.

"내가 조화요."

다행히 놈들의 뒤에서 들린 말 한마디에 불길이 꺼지고 서리도 녹아내렸다.

복강룡은 머리가 지끈거렸다. 강호에서 칼밥을 먹고 산 지 십삼 년이되었다. 그동안 오늘처럼 황당한 경우를 당한 적은 손으로 꼽으려 해도 생각이 나지 않을 정도다.

눈에 힘을 주고 대답한 자를 쳐다보았다.

'대체 조휘란 놈이 어떤 놈인데?'

휘청!

'뭐, 뭐야?'

한데 눈이 마주치자 온몸에 힘이 빠진다. 정신이 아득해진다. 끝없는 나락으로 추락하고 있는 것 같은 기분.

복강룡은 등 뒤로 흐르는 식은땀을 느낄 사이도 없이 입술을 깨물었다. 아리한 통증에 정신이 번쩍 든다. 눈을 부릅뜨고 휘를 바라보았다. 무저의 늪처럼 고요한 눈이 자신을 응시하고 있었다.

'제기랄! 이, 이자는… 내가 상대할 자가 아니다! 대체 어떻게 된 정보야?'

천양의 기운을 끌어올리고 직시하자 견디지 못하고 중심을 잃는다. 휘는 자신의 이름을 알고 온 자가 생각보다 약하다는 데 의문이 들었다. 눈빛조차 감당하지 못하는 자가 오다니…….

뭔가가 잘못됐다.

일단 생각할 수 있는 것은 두 가지다. 하나는 자신에 대해서 제대로 알려지지 않았다는 것, 또 다른 하나는 뒤에 누군가가 있다는 것. 하지만 아무리 생각해도 후자는 아니다. 이자들의 행동은 결코 기다리는 자의 행동이 아니다.

"내가 당신이 찾는 조휘라 하오. 천검보에서 나를 찾아온 이유는?"

두렵다. 등줄기를 타고 내리는 식은땀이 이제야 느껴진다.

깨문 입술에서 흐르는 피 맛이 비릿하다.

솔직한 마음으로는 싸우고 싶지가 않다. 하지만 그럴 수도 없다. 여기서 그냥 물러선다면, 그가 꿈꾸던 인생은 끝장인 것이다.

"먼저 그대에게 한 가지 묻겠… 다. 운가장의 일을 모르지는 않겠지?"

이판사판이다. 젠장! 내 뒤에는 웅풍대원들이 있지를 않은가?

손을 들어 휘를 가리킨 복강룡이 힘을 주어 말했다.

"내가 모시는 분께서 그대를 원하신다!"

웃음이 휘의 입술 끝에서부터 서서히 번져 간다. 굳이 검의 대화를 마다할 생각은 없다. 상대가 원한다면!

"운비화가 제대로 전하지 않은 모양이군. 좋아! 무인이 검을 놔두고 말로 싸울 필요는 없겠지!"

쏴아아……

휘의 전신에서 기운이 뿜어지자 지나가던 바람조차 가라앉아 버렸다.

"초 형! 풍 형! 하고 싶은 대로 해봐요!"

이때를 기다렸다는 듯 초평우와 풍인강이 앞으로 나섰다. 그리고 그때부터 미친 늑대가 춤을 추고,

"자! 와봐! 안 와? 그럼 내가 가지!!"

얼음덩이의 손에서 차디찬 번개가 대낮에 번쩍였다.

"물러서기 없기야!!"

3

곽당은 이틀 전의 밤을 잊을 수가 없었다.

오랜만이었다. 나이 오십이 넘어가는 이때, 밤을 새우며 부인과 사랑을 나누다니…….

왠지 웃음이 나왔다.

"허허허! 거참!"

곽당이 웃음을 지으며 밖을 내다볼 때다. 추풍검대의 대주 이한성이 주춤거리며 안으로 들어온다.

"무슨 일인가?"

"저… 전주님께 드릴 말씀이 있습니다."

곽당이 찌푸린 얼굴로 고개를 끄덕였다. 이한성은 무공은 뛰어나나 말재주는 별로 없는 사람이다. 그런 사람이 뭔가 할 말이 있다면 일반적인 말은 아닐 것이다.

곽당이 고개를 끄덕이자 이한성이 입을 열었다.

"조금 전에 웅풍대주 복강룡이 웅풍대를 이끌고 외부로 나갔습니다."

"복 대주가? 무슨 일이지? 특별한 작전도 없을 텐데?"

"그, 그게… 누군가를 잡기 위해서라고 합니다."

곽당의 얼굴이 굳어졌다. 일 개 대를 모두 이끌고 갈 정도면 적어도 일류 중의 일류고수, 아니면 절정에 다다른 고수를 상대하러 간다는 말이다. 그런데 그런 일을 전주인 자신에게 알리지도 않고 가다니?

"상대가 누군지는 아느냐?"

곽당의 말투가 싸늘해지자 이한성은 공연히 벌집을 건드린 것이 아닌가 걱정이 되었다.

"정확히는 모르오나 순찰단 삼지대 대주 염인청의 말에 의하면, 세 명의 청년과 한 명의 스님이라 합니다."

"그들의 신원은?"

"그중 한 사람의 이름이 조휘라는 것밖에……."

"조휘? 그를 왜 복강룡이 잡으러 간단 말이냐?"

"저……."

쾅!

곽당이 탁자를 내려치자 이한성의 얼굴이 와락 일그러졌다.

'제기랄, 복가 놈 골탕먹이려다 나만 혼나는 거 아냐? 젠장!'

귀청을 울리며 곽당의 노호성이 터져 나왔다.

"묻지 않느냐?!"

"전주님 부인께서 부탁하신 것 같다고… 했습니다."

곽당의 눈이 휘둥그레졌다.

"부인? 본 전주의 부인 말이냐?"

"예, 전주!"

제기랄, 이제는 이판사판이다. 복가가 깨지든 내가 깨지든.

"며칠 전, 부인께서 복 대주를 불러 부탁했다고 합니다."

그날 복강룡이 전주 부인의 시비를 따라 안채로 들어가는 것을 우연히 보았다. 해서 시비를 꼬셔 그 이유를 알아냈다, 무려 은자 열 냥을 투자해서. 그리고 조금 전, 마침내 웅풍대가 움직이는 것을 보고 염인청을 닦달해 복강룡이 보를 빠져나갔다는 사실까지 확인했다.

그래서 쾌재를 부르며 전주를 찾아왔는데… 재수없으면 본전도 못 찾게 생겼다. 본전은커녕 벼락이나 안 맞으면 다행일 것 같다.

"안사람이 어찌 조휘란 자를 알고 잡으려 한단 말이냐?"

"그것까지는 잘 모르겠습니다, 전주."

"모른다? 허! 안 되겠다. 내 부인에게 다녀와야겠다. 이 대주는 여기서 대기하도록!"

곽당이 벌떡 일어서 대전의 입구 쪽으로 걸어갈 때였다. 대전으로 한 사람이 들어서며 소리쳤다.

"어느 분이 조휘란 이름을 말하셨소?"

걸어가던 곽당이 느닷없는 소리에 멈칫하더니 반가운 음성으로 소리쳤다.

"이게 누구신가?! 혁 아우, 오랜만일세!"

그는 천위단주 혁무성이었다. 천위단의 전각을 가기 위해선 벽혈검전을 오른쪽으로 끼고 돌아 오십여 장을 더 가야만 했다. 해서 혁무성은 벽혈검전을 자주 지나쳤고, 그러다 보니 벽혈검전의 사람들과는 안면이 많을 수밖에 없었다. 특히 벽혈검전의 전주 곽당과는 성격이 맞아 호형호제하며 지낼 정도로 가까웠다.

"오랜만입니다, 곽 형님!"

"그래, 언제 오셨는가?"

"온 지는 며칠 됐습니다만, 이런 저런 일로 보를 나가 있었습니다."

"그랬군, 어쩐지 안 보인다 했지. 아! 그건 그렇고, 자네가 조휘라는 이름을 어찌 아나?"

"형님이야말로 그 이름을 어찌 압니까? 그리 알려진 이름이 아닌데 말입니다."

"음… 그게……."

곽당이 간략하게 이한성이 말한 내용을 말하자 혁무성이 눈을 크게 뜨고 소리쳤다.

"그래서 복강룡이 응풍대를 이끌고 조휘라는 자를 상대하러 갔단 말입니까?"

"그렇다고 하더군. 그러다 쓸데없이 사람이나 죽이면 무슨 욕을 얻어먹으려고 그러는지, 원. 요즘 수하들 기강이 너무 해이해졌어! 자네처럼 밖에서 욕보는 사람들에게 미안할 뿐이네."

곽당의 혀 차는 소리를 듣던 혁무성이 어이가 없다는 투로 말했다.

"지금 그게 문젭니까? 빨리 가십시다!"

"음, 알았네. 잠시 집사람에게 물어볼 말이 있으니 들렀다……."

"곽 형님! 애들 다 죽이고 싶으십니까?!"

혁무성이 빽 소리치자 곽당이 멀뚱한 얼굴로 혁무성을 바라보았다.

"설마… 우리 애들이 죽는다는 말은 아니겠지?"

"글쎄! 이럴 시간이 없다니까요! 조휘란 자는 묵양도 장국령을 단 몇

초식 만에 거꾸러뜨린 자란 말입니다!"

"장국령? 용혈궁의 묵룡단주 장국령 말인가?"

"그뿐이 아닙니다! 귀마련의 흑살지주하고, 귀혼유사조차 그자에게 당해서 도망갔다고 합디다!"

"헉! 서, 설마……? 허, 허… 오랜만에 만났다고 농담이 심하……."

"안. 갈. 겁니까?!"

"가, 가야지. 가세, 이 대주! 뭐 해?! 빨리 와!!"

"저… 애들은 어, 얼마나?"

"먼저 갈 테니까, 알아서 데려와! 혁 아우, 가세!"

4

복강룡은 눈앞에서 벌어지는 일을 믿을 수가 없었다. 막상 잡으러 온 조휘란 자는 끼어들지도 않았다. 그런데도 웅풍대원 중 반수 이상이 쓰러져 있다. 한 마리 미친 늑대와 그 못지않게 미친 듯이 검을 휘둘러 대는 냉면 무심의 검사에게.

처음에는 일 대 일로 붙었다가 십 초를 견디지 못하고 쓰러졌다. 할 수 없이 두 명씩 붙였다. 그런데도 삼십여 초 만에 온몸이 걸레가 되다시피 상처를 입고 쓰러지기 직전이다. 다시 두 명이 더 가세했다. 그래도 상황은 크게 변하지 않고 있다.

모두 달려들라 하고 싶지만, 아직 조휘란 자가 남아 있으니 그럴 수도 없다.

물론 놈들도 상처를 입었다. 하지만 어떻게 된 놈들이 상처를 입기 전보다 더 미쳐 날뛴다. 그 바람에 웅풍대원들은 질린 기색으로 피하기에 급급하다. 완연한 기세의 차이.

챙!

안 되겠다는 생각에 복강룡은 검을 뽑아 들고 휘를 향해 소리쳤다.

"이놈! 뒤에만 숨어 있지 말고 나와라! 나와 일 대 일로 겨뤄보자!!"

물러선 채 초평우와 풍인강의 모습을 보고 있던 휘의 입가에 가느다란 웃음이 걸렸다. 싸우자는 것을 마다할 휘가 아니다.

"좋지!"

많은 말도 필요없다. 싸우자 하니 싸우면 그뿐, 상대를 떠보는 동작조차 무의미하다.

슉, 한 걸음에 두 사람의 거리가 일 장으로 줄어들었다.

움직임을 느낄 새도 없이 휘가 코앞에 닥치자 복강룡이 눈을 부릅뜨며 검을 들어올렸다. 파르스름한 검기로 감싸 쥔 석 자 장검의 검날이 햇살에 번쩍였다.

기호지세, 복강룡은 번개처럼 일검을 내뻗었다. 자신이 십수 년간 연마한 구뢰검결 중 쾌결에 따라.

팟!

파란 빛줄기가 휘의 가슴을 관통하는 것처럼 보인다. 순간 복강룡의 입가에 비릿한 웃음이 서렸다.

'별것 아니잖아?!'

하지만 그 마음도 한순간뿐, 검에 느껴지는 감촉이 없다.

스르르 사라지는 모습이 신기루처럼 느껴진다.

휘는 우로 일 보를 밟으며 복강룡의 검을 흘려보내고 앞으로 일 보를 내딛었다. 오보천환을 펼치며 남겨진 자신의 환영이 쾌검에 꿰뚫리고, 찰나간에 복강룡의 가슴이 훤히 드러났다.

대경한 복강룡은 재빨리 검을 회수하며 뒤로 몸을 튕겼다. 아니, 튕기려 했다. 하지만 움직여지지가 않는다. 검날이 마치 만 근 바위 사이에 끼어버린 듯하다.

"이익!!"

휘는 좌수의 검지와 중지로 검기 서린 검날을 잡고 우수를 내밀었다. 가슴과 한 자 간격, 두 눈이 휘둥그레진 복강룡의 가슴을 향해 붉은 섬광이 번쩍였다.

쾅!

복강룡은 미처 경악성을 내지를 시간도 없었다. 부릅뜬 눈으로 빤히 바라보고 있건만, 처음부터 그러했던 것처럼 세상이 정지되어 버렸다.

검날은 잡혀 있고, 가슴은 둔중한 망치로 가격당한 것마냥 답답하다.

"꺼억!"

심장이 터질 것 같은 충격이 전신을 치달린다. 검을 놓치지 않으려 하는 의지조차 항거할 수 없는 고통에 무너져 내린다.

휘는 좌수에 잡힌 검날을 놓고 비틀거리며 물러서는 복강룡을 무심한 눈으로 바라보았다.

후들거리는 다리, 벌겋게 달아오른 얼굴, 이를 악문 채 자신을 바라보는 복강룡의 두 눈이 난파선처럼 흔들리고 있다.

"더 하겠소?"

"대, 대체… 크윽."

한 입 가득 시뻘건 핏덩이가 쏟아진다. 쏟아진 핏물 위로 무너지려는 신형을 억지로 잡아 세운 복강룡의 표정이 처절하게 일그러져 있다.

휘가 그런 복강룡을 바라보다 뒤돌아서려 할 때다. 저만치서 누군가 빠른 속도로 달려오는 게 보였다.

두 사람이었다. 그중 하나가 소리친다.

"멈춰라!"

내공이 실린 커다란 외침에 초평우와 풍인강 쪽의 싸움마저 멈추어 버렸다.

빠르게 다가오는 사람들을 바라보던 휘의 눈에 이채가 서렸다.

'저자는?'

초평우도 혁무성을 알아봤는지 눈을 크게 떴다.

"어? 천위단주 혁무성?"

순식간에 십여 장 앞까지 다가온 혁무성과 곽당이 굳은 표정으로 주위를 훑어봤다. 널브러진 부상자들의 억누른 신음 소리가 신경을 긁어댄다.

혁무성이 휘를 보며 입을 열었다.

"오랜만이군!"

혁무성이 아는 체를 하자 휘가 가벼운 웃음을 지었다.

"그렇군요. 근 두 달 만인가요?"

"요즘 여기저기서 조 공자의 이름이 들리더군."

"그건 별로 반갑지 않은데요. 소문내지 않고 움직이려 했는데……."

"하하하! 낭중지추가 아니겠나?"

둘 다 입은 웃고 있지만 눈은 무심하니 차갑기만 하다.

두 사람이 마치 오랜만에 만난 지기처럼 다정스럽게(?) 이야기를 나누고 있을 때, 곽당은 복강룡에게 다가갔다. 피를 토하고 창백해진 복강룡의 모습은 구겨진 벽혈검전의 위상을 보여주는 것만 같았다.

"바보 같은 놈……."

곽당의 표정이 서리 내린 바위처럼 차갑게 굳어졌다. 자신이 이끄는 벽혈검전의 주력 중 하나인 웅풍대가 이름도 알려지지 않은 세 사람에게 처참하게 무너지다니.

고개를 돌려 혁무성과 이야기를 나누고 있는 휘를 보았다. 육 척이 못 되는 키, 곱상한 얼굴에 맑은 눈. 눈? 언뜻 마주친 휘의 눈을 다시 바라

봤다. 순간,

부르르… 곽당은 전신이 떨려왔다.

한없이 깊은 눈은 무저의 늪인 양 그 끝을 알 수가 없다. 잘 봐줘야 이십대 중반의 나이이거늘, 무엇이 저자로 하여금 저런 눈빛을 가지게 만들었단 말인가.

어쩌면 그것이 또한 곽당의 마음에 들지 않았는지도 모른다. 휘에게 물어가는 목소리가 벼린 칼날처럼 날이 서 있다.

"그대들이 웅풍대원들을 이리 만들었나?"

싸우던 상대들이 뒤로 물러서는 바람에 어정쩡하니 서 있던 초평우가 이때라는 듯 나서며 대답했다.

"아닌데? 저들은 나와 풍 아우에게 깨졌는데?"

곽당의 표정이 와락 일그러졌다. 그도 모를 리 없다. 다만 심사가 뒤틀려 모든 것을 휘에게 전가시키고 싶은 마음이었던 것이다. 한데 덜떨어진 늑대 같은 작자가 중간에서 초를 친다.

"그래? 그럼 그 대가도 그대가 책임져야겠군."

말이 끝남과 동시에 곽당의 신형이 죽 늘어졌다.

"조심!"

풍인강이 소리치며 검을 잡은 손에 힘을 주었다.

"그렇다면 나 역시 같이 책임을 지지!"

팍!

일갈을 내지른 풍인강이 초평우를 덮쳐 가는 곽당의 옆을 질러갔다. 휘는 그런 두 사람을 바라보다 다시 혁무성에게로 눈을 돌렸다.

"어찌 생각하십니까?"

혁무성의 이마에 골이 파였다. 곽당의 급한 성질이 일을 키우기는 했지만, 자신이라 하더라도 그냥 물러설 수 없는 상황임은 분명하다. 결국

답은 하나.

"본시 무인인 것을 어쩌겠나?"

휘의 입가로 웃음이 짙어졌다.

"그렇죠. 하지만 쉽지 않을 것입니다. 이전의 두 사람이 아니니까요."

혁무성은 그래도 설마 했다.

초평우와 풍인강의 무위를 대충은 안다. 그가 아는 두 사람은 합공을 한다 해도 곽당의 적수라고는 할 수가 없다.

문제는 그 말이 휘의 입에서 나왔다는 것이다. 그가 아는 조휘는 말싸움에서 절대 밑지지 않는 사람이었으니.

쾅!

초평우가 주춤거리며 뒤로 물러서는 게 보였다. 세 걸음을 물러선 초평우의 눈에서 불길이 솟고 있다. 입가에도 붉은 핏방울이 맺혀 있다. 그러면서도 씩 웃는다.

"흐… 세군!"

곽당은 굳어진 얼굴로 초평우를 노려봤다.

그저 거칠기만 한 자로 알았다. 한데 자신의 벽령검기가 서린 검을 그대로 맞받고도 세 걸음 물러서는 걸로 그친다. 게다가 옆에서 합세한 풍인강의 검이 옆구리를 긁고 지나갔다. 그제야 곽당은 이 두 사람이 웅풍대 십이 인을 상대로 싸운 사람이라는 것을 상기했다.

"좋아! 한번 멋지게 싸워보자구! 나는 곽당이라고 한다! 이놈들은 내 수하들이지."

벽령검 곽당, 그 이름에 초평우가 눈을 크게 떴다. 하나 그뿐,

"거, 맘에 드는 양반이구만!"

초평우가 툴툴거리며 자신의 도를 고쳐 잡았다. 그러자 풍인강도 조용히 검을 중단으로 들어올렸다.

"초 형님, 정신 바짝 차리지 않으면 한순간에 염라대왕을 만나게 생겼소. 같이합시다."

둘 다 곽당이 자신들보다 고수라는 것을 인지하고 있었다. 정신력만으로는 싸울 수가 없는 자였다.

분해도 할 수 없었다, 죽기로 작정했다면 몰라도.

그때였다. 휘의 목소리가 느닷없이 큰 소리로 울렸다.

"우리 내기를 합시다!"

엉뚱한 이야기에 혁무성이 의아한 표정으로 휘를 바라봤다.

"무슨……?"

"저 두 사람과 당신 동료와의 싸움으로 내기를 하자 이겁니다."

혁무성이 어이없는 얼굴로 되물었다.

"누가 이기나 내기를 하자, 이건가?"

"그렇습니다. 저희 쪽 사람이 이기면 저희 부탁을 하나 들어주면 됩니다."

"우리가 이기면?"

"우리가 들어드릴 수 있는 한도 내에서 청부를 하나 들어드리지요."

"청부?"

"모르셨습니까? 백풍표국의 보표를 한 것도 청부를 받아서 행한 것입니다. 어떻습니까? 저 역시 그리 무리한 부탁을 할 생각은 아닙니다만."

혁무성이 머뭇거리자 대답이 엉뚱한 곳에서 튀어나왔다.

"좋아! 그대의 요구를 받아들이지!"

곽당이었다. 자신을 놓고 내기를 거는 게 못마땅했지만, 그렇게 해서라도 이 젊은 놈들의 사기를 꺾고 싶었다.

곽당이 의외로 쉽게 응하자 혁무성은 이마를 찌푸렸다. 하지만 이미 칼은 뽑힌 상황이다. 본인이 직접 대답했으니까 말이다.

초평우의 눈에선 불길이 더욱 거세지고, 풍인강의 눈빛은 더욱 차갑게 가라앉았다. 두 사람은 안다, 휘가 이번에 천검보에 가는 목적이 매우 중요하다는 것을. 한데 모든 결정을 자신들에게 맡겼다.

―휘 형님이 우리를 믿어주셨다!

그거 하나만으로도 두 사람의 사기는 하늘이라도 베어버릴 듯했다.

초평우의 도에서 붉은 열기가 뻗쳐 나왔다. 천양의 기운이 서린 도기가 도를 타고 넘실거린다.

풍인강도 중단의 검을 천천히 내렸다. 순간 시퍼런 검기가 검신을 타고 죽 내려와 검첨에 맺혔다. 검기성형의 경지.

곽당의 굳어진 표정에 흠칫 놀람이 떠올랐다.

파르르…….

바람도 없건만 옷이 거세게 펄럭이고, 검을 잡은 손에서 연녹의 기운이 검을 타고 내려갔다. 벽령신공의 정수 벽령기가 검을 에워쌌다.

그리고 내기가 시작되었다.

초평우가 광풍폭우를 일으키며 도를 휘둘러 가고, 풍인강이 튕기듯 검을 떨치며 진천뇌격을 펼쳤다. 방원 이 장 안에 있던 풀들이, 나뭇가지들이 두 사람의 기운에 휘말려 올라간다.

곽당의 손에서 연녹의 회오리가 일더니 두 사람을 맞이해 화려한 폭죽을 토해냈다.

쾌광!! 우르릉!

쩌정!! 쿠쿠쿠쿵!

휘는 무심한 눈으로 전장을 주시했다. 곽당은 고수다. 완숙하진 않지만 절정에 들어선 진정한 고수, 휘가 본 곽당의 무공 수위는 철혈성의 임가형보다 적어도 반수 위였다.

사실 초평우와 풍인강이 합세한다 해도 승률은 삼 할 정도. 그럼에도 내기를 건 것은, 그럼으로써 승률 일 할은 끌어올릴 수 있기 때문이었다. 게다가 사기 면에서는 두 사람이 곽당보다 나으면 나았지 못하진 않았다. 그렇다면 오 할의 반반 승부다.

그리고 또 하나, 곽당이 백전노장이라는 경험의 이점이 있다면, 두 사람은 젊다는 이점이 있다. 물론 싸움의 경험도 곽당에 못지않다. 비록 두 사람만의 비무가 대부분이었지만, 대신 절정고수들의 싸움을 자주 구경했다. 그것은 두 사람에게 적지 않은 간접 경험이 되었다.

그러나 무엇보다도 중요한 것은 곽당은 정체되어 있고, 두 사람은 빠르게 발전하고 있다는 것이다.

'두 사람이 이긴다!'

결국 그것이 휘가 내린 결론이었다. 아마 이번 싸움을 이긴다면, 두 사람의 발전은 한결 빨라질 것이다.

'목숨을 건 대가로 그 정도 부수입은 있어야지.'

싸움은 십여 초가 흐르도록 팽팽한 접전이 계속되고 있었다. 혁무성은 힐끔 휘를 바라보았다. 일전에 장국령과의 싸움을 보고 어쩌면 자기보다 강할지 모른다는 생각은 들었지만, 붙어보지 않고는 알 수 없는 게 강호가 아니던가?

은근히 손에 힘이 들어갔다. 그러다 결국,

"심심하면 두 사람이 한번 붙어보시지 그러슈?"

영등의 꼬드김에 넘어가 버렸다.

"힘! 저 스님의 말대로 한번 겨뤄볼까?"

휘가 피식 웃었다.

자비를 일삼아야 할 스님이 싸움을 부추기는 것도 그런데, 그렇다고 은근슬쩍 스님의 말대로 싸우자고 하다니.

그렇다고 싸움을 마다할 휘가 아니었다. 물론 말싸움도.

"내기는 뭘로 하겠습니까?"

휘의 한마디에 혁무성의 인내가 와르르 무너졌다. 이제는 무사의 자존심을 가르쳐 주기 위해서라도 검을 뽑아야 할 때다.

"뭐든! 내가 들어줄 수 있는 거라면!"

휘의 입가로 가느다란 웃음이 길게 그려진다.

순간 혁무성은 아차 했다. 이미 때는 늦었지만, 그렇다고 후회하고 싶지도 않았다. 어차피 여기서 진다면 많은 것을 잃을 터, 그 이후를 생각할 겨를이 없다.

창!

그가 먼저 검을 빼 들었다.

"염치 불구하고 내가 먼저 선공을 하겠다!"

말이 끝남과 동시 혁무성의 신형이 휘를 향해 날아갔다. 빼 들어 가슴 위로 올린 검첨에 파란 기운이 뭉치는 듯하더니 죽, 한 자를 뻗어간다. 검강지경의 경지.

일 장 앞에 이르러 있는 혁무성을 조용히 서서 바라보던 휘의 신형이 다가오는 속도만큼이나 빠르게 뒤로 미끄러졌다.

츠르릉.

웃음이 가라앉은 휘의 표정은 무심하기만 하다.

귀를 간질이며 검집을 빠져나오는 만양의 연붉은 나신이 주위를 붉게 물들이고, 마침내 만양이 나신을 다 드러낸 순간!

콰르르……!

만양의 끝에서 시뻘건 불꽃이 뿜어졌다. 찰나간 휘의 신형이 흔들리더니 허공에 환영이 죽 늘어섰다. 비월신영에 오보천환의 요결이 합쳐지며 나타난 현상이었다.

"헉!"

혁무성의 입에서 당황한 목소리가 새어 나왔다.

순식간에 눈앞을 가득 메운 불꽃이 전신으로 파고든다. 피할 수 있는 방위가 어디에도 없다. 이를 악물고 혼신의 힘을 다해 검을 떨쳤다.

콰콰광!!

검강이 불꽃을 부수자 대낮 하늘에 불꽃놀이가 펼쳐진다. 멀리서 지켜보던 웅풍대원들의 입에서 탄성이 쏟아졌다.

"과연 혁 단주님이시다!!"

"그럼 그렇지! 혁 단주님이나 전주님이 누구신데……!"

그러나 휘와의 간격을 삼 장으로 벌려놓고 바닥에 내려선 혁무성의 속은 결코 그들처럼 편할 수가 없었다. 목까지 솟구친 핏물이 금방이라도 넘어올 것만 같다. 뱉어낸다면 속이라도 시원하련만 그럴 수는 없다. 그랬다간 일순간 탈진 상태에 빠질 테고, 그걸로 싸움은 끝난 거나 다름이 없으니까.

휘는 혁무성의 내력이 생각보다 심후하다는 생각이 들었다. 결코 갈우당보다 뒤떨어지지 않는다. 오히려 강기의 운용은 더 능숙하기까지 하다. 하지만 그뿐, 자신의 적수는 아니다.

혁무성을 바라보는 휘의 눈빛이 더욱 깊이 가라앉았다. 한 점의 동요도 없는 눈빛은 마치 그림 속에 있는 사람의 눈빛을 보는 것만 같다. 그런 눈빛으로 휘가 조용히 만양을 내밀어 한 바퀴 휘저었다.

순간 혁무성은 볼 수 있었다.

만양에 서려 있던 연붉은 불꽃이 검신을 따라 죽 내달리더니 검첨에 이르러 하나로 뭉쳤다. 영롱한 홍옥이 검첨에 머물렀다 싶은 순간, 한 송이 혈련화가 피어나고,

"적루몽이라 하오."

휘의 조용한 음성이 혁무성의 귀를 파고들었다. 그때부터였다.

퉁!

맑은 소리가 울리며 혈련화가 검에서 떨구어졌다. 일 수유, 코앞에 들이닥친 혈련화를 보는 혁무성의 눈이 거세게 흔들렸다.

'검강탄?'

물러서기는 이미 늦었다. 혈련화가 화려하게 피어나고 있었다.

혁무성은 검강의 기운이 서린 검을 들어올려 일진격천검을 펼쳤다. 터질 듯한 검강이 사위를 휩쓸어간다. 한데,

"헉!"

콰우!!

혈련화가 검강의 기운을 그대로 부수며 달려들고 있다.

'제기랄! 별수없다!'

혼신의 힘을 모아 검을 내려쳤다. 지금껏 익히기만 했을 뿐 누구에게도 보여주지 않았던 참룡단(斬龍斷)의 일검!

콰콰광!!

가공할 일격에 혈련화가 스러져 가고, 휘몰아치는 광풍이 두 사람 사이를 갈라놓았다. 주르륵 정신없이 물러선 혁무성이 부릅뜬 눈으로 휘를 찾았다. 한데 안 보인다. 혹시 허공?

고개를 번쩍 들었다.

고오오…….

혁무성의 입이 쩍 벌어졌다. 하늘이 갈라지고 있다. 아니, 그렇게 보였다. 청천 하늘이 갈라지는 것처럼 붉은 기운이 파란 하늘을 두 쪽으로 갈라놓고 떨어져 내리고 있었다.

"이, 이런!!"

넋을 놓고 있을 때가 아니다. 그런데… 피할 수가 없다. 어느 곳으로 피해도 붉은 기운은 자신의 머리를 쪼개 버릴 듯하다. 하는 수 없이 검을 들어 떨어져 내리는 붉은 기운을 마주해 갔다. 일순,

콰앙! 쩡!

"크윽!"

엄청난 충격이 손끝에서 발끝까지 치달렸다.

검날은 부러져 허공으로 날아오르고, 두 발이 땅속으로 한 자는 박혀 들었다.

다급히 고개를 쳐든 혁무성의 두 눈이 부릅떠졌다. 안색은 백지장처럼 하얗게 변해 버렸다.

그의 두 눈은 코앞을 응시하고 있었다. 거기에 그것이 있었다. 요요로운 붉은 검신이, 눈 앞 한 자 떨어진 곳에.

"내가 이긴 것 같소."

휘의 무심한 음성에 혁무성은 부르르 전신을 떨었다.

세상에! 삼 초? 사 초? 나 혁무성이 이렇게 약했나? 그러고도 천위단주라는 명성에 취해서 어깨에 힘을 주고 다녔던가? 후후후.

"와하하하!! 우웩!"

처연한 대소를 터뜨리다 말고 억눌렀던 핏물을 한 움큼 토해낸 혁무성이 고개를 들어 휘를 쳐다보았다.

"뭐였지?"

너무 차이가 나니 억울하지도, 화가 나지도 않는다. 다만 궁금할 뿐이다. 자신을 나락으로 떨어뜨린 그 검식, 하늘을 가른 검의 이름이 무엇인지.

"단천락!"

"단천락? 멋졌어. 정말 멋……."

혁무성은 말을 하다 말고 그대로 이마를 땅바닥에 처박아 버렸다. 그러자 멀리서 그 광경을 바라보던 웅풍대원들이 달려왔다. 그러다 주춤, 휘를 보고는 발걸음을 멈추었다.

휘가 돌아서며 말했다.

"내부의 충격으로 잠시 정신을 잃은 것이오. 데려가시오."

웅풍대원들이 조심스럽게 혁무성을 데려가자 휘는 초평우와 풍인강이 곽당을 상대로 싸우는 모습을 지켜봤다.

'생각대로군.'

처음에는 곽당이 유리해 보였다. 그러다 혁무성과 일전을 벌이려 할 때쯤에는 비등한 격전이 벌어졌고, 이제는 곽당이 서서히 밀리고 있다.

초평우와 풍인강은 말 그대로 미친 듯이 싸우고 있었다. 적어도 십 년 이상은 손발을 맞추며 수련한 사람들 같았다. 오죽하면 휘의 입에서 피식 웃음이 나올 정도였다.

'매일같이 비무를 하더니 척 하면 착이군. 말만 그런 줄 알았더니… 후후후.'

일각이 더 지나자 마침내 완연히 차이가 나기 시작했다. 두 사람은 여전히 미친 듯이 도검을 휘두르고, 이를 악다문 곽당의 표정은 악귀처럼 일그러져 가고 있었다.

그러던 어느 순간이었다. 수레바퀴처럼 돌아가는 두 사람의 공격을 견디다 못한 곽당이 느닷없이 검을 치켜들었다. 시퍼런 검강이 검신을 타고 요동치고 있다.

그걸 본 휘는 표정을 굳혔다. 초평우와 풍인강이 끝내겠다는 듯 달려들고 있는 것이 보인다. 검을 치켜든 곽당의 입가로 비릿한 미소가 물려 있었다.

'이런! 곽당이 죽으면 절대 안 된다!'

"물러서요!!"

일갈을 내지른 휘의 신형이 서 있던 자리에서 사라졌다. 느닷없는 일갈에 고개를 돌린 사람들의 눈이 휘둥그레졌다. 마치 환상을 보는 듯했다. 휘의 신형이 빨랫줄처럼 늘어지더니 찰나간에 곽당의 앞에서 그 모습이 드러나고 있었다.

초평우와 풍인강은 달려들다 말고 휘의 목소리가 들리자 즉시 몸을 멈추려 했다. 하지만 곽당과의 거리가 너무 가까웠다.

문득 곽당의 입가에 서린 미소가 보인다. 음울하면서도 모든 것을 포기한 듯한 미소.

'아차! 동귀어진?! 이런 미친 작자가!'

그때였다. 초평우와 풍인강이 멈칫하자 곽당의 검이 시퍼런 강기를 뿜어내며 두 사람에게 떨어져 내렸다. 순간,

떠더덩! 콰광!

굉음이 터지며 초평우와 풍인강을 비롯해 곽당의 신형마저 훌훌 날아갔다.

정적이 내려앉은 격전장, 그 한가운데 휘가 우뚝 서 있었다.

초평우와 풍인강이 먼저 벌떡 몸을 일으켰다. 그들의 앞에는 굳은 얼굴의 휘가 만양을 든 채 검으로 몸을 지탱하며 일어서고 있는 곽당을 보고 있었다.

"그렇게 이기고 싶었소? 자신의 목숨을 포기하면서까지?"

"크크… 쿨럭! 네가 끼어들었으니 내가 이겼다."

휘가 차가운 눈으로 곽당을 바라보았다.

"그래서 자랑스럽소?"

"자랑스럽냐고? 자랑… 젠장! 쿨럭쿨럭!"

입가로 흐르는 핏물을 닦을 생각도 않고 비틀거리며 일어선 곽당이 고

개를 돌려 혁무성을 바라보았다. 이제야 정신이 조금씩 드는지 고개를 흔들며 허리를 세우는 모습이 보인다.

철저히 깨졌다. 천검보의 자랑이라는 천위단과 벽혈검전의 두 주인이 한 사람에게 무릎을 꿇었다. 강호인들이 알면 난리가 날 일이다.

이런 판에 승리 운운하기도 낯부끄러운 일이다. 그렇다고 기세에서 밀리기는 더 싫다.

"물어보게! 뭘 묻고 싶다는 것인가?"

곽당이 괄괄한 음성으로 휘에게 물었다.

생각보다 마음 정리가 빠른 자다. 하긴 그래서 칠패의 하나라는 천검보의 기둥 중 하나를 맡았겠지.

휘가 말했다.

"아마 곽 대협께선 모르실 거요. 오직 한 사람, 부인이신 운여경 여협만이 대답해 줄 수 있는 일입니다. 부인이 입을 여시도록 도와주시길 바랍니다."

곽당의 눈이 어느 때보다 크게 뜨였다.

"내 마누라만 안다고?"

휘가 천천히 고개를 끄덕였다.

"오래전 일이니 부인께서도 승낙하시리라 생각합니다."

"음… 그렇다면야……."

천만다행이었다. 만일 천검보에 위해가 되는 일이라면 부탁을 들어줄 수 없으니 자진이라도 해야 할 판국이었거늘, 휘의 말대로라면 자신의 부인 선에서 끝날 일이 아닌가?

속으로 안도의 한숨을 내쉰 곽당이 휘를 보며 말했다.

"가세! 가서 물어보지!"

호쾌하게 말을 내뱉으며 몸을 돌린 순간, 곽당의 몸은 통나무가 쓰러지듯 그대로 앞으로 꼬꾸라져 버렸다.

쾅당!

모두가 놀란 눈으로 곽당을 바라보았다. 미처 모르고 있었지만 그의 몸은 이미 강력한 충격을 받은 상태였다. 한데 마음이 풀어지자 그때의 충격이 이제야 그의 몸을 지배한 것이다.

그걸 본 혁무성이 상황을 짐작하고는 재빨리 몸을 일으켜 곽당에게 다가가며 명을 내렸다.

"복강룡! 대원들을 시켜 곽 형님을 빨리 보로 모셔라! 어서! 아! 그리고 이한성이가 오고 있을지 모르니, 그에게 전주를 호위해서 돌아가라 전해라!"

다급한 명령에 복강룡이 두 명의 웅풍대원을 불렀다.

"너희 둘은 전주님을 모시고 먼저 보로 복귀하라! 나는 혁 단주님과 함께 돌아가겠다!"

두 사람이 곽당을 말에 싣자 복강룡이 망설임 끝에 입을 열었다.

"지금 상황을 속히 전주님의 부인께 알려라! 그럼 나머지 일은 그분께서 알아서 하실 것이다!"

5

용혈궁의 깊숙한 내원 별채.

은은한 황촛불 아래 한 여인이 죽은 듯 잠들어 있고, 그녀 옆에는 중년의 여인이 안쓰러운 얼굴로 잠든 여인을 내려다보고 있었다. 모용서하와 유모였다.

한데 유모의 표정이 슬퍼 보인다. 금방이라도 눈물이 떨어질 것만 같다. 모용서하의 뺨을 쓸어가는 손조차 가늘게 떨리고 있다. 왜?

다름이 아니었다. 모용서하, 그녀에게는 친딸이나 마찬가지인 모용서하 때문이었다. 그녀가 모용서하의 아픔을 그 누구보다도 더 잘 알기 때문이었다.

침상에 누워 잠든 모용서하의 입에서 가는 신음이 흐른다. 이마에 맺힌 땀이 굵어진다. 그 모습을 보며 유모, 수설란은 가슴이 미어질 듯했다.

젖먹이 때부터 키워온 아가씨다. 신녀궁의 궁주이자 사저인 사리진설은 몸에 서린 기운 때문에 젖이 나오지 않았기에, 그녀가 대신 아기를 안고 젖동냥을 해야만 했다.

모용서하가 열 살이 되었을 때, 몸에 서린 기운을 이기지 못한 궁주와 그 기운을 억지로 자신의 몸에 받아들인 부군이 차례차례 죽어갔다.

궁주는 죽기 전에야 모용서하의 몸에 서린 기운에 대해서 말해 줬다. 그제야 모용서하도 궁주와 마찬가지로 평범한 여인으로 살아 갈 수 없다는 것을 알게 되었다.

어찌나 슬프던지 삼 일을 울었다. 하지만 그녀의 힘으로는 어쩔 수 없는 일이었다. 모용서하의 몸에 서린 기운은 결코 병이 아니었던 것이다.

어머니로부터 물려받은 그 기운은 선천적인 기운이었다. 그 덕분에 열다섯 살이 되었을 때 신녀궁의 술법을 대부분 익힐 수 있었지만, 수설란은 그것이 하나도 기쁘지가 않았다. 여인으로 살아갈 수 없다는 것이 얼마나 비극인지를 그녀는 누구보다 잘 알고 있었던 것이다.

그나마 궁주는 부군의 희생 덕분에 아이를 낳고 서른다섯 살까지 살았다지만, 모용서하는 과연 얼마나 살지 장담할 수가 없는 삶이었다. 누군가 스스로의 생명을 희생한다면 몰라도.

더구나 요즘에 와서 표현은 않지만 고통을 자주 느끼는 것 같다.

다른 사람은 몰라도 그녀는 같은 여인으로서, 사리진설의 고통을 옆에서 봐왔던 사람으로서 어느 정도는 그 고통을 짐작할 수 있었다.

'가엾은 아가씨… 이제 겨우 할아버지의 사랑을 확인했는데……'

모용진광이 깨어난 이후로 모용서하의 체력이 급격히 떨어지는 듯 보였다. 그러더니 오늘도 잠든 상황에서 고통과 싸우고 있다. 모용서하의 이마를 쓸어 내려가는 수설란의 손이 가늘게 떨렸다. 갈수록 고통은 심해질 텐데, 과연 언제까지 숨기고 살아갈 수 있을까.

아마 그래서 신녀궁으로 다시 돌아가려 하시는 걸 게다. 한데 조부인 모용진광이 보내주려 할까?

아닐 것이다. 다시는 혈육을 떠나보내려 하지 않을 것이다. 아가씨의 아픔을 안다면 용혈궁의 모든 힘을 기울여서라도 몸을 고치려 할 것이다.

하지만… 하지만 그것이 얼마나 어려운 일인지를 수설란은 잘 안다. 궁주를 살리기 위해 신녀궁에서도 온갖 방법을 다 써보지를 않았던가. 그러고도 실패했다.

금양단도 그 노력으로 만들어진 단약이었다. 하지만 단약의 양기로는 약간의 도움은 될지언정 기본적인 치료는 불가능했다. 그나마 한 알 이상은 아무런 약효도 발휘하지 못했다. 그러다 나중에 모용후의 양기를 이용해 몇 년을 더 산 것이 고작이었다. 그러나 그 또한 마음이 맞아야 가능한 일, 어느 누가 성심을 다해 자신의 생명을 희생하려 하겠는가.

세상의 어느 누가 또한 그 정도의 능력을 갖췄을까.

능력? 문득 일전에 만났던 조휘라는 청년이 떠오른다. 나이답지 않은 강함, 그리고…….

'후후훗! 그 아름다운 얼굴… 세상에, 남자 얼굴 보고 아름답다는 생각이 다 들다니…….'

아가씨는 그 사람 이야기만 나오면 얼굴이 밝아진다. 하긴 내 얼굴도 빨개지는데 뭐.

그 사람이라면 아가씨를 위해서 희생하려 할까? 설레설레, 공연한 욕심일 뿐이다.

'가만? 아가씨가 뭐라 했는데… 그가 옆에 있을 때 지령음기가 움직였다고 했던가? 분명 그랬는데, 그런데 그게 무슨 소용이 있을까? 같은 음기로는 오히려… 아니지, 또 다른 말도 했어. 하늘의 불을 담고 있다고…….'

모용서하의 이마를 쓸어가던 손이 우뚝 멈추었다. 그런 수설란의 눈에서 빛이 번뜩인다.

'물에 빠진 사람이 뭘 못 잡겠어? 아무래도 자세히 물어봐야겠다.'

태풍의 눈이 서서히 모습을 갖추어가는 그날 저녁, 수설란은 자신의 생각이 어떤 결과를 가져올지도 모른 채 오직 모용서하만을 위해 한 가지 결정을 내렸으니, 바람이 흐르는 방향은 하늘만이 아는 법이라 했던가.

날이 밝자 수설란은 모용서하에게 슬며시 휘에 대한 이야기를 꺼냈다. 휘에 대해 말하며 웃는 모용서하의 표정이 환하게 밝아졌다. 수설란은 같이 웃는 한편으로, 그런 모용서하가 불쌍하기만 했다. 자신의 운명을 알고 있으면서도 웃음 짓는 모습에 한 점 동요가 없다. 아마도 자신 때문이리라.

"아가씨, 저번에 그분 공자의 몸에 하늘의 불이 들어 있다고 하신 것 같던데……?"

모용서하의 볼이 붉어졌다. 한 떨기 수선화가 봄바람에 살포시 피어나는 것만 같다.

"잘은 몰라도 그분의 체내에는 용암보다 더 뜨거운 기운이 담겨 있어요. 가히 하늘의 불이라 할 수 있는 기운이… 근데 이상하죠? 그렇게 뜨거운 기운이 담겨 있으면 나의 지령음기가 그분의 기운을 배척해야 하는데, 거꾸로 반기듯 움직이다니……. 왠지 시원하다는 생각마저 들 정도였어요."

'품에 안기고 싶을 정도로 말이에요.'

문득 드는 생각에 가슴이 거세게 뛴다. 두근거리는 소리가 밖으로 들릴까 봐 걱정이 될 정도다.

'아이, 유모가 들으면 놀릴 텐데…….'

수설란은 모용서하의 말에서 휘라는 청년이 뛰어난 양기의 무공을 알고 있다는 확신이 들었다. 게다가 시원하게 느껴졌다면?

그렇다면 더 망설일 것이 없다!

점심 무렵, 모용진광을 은밀히 만난 그녀는 차근차근 상황을 설명했다. 그러나 모용서하가 머지않아 죽을병이라는 말은 하지 않았다. 단지 고통을 받으며 살아갈 거라는 말로 돌려 말해야 했다. 사실대로 말했다간 어떤 일이 벌어질지 모르니까.

하지만 그 말만으로도 모용진광은 펄쩍 뛰며 놀란 얼굴로 수설란에게 물었다.

"정녕 그 아이가 그런 병에 걸렸단 말이냐? 어쩐지 몸이 좋지 않은 것 같다 했더니만… 이런! 이런!!"

"아마 어머니로부터 이어진 병 같사옵니다."

"이, 이, 이… 대체 어쩌자고!"

부들거리는 모용진광은 남들이 아는 광룡이 아니었다. 손녀의 아픔에 안절부절못하는 평범한 할아버지일 뿐이었다.

"하면, 그 조휘라는 아이가 내 손녀의 병을 고칠 수 있단 말이냐?"

"확신할 수는 없으나 백약이 무효이니, 조금이라도 가능성이 있으면 실행해 보고 싶은 것이 소첩의 마음이옵니다."

"으음… 그 아이를 서하가 좋아한다고 했더냐?"

"소첩의 판단대로라면… 그렇사옵니다."

"그 아이의 행방에 대해서 아는 바가 있더냐?"

"저희와 헤어지고 낙양으로 간다 했으니, 거기서부터 추적한다면 찾을 수 있을 것이옵니다."

모용진광이 태사의에 깊숙이 몸을 묻고 눈을 감으며 말했다.

"알았다. 믿을 만한 사람을 보내 그 아이를 찾을 테니 걱정 말고 서하를 보살펴다오."

"알겠사옵니다."

수설란이 나가고 한참이 지난 후, 모용진광은 눈을 뜨고 입술을 깨물었다. 그런 그의 두 눈에서는 잔잔한 금광이 쏟아졌다.

'아들은 잃었지만, 손녀는 잃지 않겠다!'

수설란은 돌려 말했지만 모용진광은 어렴풋이 짐작할 수 있었다. 손녀의 어미가 일찍 죽은 이유가 무엇이겠는가?

그는 어리석은 사람이 아니었다.

"잠사(潛士)."

"예, 주군."

우측의 벽면에서 나직한 답이 들리자 모용진광의 눈빛이 더욱 강력해졌다.

"잠천십팔룡을 소집해라."

"모두를… 말씀이옵니까?"

떨리는 잠사의 대답은 들은 척도 않고 계속적인 명이 내려졌다.

"용혈의 주인으로서 명하노니, 그중 묵천구룡은 내 손녀를 지켜라! 그리고 혈천구룡은… 용혈을 흉내 내려 하는 이무기들을 색출한다!"

십 년 만에 내려진 세 번째 마지막 소집령이었다. 잠사는 떨리는 마음을 추스르고 눈을 부릅떴다. 이어 내려진 명령, 용혈의 주인이 내리는 절대 명령을 거부할 권한이 잠사에게는 없었다.

"…존. 명!!"

"그리고 가서 척 아우를 오라 해라."

"예, 주군!"

벽에서 존재감이 사라지자 모용진광은 다시 눈을 감았다.

닷새 전 찾아와 궁주의 회복을 기뻐하던 간부들의 얼굴이 떠오르자 모용진광의 얼굴에 차디찬 미소가 떠올랐다.

'아직 몸이 온전치 않으니 지켜만 볼 것이다. 그러나 네놈들의 정체가 밝혀지고 내 몸이 돌아오는 때, 내가 왜 광룡이라 불렸는지를 네놈들은 뼈저리게 느끼게 될 것이다!'

이제 몸을 일으킨 지 열흘이 되었다. 손녀가 준 금양단의 약효가 뛰어나 의외로 빠른 회복을 보이고 있었다. 비록 궁도들에게 알려진 바로는 일어난 지 닷새밖에 되지 않았고, 이제 겨우 움직일 정도의 더딘 회복으로 알려져 있지만, 그 역시 때가 아니었기에 감추었던 터였다.

문제는 숨어 있는 자들, 그들의 정점에 누가 있는지를 알지 못하는 한 싸움을 시작할 수조차 없다는 것을 모용진광은 그 누구보다 잘 알고 있었다. 하지만 언제까지고 기다릴 수는 없는 일이다.

손녀를 위해서라도.

공손척은 궁주전의 문서 일을 도맡아서 하는 사령이 찾아와 전하는 말에 부랴부랴 궁주전으로 달려갔다, 행여나 무슨 일이 있나 하고. 그러나 그가 본 모용진광의 모습은 그 어느 때보다 위엄이 넘치는 모습이었다.

일각여, 조용히 모용진광의 말을 듣고 있던 공손척이 눈을 크게 뜨고 되물었다.

"그러니까, 저더러 그 조휘라는 아이를 데려오라 이 말씀입니까?"

"정확하네."

"이곳은 어떡하고요?"

"잠자는 아이들을 깨웠네. 조사할 것도 있고, 서하도 지킬 겸 해서."

흠칫, 벽룡은 놀라지 않을 수가 없었다. 잠천은 잠에서 깨면 삼 년의 기한 동안은 궁주의 명령에 절대 복종해야 한다. 세 번을 깨울 수 있고, 그 기간이 지나면 자유의 몸이 된다. 그러기에 깨우는 것도 신중할 수밖에 없다. 한데 마지막인 세 번째로 그들을 깨웠다는 것은 궁주가 단단히 결심을 굳혔다는 뜻.

한편으로는 이해가 갈 법도 했다. 무너지고 나면 잠천(潛天)이고 잠지(潛地)고 뭐 소용일까.

"삼 년으로 되겠습니까?"

"내가 누군가? 나 광룡이야! 나 아직 안 죽었네!!"

"후우, 정 그러시다면… 한데 조휘라는 아이가 순순히 따라올까요?"

"안 오겠다면 잡아서라도 데려오게."

"그 아이를 잡아오라고요? 그냥 제가 여기서 숨바꼭질을 할 테니 잠천의 아이들을 보내시지요?"

이번에는 모용진광이 놀란 표정을 지었다.

"그… 정도인가?"

"아마 제 수염이 다 뽑혀 나갈 각오 정도는 해야 할 것입니다. 그래도 데려올 수 있을지 모르겠지만 말입니다."

"으음……."

거짓은 아니리라. 하지만 젊은 놈이 강하면 얼마나 강하다고 벽룡이 꼬리를 만단 말인가. 그리 생각하니 슬며시 호기심마저 생긴다. 어떻게 생긴 놈이기에 손녀에, 유모에, 이제는 공손척까지.

정 그렇다면 할 수 없지!

"안 되면!"

"안 되면요?"

잠시 머뭇거린 모용진광이 넌지시 말했다.

"살살 구슬려 보게."

"……."

벽룡 공손척의 고개가 번쩍 들렸다.

'세상에! 얼마나 손녀가 걱정되면 천하의 광룡이 저런 말을!'

더 이상은 공손척도 뺄 수가 없는 형국이었다.

"애들 몇 데리고 가보지요. 서하를 위한 일인데 어쩌겠습니까."

"나 때문에 움직이지도 못하고 심심해서 미치기 직전인 놈들이 있지 않은가. 그놈들을 데리고 가게."

"서, 설마… 말썽꾸러기 새끼 광룡들을……?"

"그 애들이 들으면 그리 좋아하지 않을 말이군. 나도 그렇고. 그럼 자네가 알아서 하게."

"아, 아닙니다. 그것들을 데리고 가죠."

'젠장할! 벌써부터 머리가 지끈거리는군. 최대한 빨리 끝내는 게 만수무강의 지름길이겠군.'

2장
드러난 절반의 진실

1

천검보.

칠패의 하나라는 이름답게 천중산의 서쪽 허리를 휘어 감고 들어선 천검보의 위용은 처음 보는 사람들의 입을 쩍 벌어지게 만들 정도였다.

수십만 평의 대지에 세워진 전각의 수만 해도 백여 채, 그 하나하나가 고풍스럽기 그지없는 건물들은 천검보의 삼백 년 역사를 짐작케 해준다. 게다가 사람들은 허리와 등에 검을 차지 않은 사람이 없을 정도다. 그러다 보니 보통 사람은 고개를 들지도 못할 정도로 서늘한 기운이 장원 내를 자연스럽게 흐르고 있었다.

천검보에 들어선 초평우가 눈이 휘둥그레진 채 휘에게 물었다.

"전부 검을 들고 있네요?"

풍인강이 대답했다.

"천검보니까."

초평우의 눈이 쭉 찢어졌다. 그러자 휘가 재빨리 말했다.

"설마 다른 무기를 쓰는 사람이 없겠습니까? 단지 검을 주로 쓰니까 검을 든 사람들이 많을 뿐이지요."

옆에서 휘 일행과 같이 걷고 있던 혁무성은 자기도 모르게 피식 웃음을 지었다.

도무지 알 수 없는 자들이다. 천검보에 들어서면서 저토록 태연한 사람이 몇이나 될까. 더구나 자신들과 한바탕 격전을 치르기까지 한 사람들이 아닌가. 그런데도 마치 자기 집에 들어가다 이상한 광경이라도 본 듯한 태도에, 당연한 걸 왜 묻느냐는 듯 쏘아댄다.

불안한 마음은 아예 보이지도 않는다. 애초부터 그런 마음은 가지고 있지도 않은 사람들처럼.

힐끔 휘를 바라보았다. 뭔가 생각에 잠긴 모습이다. 평범해 보이는 인상, 그저 좀 잘생긴 얼굴. 응? 얼굴? 이상하다. 약간 이질적인 느낌.

휘는 혁무성이 자신을 빤히 쳐다보자 흠칫했다.

"뭐, 못 볼 거라도 봤습니까?"

그래서 한마디 했다. 그런데도 계속 쳐다보기만 한다. 눈치챘나?

"혹시… 그 얼굴……?"

휘가 재빨리 말했다, 전음으로.

"사정이 있어서 면구를 쓴 것이니 이해하십시오."

혁무성의 눈이 휘둥그레졌다. 그럼 여태까지 자신은 휘의 본 얼굴은 보지 못했다는 말이 아닌가. 사정이 있어서 그런다 하니 따질 수는 없지만 왠지 가슴이 서늘해졌다.

—천하를 경동시킨 고수가 지금까지 얼굴을 드러내지 않았다.

벽혈검전의 안채에 도착하자 뜻밖에도 윤여경이 마중 나와 있었다. 그런데 그곳에는 그녀만 있는 것이 아니었다. 그녀의 곁에는 세 사람이 함께 있었다. 그리고 혁무성이 다가가자 그 세 사람 중 한 사람이 입을 열었다.

"혁 단주, 오랜만이오."

혁무성의 눈이 꿈틀거렸다. 들어서며 그 세 사람을 보고 의아한 마음이 들었다. 대체 저 사람들이 어떻게 알고 와 있단 말인가?

문득 든 생각에 홱 고개를 돌려 복강룡을 바라보았다. 복강룡이 살짝 일그러진 얼굴로 한 걸음 나서며 전주 부인에게 인사를 올린다.

"복강룡이 삼가 부인께 인사드립니다."

"수고했어요."

운여경의 싸늘한 음성, 복강룡은 자신의 꿈이 날아가 버렸다는 것을 알았다. 하지만 순순히 물러설 수는 없다.

"부인께서 알려준 정보는 잘못된 정보였습니다."

"잘못됐다? 그래서 지금 변명이라도 하겠다는 말인가요?"

"상대는 저 같은 사람은 어쩔 수 없는 고수였습니다. 분명 잘못된 정보를 건네준 것은 부인이십니다."

"흥! 그렇다면 상대에 대한 것을 먼저 파악해 보지도 않고 무조건 덤볐단 말이군요."

"그, 그건… 그래서 다시 부인께 소식을 전한 것이 아닙니까?"

역시 복강룡이었다. 혁무성의 눈이 복강룡을 죽일 듯이 쳐다봤다.

'저런 멍청한 놈! 일이 커지면 어찌하려고! 제기랄!'

복강룡이 더듬거리자 운여경이 옆의 세 사람을 바라보며 말했다.

"역시 세 분께서 나서줘야 할 것 같군요. 천검보를 욕보인 자를 그냥 놔둘 수는 없지 않겠어요?"

세 사람 중 혁무성에게 말을 걸었던 사람이 앞으로 나섰다.

"당연히! 천검보를 우습게 보는 자는 결코 그냥 놔둘 수 없지요."

혁무성이 어이없는 표정으로 입을 열었다.

"단욱, 그래서 네가 나서겠다는 것이냐?"

단욱이라 불린 자가 웃음을 지으며 말했다.

"후후후, 혁 형마저 이긴 사람에게 내 어찌 혼자 달려들겠소? 마침 얼마 전 본 보에 몸을 의탁한 분들이 오셨으니, 이분들께 부탁을 하려던 참이오."

혁무성의 눈이 단욱의 옆에 조용히 서 있는 두 사람에게로 향했다. 수검단(守劍團)의 단주인 단욱이 경어를 쓰는 데다, 언뜻 보아도 오십대의 나이에 안으로 갈무리된 기운이 결코 자신에 못지않다. 한 사람은 뭉툭하고 짧은 검, 한 사람은 길고 가는 검. 음?

"혹시! 두 분은 강서 용호산의 호랑이라는 용호쌍검 형제 분들이 아니신지……?"

우측의 짧은 검을 지닌 자가 입을 열었다.

"혁 단주를 뵙게 되어서 반갑소이다. 보에 들어오자마자 한 달도 안 돼 이런 임무를 맡게 되었으니 영광이라 생각하오."

혁무성의 표정이 굳어졌다. 생각대로 용호쌍검이다. 그의 생각대로라면, 두 사람 다 자신보다 크게 떨어지는 자들이 아니다. 하지만…

'이 멍청한 작자들아! 저 사람은 그대들 따위가 상대할 수 있는 사람이 아니란 말이다!'

마음은 소리치고 싶었다. 그러나 차마 저들의 자존심을 건드려서 상황을 더욱 어렵게 할 수는 없다.

복강룡의 연락에 급히 사람을 부르다 보니 운여경은 보를 지키는 수검단주인 단욱을 생각했을 테고, 단욱은 눈엣가시처럼 생각하는 자신을 견제하기 위해 다른 사람에게는 알리지 않은 채 이들 두 사람만을 끌고 온 것 같다.

이 두 사람이 용호쌍검이 맞는 이상, 결코 따로 손을 쓰지는 않을 것이다. 이 인 합격이 이들의 특징이니까. 그렇다고 조휘라는 자의 상대가 될 거라는 생각도 들지 않았다.

대체 어떻게 알렸기에 이들만으로 조휘라는 자를 상대하겠다는 생각을 했단 말인가?

뒤를 돌아다보자 휘가 보였다. 여전히 태연한 표정이다. 자신의 마음을 알았는지 조용히 웃음 지으며 입을 연다.

"천검보에도 의외로 미꾸라지들이 많이 있는 것 같군요."

뜻밖의 말에 멍한 표정으로 휘를 바라보았다. 휘의 얼굴에서 서서히 웃음기가 사라지고 있었다.

"피를 볼지도 모르겠습니다. 그에 대해서는 혁 단주님이 보증을 서주셔야겠습니다."

부르르, 혁무성은 자신도 모르게 오한이 드는 것만 같아 한차례 가늘게 어깨를 떨었다.

"굳이 나서시기가 그렇다면 나서지 않으셔도 됩니다. 상황은 혁 단주님의 손을 떠난 것 같으니까요. 피를 봐야 한다면 어쩔 수 없겠지요."

웃음기가 사라진 휘의 두 눈이 무심하게 가라앉았다.

"초 형! 풍 형!"

"예, 대형!"

"이곳은 천검보의 땅입니다. 저도 노력은 하겠지만, 두 분의 목숨은 두 분이 챙기셔야 합니다!"

"걱정 마십시오!"

"방해가 된다면… 저희 먼저 베어버리셔도 됩니다."

풍인강의 느릿한 대답에 장내가 얼어붙었다. 휘의 눈도 더욱 깊어진다.

"대신 두 분의 몸에 이상이 생기면, 천검보는 약속을 어긴 대가를 내놔야 할 겁니다. 그건 제가 약속드리지요."

"흐흐흐, 일인당 백 명이면 됩니다."

초평우가 웃으며 답하자 영등이 나섰다.

"나는?!"

휘가 별걱정 다 한다는 표정으로 말했다.

"설마 천검보에서 칼도 안 든 스님을 죽이기야 하겠습니까? 더구나 소림의 장로님과 인연이 있는 분을 말입니다."

캬! 초평우와 풍인강은 소리만 내지 않았지 감탄을 금치 못했다. 역시 말싸움은 형님을 당할 자가 없다.

말 한마디로 영등의 안전을 챙긴 휘가 혁무성을 바라보았다. 혁무성은 여전히 굳은 얼굴을 하고 있다. 상황이 어디까지 흐를지 걱정만 가득한 표정이다.

휘가 그런 혁무성을 향해 말했다.

"이제야 운비화가 왜 자신의 고모에게 사실을 제대로 알리지 않았는지 알겠습니다."

"무슨……?"

"그녀는 이런 결과가 나오기를 바랐을 것입니다."

'그래야 더 많은 피가 흐를 것이고, 많은 피가 흐른 이상 천검보 역시 자존심을 지키기 위해서라도 나를 죽이려 할 것이다!'

"어찌 보면 곽 전주가 이용당한 셈이지요. 정확히는 벽혈검전주라는 지위를 이용한 것이겠지만."

싸늘한 한풍이 장내를 휘돌고 지나갔다. 휘의 말에 반응을 보인 것은 운여경이었다.

"흥! 이제는 비화의 말이 아니더라도 너를 죽여야겠다. 감히 나의 남편을 모욕하다니!"

"아마 곽당을 모욕한 것은 내가 아니라 그대인 것 같소."

"뭐라고?!"

발끈한 운여경을 향해 휘가 말했다.

"그는 무사요. 무사는 한 번 내뱉은 말에 책임을 질 수 있어야 하오. 그런데 당신은 그의 무사혼을 짓밟아 버렸소. 최소한 무사라면, 삼류무사라도 그리하지는 않소. 결국 당신이 무사가 아니다 보니 이런 상황이 생긴 것, 누굴 탓하겠소."

차가운 눈으로 운여경을 바라보던 휘가 잠시 멈칫하더니 한마디 툭 던졌다.

"이십 수년 전 우영이라는 사람도 당신의 편협한 마음을 알았기에, 그래서 당신을 택하지 않은 것이겠지."

솟구치는 분노에 벌벌 떨던 운여경의 눈이 일순간 홉떠졌다.

"네, 네가 어찌 그 이름을……?"

"그걸 알기 위해 왔소, 그자의 본 이름을 알기 위해."

"너는 누구냐?!"

악을 쓰듯 말하는 운여경의 몸이 조금 전보다 더욱 심하게 떨린다. 휘는 그런 그녀의 의문을 채워주기 위해 입을 열었다.

"나의 어머니 이름은… 유씨 성에, 벽 자, 혜 자를 쓰오."

"이, 이, 이… 이놈!! 거짓말! 거짓말 말아라! 네가 어찌……."

하늘과 땅이 뒤바뀌었다는 이야기라도 들은 것마냥 어이없어 하는 표정으로 부들거리는 운여경의 입술이 괴이하게 비틀어진다.

휘의 표정이 묘해졌다. 생각보다 심한 반응이다. 아무리 옛날 사랑싸움을 했다 하지만, 이미 이십 수년이 지난 일이다. 더구나 이제는 남편이 있는 몸, 아무리 생각해도 지나친 반응이었다. 한데,

"오호호호!! 그년의 아들이라고? 다른 사람은 믿을지 몰라도 나는 절대 안 믿는다! 거짓말 말아라!"

미친 듯 소리치던 운여경은 홱 고개를 돌려 단욱을 향해 말했다.

"저 거짓말쟁이를 죽이세요! 천검보의 이름을 땅에 처박은 놈을 보고만 있을 건가요?"

그렇지 않아도 휘가 천검보를 상대로 대가 운운할 때부터 기분이 안 좋았던 단욱이었다. 거기다 이제는 운여경이 발작하듯이 죽이라 하니, 그것 또한 저 젊은 놈 때문에 벌어진 일 같았다.

"두 분, 저자를 잡으십시오! 정 힘들면 죽여도 됩니다!"

"단욱!"

혁무성이 대갈을 터뜨리며 나서자 단욱이 차갑게 말했다.

"보 내에서는 혁 형이라 해도 제 명령을 뒤집을 수는 없습니다. 뭐 하십니까, 두 분?!"

용호쌍검 중 형인 장대랑이 천천히 걸음을 옮기자 장소랑도 움직이기 시작했다.

이제는 돌이킬 수 없는 일이 되어버렸다. 혁무성은 초조한 기색으로 휘와 단욱을 번갈아 봤다. 자신과 곽당이 약속하고 데려온 사람이었다. 그런데 결과적으로는 고의로 위험에 빠뜨린 상황이 되어버렸다.

물론 휘가 질 거라 생각하지는 않았다. 문제는 이겨도 끝이 아니란 것에 있었다. 그렇다고 자신까지 끼어들 수도 없었다. 어디다 검을 겨눈단 말인가? 천위단주인 자신이 동급인 단욱에게 검을 겨눌 수도 없지 않은가 말이다.

휘가 그런 혁무성을 보고 천천히 고개를 저었다.

"이미 수렁에 빠진 상황입니다. 운비화가 준비해 놓은 수렁에 말입니다. 후후후. 제법이야, 운비화."

츠르릉…….

만양이 서서히 뽑혀 나왔다.

"하지만 너는 이걸 알아야 한다. 세 아버지의 혼이 나를 지키고 있는 이상 누구도 나를 자신들의 뜻대로 할 수 없다는 것을!"

일 장 앞까지 다가온 용호쌍검을 바라본 휘가 씩 웃었다.

"그대들은 참 재수도 없소. 하필 왜 나를 만났단 말이오. 하기야 재수가 없기는 그대들만이 아니지…….."

후우우웅!

만양이 천천히 들어올려지자 울음소리가 검신을 타고 울려 퍼졌다.

"왜! 하필!! 건들 사람이 없어서 나를 건드는가 말이다!!"

발을 구르지도 않았는데 휘의 신형이 이 장을 떠올랐다. 순간 허공이 갈라지며 귀청을 찢을 듯한 기음이 터져 나왔다.

쐐애애액!

분노가 서린 단천락!

떠오른 휘를 향해 짧은 검을 쳐올려 가던 장대랑의 입이 크게 벌어졌다.

하늘이, 하늘이 수십 조각으로 갈라지고 있다. 피하고 자시고 할 틈도 없다. 쳐올리던 검에 혼신의 내력을 쏟아 붓는 것이 유일한 대응 수단일 뿐이다.

옆에서는 장소랑이 기다란 검을 갈지자로 휘저으며 장대랑의 검이 닿지 않는 곳을 향해 몸을 날리고 있었다.

쩡! 쾅!

"커억!"

동시에 울린 것 같은 두 차례의 굉음!

장대랑의 몸이 올라가던 속도보다 더 빠르게 떨어져 내렸다. 동시에 장소랑은 옆으로 튕기어 훌훌 날아간다.

털썩!

바닥에 떨어진 장대랑이 번쩍 고개를 들더니 장소랑이 튕겨 나간 쪽을 바라보았다.

"아우!!"

장소랑의 신형이 충격에 훌훌 날아가자, 자신의 검과 부딪친 반동으로 날아오른 휘가 그림자처럼 따라가고 있었다.

휘가 따라오자 장소랑이 이를 악물고 몸을 비틀며 휘를 향해 번개처럼 검을 찌른다. 그때였다. 사람들의 눈을 부릅뜨게 만드는 일이 벌어졌다.

느닷없이 휘의 신형이 쫙 퍼지더니 십여 개의 환영이 장소랑의 몸을 감싸 버린 것이다. 그리고,

"컥!"

외마디 신음이 터지더니 장소랑이 다급히 몸을 굴렸다. 피분수가 그의 구르는 몸을 따라 뿜어져 나온다. 허공으로 튀어오른 팔이 빙글빙글 돌고 있다.

"아우!!"

장대랑이 미친 듯 장소랑을 부르며 검과 하나가 되어 휘를 향해 날아올랐다. 그것을 본 휘가 무심한 표정으로 만양을 치켜들었다. 그리고 길게 호선을 그리며 좌에서 우로 그었다. 절혼광(絶魂光)! 순간.

번쩍!

장대랑은 눈앞에 보이는 것이 환상이라 생각했다. 길게 갈라진 허공의 틈 사이로 연붉은 빛이 쏘아져 온다. 혹시 몰라 검을 틀어 빛을 막아갔다.

쩌억!

묵철로 만든 자신의 검이 반은 갈라진 것 같다.

대경한 장대랑은 몸을 비틀어 연붉은 빛의 궤도에서 벗어나려 몸부림을 쳤다. 묵철조차 갈라 버린 날카로움을 무엇으로 막는단 말인가?

하지만 몸부림은 몸부림으로 끝이 나버렸다.

털썩, 떼구르르…….

모두가 벌린 입을 닫지 못하고 멍한 표정이 되어 앞을 주시하고 있었다.

머리가 굴러가고 있다. 장대랑의 머리가 힘없이 굴러가더니 운여경의 발 앞에서 멈추었다. 그러자 휘가 차갑게 외쳤다.

"다음!!"

2

뿌연 허공에 두 마리 학이 어른거린다. 움직임이 없는 학의 날갯짓이 허망하다는 생각이 드는 것은 왜 일까.

"뭐 하러 날갯짓을 하는 거지… 저 좁은 곳에서……."

곽당의 입에서 자신도 모르게 웅얼거리는 소리가 새어 나왔다. 그러자 오른편에서 누군가가 소리친다. 나에게 말하는 건가?

"깨어나셨군요, 전주님!"

고개를 돌려 보았다. 중년의 의생이 자신을 빤히 바라보고 있다. 익히 알고 있는 자다.

"자넨… 관홍이 아닌가?"

"예, 관홍입니다. 괜찮으십니까?"

"나야……."

힘없이 대답하던 곽당이 무슨 생각이 들었는지 벌떡 일어났다.

"어찌 된 것이지? 내가 왜 여기에?"

"모르셨습니까? 좀 전에 웅풍대의 대원이 전주님을 모시고 왔습니다. 다행히 별다른 내외상은 없으셔서 시간이 지나면 깨어나실 거라 생각하고 있었습니다만."

"나와 같이 온 사람들은?"

"예? 전주님만 모시고… 아! 전주님을 이렇게 만들었다는 그 사람들 말씀이십니까?"

곽당은 씁쓰레한 웃음을 지으며 고개를 끄덕였다. 의당의 관홍이 알 정도면 소문이 천검보 내에 쫙 퍼졌을 터. 곽당이 힘없이 창밖을 바라보자 관홍이 말했다.

"너무 걱정 마십시오. 그놈들 지금쯤 잡혀서 형당으로 이송되고 있을 겁니다."

어리둥절해 있던 곽당이 관홍의 말을 이해하는 데는 그리 많은 시간이 필요하지 않았다.

"무슨 소린가? 자세히 말해보게!"

관홍은 곽당이 업혀 온 때부터 웅풍대원들이 벽혈검전으로 달려가고, 곧바로 수검전의 단욱이 움직였다는 것까지 줄줄 말했다. 순간,

"이런 멍청한 놈들이!"

벌떡 일어선 곽당이 문을 박차고 나가자 관여가 소리쳤다.

"전주님! 아직 몸을 움직이시면 안……."

하지만 말이 끝나기도 전에 이미 곽당의 신형은 의당의 담장을 넘어가고 있었다.

정신없이 몸을 날리는 곽당의 모습을 본 사람들이 수군거렸다.

"어? 곽 전주님 아니신가? 아프시다더니 멀쩡하네?"

그리고 그 사람들 중에는 지검당(知劍堂)을 나서던 사공희령도 있었다.

"음? 저분은 곽 전주님이신데 무슨 일로 저리 급하게 가시는 거지?"

호기심이 동한 사공희령이 곽당이 움직인 벽혈검전 쪽으로 방향을 틀자 뒤이어 나오던 사공명이 어림도 없다는 듯 소리쳤다.

"령아! 어딜 가려고 하는 게냐? 아직 조 사부께서 내주신 과제도 다 하지 않았으면서?"

"호호호! 둘째 오빠가 말 좀 잘해주세요! 곽 전주님이 바쁘게 가시는데, 소매가 가서 도와드릴 일이 있으면 도와드려야겠어요!"

"말썽이나 안 피우면 다행인 것이 가긴 어딜 가?"

그러다 언뜻 곽당에 대해 들은 이야기가 생각났다.

'곽 전주는 혼절한 채 업혀 왔다고 했는데?'

그도 궁금해졌다. 동생인 희령이 말썽은 피워도 거짓말은 하지 않는다. 그렇다면 곽당이 정말 바쁘게 움직였다는 말.

"뭐, 하루쯤 검을 휘두르지 않는다고 검이 녹슬기야 하겠나?"

에라, 모르겠다. 슬쩍 지검당 안을 쳐다본 사공명의 신형이 사공희령이 넘어간 담장을 넘어 날아갔다.

3

휘는 바닥을 뒹굴며 신음을 흘리는 장소랑은 본 척도 않고 무심한 표정으로 단욱을 쳐다봤다.

"다음에는 당신인가?!"

단욱은 정신이 없었다. 용호쌍검이 누군가? 하나하나가 자신에 비해 떨어지지 않는 사람들이다. 거기다 둘의 합공은 자신조차 감당할 수가 없다. 한데 그 두 사람이 같이 손을 쓰고도 눈 몇 번 깜짝인 사이에 한 사람은 죽고 한 사람은 팔이 잘렸다.

단욱이 얼떨떨한 표정으로 휘를 바라보는 사이, 내원의 문을 통해 수십여 명의 무사가 들이닥쳤다. 그들을 바라본 단욱의 얼굴이 다시 본래의 표정을 되찾았다.

단욱의 표정이 다시 밝아지자 휘는 조용히 뒤를 돌아다보았다.

많은 사람들이 들어온 것은 안다. 그렇다고 달라질 상황도 없다. 어차피 그들 역시 상대해야 할 천검보의 사람들 중 일부일 뿐이니까.

초평우와 풍인강도 도검을 뽑아 들고 눈을 빛냈다. 자신들을 에워싼 사람들의 숫자가 수십이나 되었지만 조금도 기가 꺾이지 않은 표정이다. 두 사람에게는 절대적인 믿음이 있는 것이다.

상황이 급작스럽게 변해가자 혁무성이 눈을 치켜뜨고 앞으로 나섰다.

"무슨 짓이냐? 너희들 눈에는 본 단주는 보이지도 않는단 말이냐?"

그들 중 한 사람이 앞으로 나서더니 혁무성에게 가볍게 포권을 취했다. 수검단의 부단주 중 한 명인 역상문이었다.

"단주께선 물러서 주십시오. 저희는 본 보를 농락한 자들을 잡으려 하는 것뿐입니다."

"누가 누구를 농락했단 말이냐? 네놈들이……."

그때였다. 혁무성의 말을 끊으며 힘있는 음성이 들려왔다.

"혁 단주! 자네가 물러서게!"

혁무성의 고개가 홱 돌아갔다.

"진 장로님?!"

"나도 말을 듣고 달려온 길이네. 자네와 곽 당주가 저들에게 당했다는 말을 들었네. 천검보의 이름이 걸린 일이네. 그냥 보낼 수는 없지 않겠나?"

"진 장로님……!"

진부량, 천검보의 팔대장로 중의 한 사람으로 구홍비검(九紅飛劍)이라 불리는 전대의 고수.

미처 생각지 못했던 사람마저 나서자 혁무성의 안색은 썩은 간을 베어 문 사람처럼 와락 일그러졌다. 뭔가가 잘못되어 가고 있다. 그것도 크게.

그때였다. 휘의 조용한 음성이 들려왔다.

"그분의 말씀대로 혁 단주께선 물러서지요. 이미 단주의 손을 떠난 일인 듯싶군요."

혁무성은 손을 움켜쥐고 휘를 바라보았다.

"미안하군. 이리될 줄은 미처 몰랐네."

"힘을 가진 자가 모든 걸 좌우할 수 있다는 그릇된 생각에서 파생된 일일 뿐입니다. 너무 마음 쓰실 건 없습니다."

생각보다 괜찮은 사람인 듯하다.

일전에 용혈궁의 일을 처리할 때는 혁무성 역시 힘있는 자의 전형처럼 보였었다. 하지만 막상 상황이 닥치니 그렇지만도 않은 것 같다. 적어도 자신이 한 약속은 지키려는 신의가 있는 듯하다.

"나중에 술이나 한잔 같이하시죠."

난데없는 말에 혁무성이 어이없는 표정으로 얼떨결에 고개를 끄덕였다.

"그러지. 내가 사겠네."

'살아난다면 말이네.'

휘가 입가에 가벼운 웃음을 머금고 고개를 끄덕이고는 진부량에게로 고개를 돌렸다. 그때는 이미 휘의 입가에 서린 웃음은 사라져 있었다.

눈은 진부량을 향한 채 초평우와 풍인강에게 말했다.

"초 형! 풍 형! 잘 아시겠지만, 이제부터는 비무가 아닙니다. 죽이지 않으면 죽는다는 것! 잊지 마세요!"

"흐… 알고 있습니다, 형님. 제가 죽으면 백 명입니다!"

"저는 백한 명입니다, 대형!"

풍인강의 말에도 초평우는 아무런 말도 하지 않았다. 오직 빼어 든 도를 더욱 힘껏 움켜쥘 뿐이다.

휘가 점점 많아지고 있는 천검보의 무사들을 쓸어보더니 차갑게 입을 열었다.

"아니요! 천 명입니다!"

쓰아앙!

만양을 옆으로 내려치자 대기를 가르는 소리가 악마의 울음소리처럼 울려 퍼졌다.

진부량은 어이가 없었다. 말도 안 되는 소리를 지껄이더니 자신을 향해 검을 든다. 감히!

"건방진 놈!"

진부량의 말이 끝나기도 전이었다. 휘가 진부량을 향해 걸음을 옮겼다. 일 보, 스르르… 휘의 신형이 다섯으로 갈라졌다.

'최대한 빨리! 최대한 강한 충격! 그것만이 모두가 살 길!!'

어떤 상황이 되어도 자신은 살 수 있다. 그러나 초평우와 풍인강은 그렇지 못하다. 상대는 천검보이고, 여기는 천검보의 안마당인 것이다.

나중에 천 명의 목숨으로 복수를 하면 뭐 하겠는가?

일단은 모두가 사는 게 최선이다.

진부량의 눈이 당황하고 있다. 분명 빤히 보고 있는데 신형이 갈라졌으니 놀랄 수밖에.

"설마? 오보… 천환?"

당황이 경악으로 변했다. 휘의 눈에도 이채가 떠올랐다. 오보천환을 알아본 세 번째 사람, 하지만 그것은 나중에 생각해도 될 일이다.

화악!

다섯의 환영이 일시에 진부량을 향해 폭사해 갔다. 진부량의 주위에 있던 무사들 십여 명이 다급히 앞을 가로막는다.

순간 휘의 일갈이 내원을 뒤흔들었다.

"막으면! 죽는다!!"

내공이 약한 자들은 귀를 막고 분분히 물러설 정도다.

진부량조차 안색을 굳히고 검을 빼 들었다. 휘와의 간격은 삼 장, 진부량이 검을 내밀자 시퍼런 검강이 그의 애검 구홍검을 타고 내달린다.

신형을 날린 십여 명의 무사 중 다섯이 먼저 휘의 앞을 가로막았다. 찰나!

번쩍!

다섯 자루의 만양에서 다섯 줄기의 붉은 번개가 작렬했다. 유성탄비격(流星彈飛擊)!

쩌저저정!!

"크어!!"

"켁!"

검날이 부러지는 소리와 비명이 한데 어우러지며 피분수가 허공으로 뻗쳐 올라간다. 그 사이를 뚫고 휘의 신형이 진부량에게로 날아갔다, 조금의 머뭇거림도 없이.

다시 대여섯 명이 휘의 앞을 가로막는다. 그들의 얼굴은 비장하기까지 하다.

찔러오는 검을 본 휘가 만양으로 한 사람의 검첨을 찍었다.

쩡!

검첨이 찍힌 무사는 충격에 입을 쩍 벌린 채 주저앉고, 휘는 그 반동으로 허공으로 치솟는가 싶더니, 빙글 공중제비를 돌며 만양을 내뻗었다. 유성낙화우(流星洛花雨)에 이은 유성탄천파(流星彈千破)!

콰아아……!

뻗어진 검첨에서 수십 줄기의 붉은 검강이 꽃비처럼 내린다. 안색이 하얗게 탈색된 무사들이 정신없이 물러서지만, 이미 그들의 머리 위에서는 붉은 비가 쏟아지고 있다.

쩌정! 콰광!

"커억!"

"켁!"

"으헉!"

숭숭 뚫린 몸에서 시뻘건 피가 뭉클거리며 뿜어진다.

아연히 벌린 입에선 신음조차 흘리지 못하고 쓰러지는 자도 있다.

머리가 관통당한 자는 허연 뇌수를 흘리며 베어진 짚단처럼 무너져 내린다.

일순간에 벌어진 일이었다. 진부량이 부릅뜬 눈으로 손에 들린 구홍검을 뻗으며 휘에게 신형을 날렸다.

"이, 이놈!"

휘의 입가에 차디찬 웃음이 걸렸다.

"시작은 너희들이 했다! 나를 원망 말아라!!"

내려서던 휘가 쓰러져 가는 무사의 머리를 차고 다시 날아올랐다. 발밑을 스치고 지나가는 구홍검의 끝이 휘를 향해 꺾어지더니, 진부량의 신형도 휘를 따라 날아올랐다.

그때였다. 허공에 떠오른 휘의 손에서 한 송이 붉은 꽃이 피어난다. 그걸 본 혁무성이 진저리를 치며 입을 열었다.

"적… 루… 몽!"

하지만 그것은 적루몽이 아니었다. 적루몽보다 크고, 더 아름답고, 더 화려한 혈련화, 몽여화(夢餘花)였다!

화르르르…….

여화의 단계에 이르러 처음으로 선보이는 몽여화는 더욱 아름다웠다. 그리고 더욱 무서웠다.

몽여화의 아름다움이 진부량의 넋을 빼앗아 버렸다. 미친 듯이 구홍검에 어린 검강을 쏟아내면서도 눈은 여전히 혈련화에 머물러 있다.

콰과과… 쩌저저…….

검강이 부딪치며 깨져 나가는 소리에 고막이 괴로울 정도다. 비산하는 강기의 파편을 피해 정신없이 물러서는 무사들의 얼굴이 알게 모르게 두려움에 물들어 있다.

"크읍!!"

사색이 되어 튕기듯이 물러선 진부량이 얼빠진 모습으로 휘를 쳐다본다. 순간, 그런 진부량의 얼굴이 새파랗게 변해 버렸다. 휘가 다시 만양을 쳐들고 있는 것이다.

진부량도 무의식 중에 검을 쳐들었다.

쩌어억!!

찰나간에 붉은 칼날이 하늘에서 땅까지 길게 이어졌다. 유성낙월(流星落月)에 이은 단천락(斷天落)!

쩡!

붉은 칼날의 동선에 놓여진 구홍검의 허리가 부러져 버리고, 진부량의 이마를 붉은 강기가 훑고 지나갔다.

스으윽…….

"끄으으으……."

털썩!!

고요가 햇살조차 짓누르며 가라앉았다.

누구도 입을 열지 못하고 얼이 빠져 있다.

죽었다. 구홍검 진부량이 죽었다! 맙소사!

초평우와 풍인강을 에워싸고 있던 무사들조차 발이 굳었는지 움직이지를 못하고 있다.

바닥에는 홍건한 핏물이 덩어리져 흐르고, 고통을 호소하는 무사들의 신음 소리만이 짙은 암울함으로 흐느끼고 있다.

숨을 천천히 깊게 들이킨 휘가 서서히 고개를 돌려 단욱과 운여경 쪽을 돌아보았다.

"원한다면, 마다하지 않아! 누구든 덤빌 테면 덤벼!!"

휘가 차갑게 소리치자 단욱이 주위의 무사들을 보며 외쳤다. 악에 받친 목소리에는 이전의 침착함을 찾아볼 수가 없다.

"뭐 하는 거냐?! 저놈들을 죽여라!!"

무사들이 움찔거리며 다시 초평우와 풍인강을 향해 다가가고, 그나마 고수라 할 수 있는 자들은 휘를 포위해 간다. 하지만 누구도 앞서서 달려드는 자는 없었다. 그 모습이 답답했는지 단욱이 다시 악을 썼다.

"놈은 혼자다! 뭐가 두려운 것이냐?!"

그렇다. 비록 장로가 당하고 십여 명의 무사들이 당했지만, 적은 혼자다. 상황으로 보아 다른 세 사람은 그다지 염려하지 않아도 될 자들이었다. 그렇다면……

이를 악다물고 두려움을 떨친 자들이 서서히 휘를 둘러싸자, 무심히 그 광경을 보던 휘가 단욱을 향해 말했다.

"그대가 나서지 그러나? 애꿎은 수하들만 내보내지 말고 말이야."

단욱의 얼굴이 시뻘겋게 달아올랐다. 그리고 왜 모르겠는가, 일반 무사들만으로는 상대를 어쩔 수 없다는 것을. 그러나 목숨이 아까운 것은 자신도 마찬가지다.

"흥! 수하들만으로도 충분한데, 내가 왜 나선단 말이냐? 뭐 하느냐?!

처라!"

그때였다.

"멈춰라!!"

일갈이 터지며 한 사람이 내원으로 뛰어들었다. 곽당이었다. 무리한 공력의 운용으로 안색이 창백해진 곽당은 내원으로 들어서자마자 발걸음을 멈추어야만 했다. 우뚝 멈춰 선 곽당의 눈길이 사위을 쓸어보다 부들부들 떨리기 시작했다.

"이, 이, 이게……"

곽당이 부들거리며 말을 더듬자 운여경이 빽 소리쳤다.

"여보! 그 악마 같은 놈을 죽여요!!"

아내의 말이 들리지 않는 듯 곽당은 눈을 휘에게 고정시킨 채 물음을 던졌다.

"자네… 짓인가?"

휘가 답했다.

"나는 내 목숨을 노리는 자에게 내 목을 내줄 만큼 마음이 좋은 사람이 아닙니다."

그게 어디 마음이 좋고 나쁘고를 따질 일인가. 곽당은 천천히 고개를 돌려 아내를 바라보았다.

"당신이 이 사람들을 불러왔소?"

"그 악마는 당신을 해친 작자예요! 나는 당신을 해친 자를 그냥 놔둘 수 없어요!"

곽당의 입에서 처연한 음성이 흘러나왔다.

"나는 그와 약속을 하고 대결했소. 그리고 그는 약속을 지키기 위해 나를 따라왔소. 그의 잘못은 하나도 없는 일이오."

"하지만 그는 당신을 다치게 했어요! 왜 그의 잘못이 없다는 거죠?"

악을 쓰듯 소리치는 운여경의 모습에 곽당은 괴리감이 느껴졌다. 무엇이 이 여인으로 하여금 사람의 목숨을 아무렇지도 않게 여기도록 만들었단 말인가? 무엇이…….

내가 아는 아내는 남의 아픔을 내 아픔처럼 알던 현숙한 여인이 아니었던가. 그런데 대체 왜? 이 여인은 휘라는 청년을 죽여야 한다는 집착에 빠져들어 있단 말인가?

곽당이 그렇게 혼돈과 싸우고 있을 때였다.

"모두 멈춰요!!"

가느다란 여인의 음성이 날카롭게 울리더니 한 여인이 내원으로 들어섰다.

"소공녀를 뵈오이다."

"소공녀를……."

여기저기서 그녀에게 인사를 올리는 소리가 웅성이며 울려 퍼졌다. 단욱과 운여경을 비롯해서 혁무성과 곽당 역시도 그녀에게 인사를 올리고 있었다.

그녀는 바닥이 피로 범벅이 된 내원의 바닥을 바라보다가 한쪽에 쓰러져 있는 사람에게 눈이 고정되었다.

"진… 장로님?!"

경악으로 더듬거리는 사공희령의 말에 단욱이 재빠르게 대답했다.

"그렇습니다, 소공녀! 진 장로님께서 저자에게 죽임을 당하셨습니다! 게다가 열 명이 넘는 무사 또한 저자에게 죽었습니다!"

사공희령의 눈이 휘를 향했다.

"단욱 단주님의 말씀이 맞나요? 정말 당신이 저 사람들을 죽였나요?"

휘는 가라앉은 눈으로 곽당을 보다가 사공희령이 묻자 묵묵히 고개를 끄덕였다.

"맞소. 그들은 나에게 죽었소."

"이, 이 악마 같은 자!"

말없는 휘의 눈이 더욱 깊어졌다. 그러자 한쪽에서 어정쩡하니 서 있던 초평우가 입을 열었다.

"형님께선 아무런 잘못도 없소! 뭘 알고 말하시오!"

사공희령이 날 선 목소리로 받아쳤다.

"사람을 저렇게 많이 죽였는데 잘못이 없다구요!"

"그, 그건……."

초평우가 그의 약점(?)으로 인해 말을 더듬자 풍인강이 나섰다.

"그럼 당신은 당신의 목에 칼을 들이대면 공손히 죽어줄 거요?"

"뭐라구요? 그럼 당신들이 아무런 잘못도 없는데, 본 보의 무사들이 당신들을 죽이려 했단 말인가요?"

당장이라도 그 죄를 묻겠다는 듯 사공희령의 말이 거세지자 휘가 조용히 대답했다.

"그렇다면?"

획, 소리가 날 정도로 고개를 돌린 사공희령이 휘를 쏘아보며 코웃음을 쳤다.

"흥! 그럼 증인을 대보세요! 내가 믿을 수 있는 사람으로 말이에요."

휘는 조용히 사공희령을 바라보다가 주위를 둘러보았다. 혁무성과 눈이 마주쳤다. 가늘게 떨리는 혁무성의 눈이 갈등으로 흔들리고 있다. 천천히 곽당을 바라보았다. 처연히 아내를 바라보는 그의 표정은 반쯤 넋이 나간 듯 보인다.

휘가 조용히 입을 열었다.

"어차피 내가 죽인 것이 맞으니 책임도 내가 져야 할 터, 무슨 말이 더 필요하겠소."

"흥! 이제야 실토하는군요."

"단, 조금 전에 한 내 말 역시 조금도 변함이 없다는 점만 알아두시오."

사공희령이 의아한 얼굴로 되물었다.

"조금 전에 한 말이라구요?"

휘가 사공희령의 반문에 한 자, 한 자, 절대 잊어서는 안 되는 주문처럼 분명하게 말했다.

"내 형제들이 죽으면, 나는 천 명의 목숨으로 대신할 것이오."

어이가 없는 듯 사공희령의 눈이 커졌다. 한데 그때 사공희령의 뒤에서 낭랑한 외침이 터져 나왔다.

"광오한 자로군!"

그가 나타나자 또다시 여기저기서 인사를 올리는 소리로 북적거린다.

"이공자를 뵈오이다!"

사공명은 가볍게 인사를 받고는 다시 휘를 바라보았다.

"그대가 그런 말을 할 자격이 있나 모르겠군!"

사공명의 눈에선 불길이 일고 있었다. 천검보의 한가운데에서 십수 명이 죽임을 당했다. 게다가 원로인 진부량까지. 도저히 용서할 수 없는 일이다. 한데 거기다가 천 명의 목숨이 어떻다는 둥 광오한 말까지 하다니. 감히 천검보를 어찌 보고!

그의 물음에 대한 대답은 엉뚱한 사람에게서 나왔다.

"그는… 그럴 말을 할 만한 자격이 있소이다, 이공자."

사공명이 말한 사람을 돌아보았다. 혁무성이었다. 뜻밖의 말에 사공명이 어리둥절한 표정으로 다시 물었다.

"자격이 있다 하셨소? 어찌 혁 단주님이……?"

무언가를 결심한 듯 이전보다 훨씬 편한 표정으로 혁무성이 입을 열었다.

"우선 그 이유 중 하나는, 그가 잘못이 없으면서도 목숨을 위협받았으니 무슨 말을 한다 해도 본 보로선 할 말이 없다는 것입니다."

그 말에 사공명과 사공희령이 놀란 눈을 크게 떴다.

"무슨?"

단욱과 운여경은 말도 안 되는 소리라며 소리쳤다.

"말도 안 되는 소리! 그자는 죽어 마땅한 자요!"

그러나 혁무성은 마저 말을 해야겠다는 듯 사공명과 사공희령을 바라보며 말을 이었다, 이를 지그시 깨물고.

"두 번째는… 나 역시 꺾였습니다만, 진부량 장로를 단 삼 초 만에 꺾은 사람이라면 적어도 그런 말을 할 자격은 있다고 생각됩니다."

끝내 두 남매의 입마저 크게 벌어졌다.

"지금… 삼 초라 하셨소?"

"분명히……."

사공 남매가 해연히 놀란 표정으로 휘를 바라보자 마음이 다급해진 단욱과 운여경이 앞 다투어 소리쳤다.

"소보주! 소공녀! 혁 단주는 자신의 패배를 정당화시키려 하고 있습니다!"

"그래요! 저자는 제 남편을 혼수 상태까지 몰고 간 자예요. 천검보를 능멸한 자에게는 오직 죽음만 있을 뿐이에요! 안 그런가요?"

그때 또 다른 목소리가 장내에 낮게 울렸다.

"나와 혁 아우는 정당한 비무를 했고, 그는 우리의 초청을 받고 온 사람이오. 천검보가 초청한 사람의 안전조차 책임지지 못한다면 강호 동도들로부터 무슨 말을 들어도 할 말이 없을 거요."

곽당은 나지막이 말하며 아내인 운여경을 바라보았다.

"저 사람은 당신에게 물을 것이 있다 말했소. 해서 데려온 것, 나는 당신이 그 대답을 해줬으면 하오."

"여, 여보!!"

"그리고 하나 더, 왜 저 사람을 죽이려 했는지 그 이유도 말해주었으면 하오. 혹시 당신의 조카가 보냈다는 서신 때문이 아니오?"

운여경의 안색이 창백하니 핏기를 잃어갔다.

"누구보다 저를 이해해 줘야 할 당신이 어찌 그런 말을······."

곽당은 떨리는 눈으로 운여경을 바라보다 사공명을 향해 포권을 취했다.

"이공자, 이 일은 모두가 이 곽 모로 인해서 벌어진 일이오. 죄를 묻는다면 달게 받겠소. 하나, 그 이전에 사람을 물리고 잠시 저 사람과 이야기를 나누었으면 하오."

일이 엉뚱한 방향으로 흘러가자 휘는 무심한 눈으로 사태의 추이를 지켜보기로 했다.

미간을 찌푸린 사공명이 잠시 생각에 잠기는 듯하더니 단욱을 바라보았다.

"수검단주께선 일단 수하들을 물리고 부상자들을 치료하시오."

"이공자······."

"진 장로님과 무사들의 시신은 혼원당에 안치하고, 단주께선 차후에 내려질 지시를 기다리십시오. 인검령주의 이름으로 내리는 명입니다."

천검보의 삼령 중 인검령의 주인으로 내리는 명이라면 단욱이라도 어쩔 수가 없다. 할 수 없이 단욱이 고개를 숙이며 뭐라 말하려 하자, 사공명은 더 이상 들을 말이 없다는 표정으로 고개를 돌리더니 휘에게 말했다.

"당신의 잘못이 있든 없든 본 보의 무사들이 죽었소. 그것만큼은 사실이오. 인정하시오?"

"물론! 나는 내가 한 일을 회피할 생각이 없소!"

의외의 상황에 휘는 눈을 빛내며 사공명을 쳐다보았다. 보통 대문파의 소주인쯤 되면 위세를 업고 함부로 날뛰는 자들이 대부분이다. 설령 그렇지 않다 하더라도 어느 정도는 자신의 고집을 꺾지 않는다. 소공녀라는 여인을 봐도 그렇고.

"오라버니! 저 살인마가 장로님까지 죽였는데 그냥 놔두겠다는 말이에요?"

사공희령의 말에 사공명은 미간을 좁히며 무겁게 입을 열었다.

"보 내에서 장로까지 죽은 사건이다. 너는 지금 즉시 아버님께 가서 이 일을 알려라. 단, 조금도 없는 말을 해서는 안 된다. 있는 그대로, 저 자가 한 말과 혁 단주님이 한 말, 그리고 곽 전주님이 한 말만 해야 한다. 판단은 아버님이 하시는 것이지 네가 하는 것이 아니니까."

"오라버니……?"

"아직도 모르겠느냐? 믿기 힘든 일이지만 혁 단주와 곽 전주를 패배시킨 사람이다. 진 장로님조차 삼 초 만에 목숨을 잃었다 한다. 십여 명의 수하들과 함께 말이다. 지금 싸움이 붙는다면, 최소한 여기 있는 사람들 태반은 죽음을 각오해야 한다. 아니, 모두가 죽을지도 모른다. 알아들었으면 빨리 가서 아버님께 알려라!"

그랬다. 충분히 가능성 있는 일이다. 사공명의 전음을 듣고서야 사공희령은 사태가 생각보다 훨씬 심각하다는 걸 알았다.

화가 나서 미처 깨닫지 못했지만 적은 엄청난 고수, 성질(?)대로 해결할 일이 아닌 것이다.

힐끗 휘를 바라보았다. 조용히 서 있는 그의 모습은 평범하게 보이기까지 한다. 어디에도 고수라는 흔적은 보이지 않는다. 맑은 눈을 빼고는 별달리 특색도 보이지 않는다.

'쳇, 고수는 무슨… 얼굴만 잘생기면 다냐!'

생각 같아서는 한번 싸워보고 싶다. 하지만 옮겨지고 있는 진부량 장로와 무사들의 시신을 보니, 싸울 마음이 구만리 밖으로 싹 달아난다.

"일단 들어갑시다!"

사공명이 휘를 바라보며 말하자 휘가 고개를 끄덕이고는 사공희령에게로 눈을 돌렸다. 사공희령은 주먹을 쥐고 있다가 흠칫, 손에 힘을 풀었다.

'아우, 깜짝이야! 왜 보는 거야?'

4

사람들이 시신과 부상자를 수습하는 사이, 휘는 사공명이 이끄는 대로 안으로 들어갔다.

여기서 물러설 수는 없다. 어차피 일은 벌어졌고, 일이 벌어진 이상 정면돌파뿐이다. 싸우자면 싸우면 되고, 말로 하자면 말로 하면 된다.

생각보다 사공명이 이치를 따지는 자 같아서 마음이 놓이긴 하지만 그 또한 두고 볼 일이다.

휘와 세 사람의 주위로는 사공명과 곽당, 혁무성이 품 자 형태로 에워싸고 있었다. 아마 밖에는 적지 않은 무사들이 대기하고 있을 터. 하지만 휘의 표정은 아예 긴장이라는 것을 모르는 사람처럼 여전히 변화가 없다.

뒤따라 들어가는 운여경의 얼굴이 십 년은 더 늙어 보인다.

그녀는 오늘의 일을 믿을 수가 없었다. 운비화의 말대로라면, 그저 염

화선자를 이긴 고수라 했다. 그래서 처음에는 웅풍대로도 충분하다 생각
했다. 한데 웅풍대가 패하고, 벽혈검전의 전주인 남편마저 패한 채 혼수
상태로 실려 왔다는 소식이 전해졌다. 할 수 없이 단욱마저 끌어들였다.
천검보 내에서라면 누가 감히 날뛸 수 있을까 생각해서였다.

하지만 결과는 그녀의 생각과는 정반대로 흘러가 버렸다. 대체 어쩌다
가 일이 이 지경으로 되었는지…….

문득 조휘라는 자가 한 말이 생각났다.

'유벽혜의 아들이라고? 흥! 웃기는 소리. 그럴 수는 없어! 절대! 절대
로!'

남편의 등이 보인다.

'당신이 어찌 나에게 그럴 수가 있는 거지? 당신을 벽혈검전의 전주로
만들기 위해서 내가 얼마나 노력했는데! 흥! 설마 그게 다 당신의 능력으
로 되었다 생각하는 건 아니겠지?'

곽당은 고개를 돌려 운여경을 바라보았다. 그녀의 눈에서 한기마저 느
껴진다. 저 여인이 정말 자신의 아내였던가?

그러고 보니 앞만 보고 달려온 세월이었다. 젊을 때는 권력을 쥐기 위
해서, 나이를 먹어서는 그 권력을 지키기 위해서.

'후우, 모든 게 부질없는 것을… 허허허, 이제야 그걸 느끼다니…….
아내의 성격조차 제대로 알지 못한 사람이 무슨 수하들을 거느린다
고…….'

탁자를 중심으로 대충 자리에 앉자 사공명이 휘를 보고 조용히 입을
열었다.

"나는 천검보의 둘째 소보주이자 인검령주인 사공명이라 하오."

휘가 답했다.

"나는 조휘라 하오."

"조 공자가 본 보의 무사들과 장로님을 해한 일에 대해서는 잠시 묻어 두겠소이다. 물론 그렇다고 모든 일이 끝난 것은 아니란 점을 아셔야 할 것이오."

"이미 말했지만 나는 절대로 회피할 생각이 없소."

사공명이 가볍게 고개를 끄덕이고는 곽당을 바라보았다. 그러자 곽당이 운여경을 보고 말했다.

"조 공자는 당신에게 물을 것이 있다고 했소. 그래서 함께 온 것이니 당신이 말해 줬으면 하오."

운여경이 입술을 깨물고 곽당을 쳐다보다가 이미 배는 떠났다는 생각에 휘를 보며 물었다.

"뭘 알고 싶다는 거죠?"

"내가 누군지는 이미 말했으니, 아마 내가 묻고자 하는 바도 잘 아시리라 생각합니다. 나는 그 사람의 이름을 알고 싶은 거요."

"호호호! 나는 절대로 그 사실을 믿을 수……."

느닷없이 웃음을 터뜨린 운여경이 말을 흐리자 사람들은 의아한 얼굴로 그녀를 바라보았다. 그러자 운여경이 싸늘한 표정으로 다시 입을 열었다.

"그건 그렇고, 약속은 남편이 했는데 내가 왜 그것을 말해야 하는 거죠?"

일이 쉽지 않을지도 모른다는 생각은 했었다. 하지만 지난 일을 가지고 운여경이 이 정도까지 집착하리라고는 미처 생각지 못했다.

"이십 수년 전의 일입니다. 밝히는 것이 그리 어렵지는 않을 거라 생각했습니다만……."

"그거야 당신… 음… 공자의 생각이죠. 나는! 절대! 그 이야기를 하고 싶지 않아요!"

운여경은 차가운 눈빛으로 휘를 직시하며 못을 박듯 매몰차게 말하고 입을 닫아버렸다.

잠시간 정적이 흘렀다. 분위기가 의외의 상황으로 치닫자 곽당이 운여경을 향해 말했다.

"무슨 이유 때문인지는 모르겠지만, 단지 한 사람의 이름을 말하는 거라면 굳이 못 알려줄 것이 무어란 말이오?"

하지만 운여경의 표정은 여전히 변함이 없다. 닫혀 버린 입은 열릴 줄을 모르고, 차갑게 굳어버린 표정은 펴질 줄을 모른다.

그때였다. 벌떡 일어선 휘가 천천히 운여경을 향해 허리를 숙였다.

"뿌리를 찾고자 하는 자식의 심정을 이해해 주십시오. 일이 어쩌다 이렇게 됐지만, 본시 서로 간에 오해가 쌓여서 생긴 일, 한 사람의 이름을 알려준다 해서 그리 문제될 것은 없으리라 생각됩니다."

휘가 허리까지 숙이자 운여경의 표정이 살짝 흔들렸다. 그걸 본 곽당이 벌떡 일어서서 말했다.

"정말 말하지 않을 거요? 당신이 정말 나를 남편으로 생각한다면, 어서 말하시오!"

곽당의 호통에 운여경이 원망이 서린 눈으로 곽당을 직시했다.

"어찌 당신이… 나에게……."

"나도 당신에게 더 이상 뭐라 하고 싶은 생각은 없소. 하지만 이미 일은 우리의 손을 떠나 있을 정도로 크게 벌어졌소. 그러니 말을 하란 말이오! 나를 위해서, 그리고 당신과 우리의 아이들을 위해서라도!"

두 사람에겐 두 명의 아들이 있다. 이미 나이가 차서 혼인을 한 곽룡은 천검보의 주력 중 하나인 구룡검전에 대주로 있고, 이제 스물이 된 곽호는 수련관에 들어가 있다. 운여경은 아들에 대한 이야기가 나오자 눈꼬리를 파르르 떨었다. 곽당의 말은 허언이 아니다. 일이 잘못된다면, 곽당은 물론 두 아들에게까지 그 영향이 미칠 것이다.

운여경은 자신을 몰아치는 곽당을 원망의 눈빛으로 바라보다 휘를 향해 눈길을 돌렸다. 그리고 마지못한 듯 입을 열었다.

"우양이라는 이름만 알 뿐 정확한 이름은 나도 몰라요. 다만… 그가 철혈성주의 제자라는 것 정도만 알 뿐이에요."

마침내 그녀의 입에서 우양에 대한 이야기가 나왔다. 비록 정확한 이름은 나오지 않았지만, 우양이 철혈성주의 제자라는 것을 안 것만으로도 휘에게는 큰 소득이었다. 철혈성주의 제자에 대해서는 휘 자신이 누구보다 잘 알고 있고, 자신이 모르는 것은 사부님께 여쭤보면 될 일이니까.

'결국 두 사람 중 한 사람이란 건가?'

휘는 운여경에게 다시 허리를 숙였다.

"알려주셔서 고맙습니다. 그것만으로도 큰 도움이 되었습니다."

휘의 인사에 고개를 돌리려던 운여경이 머뭇거리며 휘에게 물었다.

"비화가 적지 않았다는 게 뭐죠?"

"아마 그녀는 염화선자와 육평호가 어떻게 졌는지에 대해서는 서신에 적지 않았을 겁니다."

"그건… 그래요. 그 아이는 단지 졌다고만 적었어요."

"두 사람은 한 수에 무너졌습니다. 아마 그녀가 그리 적었다면, 부인께선 절대 응풍대만으로 저를 죽이겠다고 생각하지는 않으셨을 겁니다."

운여경의 눈이 커졌다. 그렇다. 만일 그리 적었다면 어찌 응풍대만을 보냈겠는가.

"그 아이가… 왜?"

휘가 말했다.

"그래야 더 많은 피를 볼 것이고, 피를 많이 볼수록 천검보와 저의 관계가 악화될 것이니까요. 어쨌든 그녀로선 목적의 반은 성공했다고 봐야겠지요."

해연히 놀란 사람들의 눈이 휘를 향했다. 심지어 사공명조차 놀란 눈으로 휘를 보더니 물었다.

"그러니까 당신을 해치기 위해서 거꾸로 약하게 말했다, 이 말이오? 대체 무슨 원한이 졌다고?"

씁쓸한 웃음을 배어 문 휘가 고개를 끄덕이며 손을 들어올렸다.

"내가 그녀의 목을 잡아 올렸습니다. 화가 나서… 이렇게… 나중에 너무 심하지 않았나 생각은 했지만, 이미 지난 일인지라……."

멍하니 휘를 바라보던 사공명이 상황도 잊고 허탈한 한숨을 내쉬었다.

"화가 날 만도 하구려. 여인의 목을 잡아 올리다니… 세상에! 만일 우리 희령이에게 그랬다면, 평생을 쫓겨 다니며 살아야 했을 거요."

그때였다.

"오라버니! 왜 제 이름이 거기서 나오는 거죠?!"

사공명이 뜨끔한 표정으로 휘를 바라보고는 돌아섰다. 사공희령이 도끼눈을 뜬 채 들어오고 있었다. 하는 수 없이 어설픈 웃음을 흘리면서 변명 아닌 변명을 하고는 말을 돌렸다.

"하. 하. 하! 누가 뭐라 했다고… 그건 그렇고, 아버님께 말씀은 드렸느냐?"

의심의 빛을 지우지 않은 채 사공희령이 사공명을 노려보았다.

"아버님께서 저자를 데려오라 하셨어요. 모든 결정은 저자의 말을 들어보고 아버님이 결정을 지으신다고 하셨어요."

그러면서 휘를 노려보는 사공희령의 눈에는 도전적인 눈빛이 가득하다.

"당신! 도망갈 생각은 버려야 할 거야!"

휘가 조용히 말했다.

"나는 도망갈 생각이 없소, 도망갈 이유도 없고."

"홍! 자신만만하군요."

"이곳을 에워싼 무사들 때문만은 아니오."

휘의 말에 사공명이 사공희령을 향해 눈을 부릅떴다.

"쳇! 그런 눈으로 보지 말아요. 아버님이 보낸 사람들이니까요."

"아버님이?"

"혹시 다른 사람들이 멋모르고 덤벼서 싸움이 날까 봐 보내신 거예요."

천검보 내에는 진부량을 따르는 사람이 적지 않다. 그리고 진부량의 친우들도. 아마 그들은 진부량을 죽인 사람이 천검보 내를 멀쩡히 돌아다니는 것을 그리 좋아하지는 않을 것이다.

사공명은 고개를 끄덕이며 휘에게 말했다.

"갑시다! 아버님은 기다리는 것을 그리 좋아하시지 않소."

돌아서던 사공명이 고개를 갸웃거렸다. 눈앞에 있는 자는 천검보 내에서 살인을 저지른 자. 그런데도 그리 적대감이 들지 않는다. 자신이 생각해도 이상할 지경이었다.

'눈이 맑아서 그런가?'

5

천검보주의 거처 천검전에는 잔잔한 긴장이 감돌고 있었다.

눈을 감고 있는 천검보의 보주 천수검왕 사공천의 표정부터가 무슨 생각을 하고 있는지 알 수 없을 정도로 굳어 있다.

소식을 듣고 달려온 원로들도 보주가 아무런 말도 없이 눈만 감고 있자 답답한지 좌우만 둘러볼 뿐이다.

그렇게 침묵만이 감돌던 대전이 한 소리 외침과 함께 고개 돌아가는 소리로 시끄러워졌다.

"둘째 공자님께서 오셨습니다!"

그 말은 결코 이공자만이 왔다는 말은 아닐 것이다. 아나나 다를까, 사공명을 선두로 몇 명이 안으로 들어왔다. 그중에는 안에 있는 사람들도 익히 잘 아는 곽당과 혁무성도 있었다. 그리고 처음 보는 사람들 네 명도.

원로들의 눈이 휘 일행에게로 모아졌다. 그리고 사공천의 눈도 그제야 슬며시 뜨여졌다.

휘는 안으로 들어서자마자 자신들을 노려보는 많은 사람들의 시선을 먼저 느껴야 했다. 그중에는 완연한 적대감으로 번뜩이는 시선도 있었고, 호기심 가득한 눈으로 살피듯 바라보는 이도 있었다. 그들의 눈빛에서 공통된 점이라면, 호랑이 굴에 들어선 토끼를 바라보는 눈빛이 대부분이라는 것이었다.

휘는 둘러앉은 천검보의 원로들을 쓰윽 훑어보고는 곧바로 전방의 태사의에 앉아 있는 사공천을 향해 눈길을 돌렸다.

거기에 그가 있었다. 칠패의 하나인 천검보의 보주이며, 당금 무림에서 검에 관한 한 세 손가락 안에 든다는 천하삼검의 일인, 천수검왕(千手劍王) 사공천이.

조용하면서도 그 깊이를 짐작키 어려운 그의 기도는 과연 사공천이라는 말이 절로 나올 정도로 위엄이 있었다.

"꽤나 건방진 놈이로군."

누군가가 자신의 행동을 못마땅히 봤는지 한 소리 해댄다. 하지만 휘는 들은 체 만 체 사공명의 뒤를 따라 걸어갔다.

사공명이 사공천을 향해 허리를 숙였다.

"삼가 인검령주가 보주님을 뵙니다."

사적인 자리가 아니란 점을 상기시키는 사공명의 인사였다. 사공천은 가볍게 고개를 끄덕이며 휘를 일별한 다음 다시 사공명에게 물었다.

"말은 들었다만, 정확한 것을 알고자 불렀다. 말하라, 인검령주!"

사공명은 다시 한 번 허리를 숙이고는 혁무성을 돌아보았다.

"혁 단주께서 사건의 전말을 이야기해 주시기 바랍니다."

곽당은 본의는 아니지만 잠시 자리를 비웠었다. 전체적인 내용에 대해선 휘를 빼고는 제일 잘 아는 사람이 혁무성이었다.

"천위단주 혁무성이 보주님을 뵙니다."

사공천이 말없이 고개를 끄덕이자 혁무성이 곽당과 함께 천검보를 벗어난 이후부터 빠짐없이 이야기를 하기 시작했다.

일각에 걸친 이야기는 휘가 듣기에도 한 점 어긋남이 없는 이야기였다. 심지어 보를 출발할 때의 일 등 휘가 모르는 이야기조차 끼어 있었다.

"…이상이 속하가 처음부터 보고 들은 사실의 모든 것입니다."

혁무성의 이야기가 끝나자 원로들은 놀란 얼굴로 휘를 바라보았다.

그들도 말은 들었지만 설마 진짜로 혁무성이 삼 초 만에 패하고, 진부량이 삼 초 만에 죽임을 당했다고 하자 화가 나기 이전에 어이가 없는 표정이 되어버렸다. 게다가 와중에는 그의 말을 완전히 믿지 못하는 자도 있었다.

"혁 단주, 지금 그걸 말이라고 하는가? 진 형이 누군데?!"

조금 전 휘가 들어올 때 못마땅하게 한 소리 했던 음성이었다. 혁무성이 그자를 바라보며 말했다.

"그 자리에는 수십 명의 사람이 있었습니다. 그 사람들이 모두 증인입니다. 상 장로님께선 그들 모두가 헛것을 봤다고 생각하시는 건 아니겠지요?"

상유백은 혁무성의 말에 발끈하며 소리쳤다.

"저자의 나이는 아무리 잘 봐줘야 이십대 중반이다! 천하의 누가 저 나이에 진 형을 이길 수 있단 말인가? 게다가 삼 초? 흥! 나는 믿지 못하겠다! 뭔가 암수가 있지 않고서야……."

휘가 상유백을 보며 말했다.

"나는 암수 따위는 쓸 마음도 없고 알지도 못합니다. 정 못 믿으시면 시험을 해보시지요."

조용한 음성은 너무도 담담해서 그가 이곳이 어딘지나 알고 있는지 의문을 품을 정도였다.

"뭐라?! 네놈이 감히!"

상유백이 소리치자 초평우와 풍인강이 눈을 빛내며 마주 쳐다보았다. 그러자 어이가 없는지 상유백의 입에서 헛웃음만이 흘러나왔다.

"허. 허! 이놈들이 여기가 어딘지 알고… 천둥벌거숭이 같은……."

"천검보인 줄은 나도 알고 있소, 영감!"

초평우의 말에 풍인강이 마저 한마디 했다.

"천검보가 아니라 만검보라도 잘못이 없는 우리를 겁줄 수 없소."

기함할 일이었다. 그야말로 간을 따로 떼어논 놈들이 아닌가 생각이 들 정도다. 그러다,

"오다 보니 개가 한 마리도 안 보이더군요. 아미타불. 이상… 타불."

영등의 헛소리에 상유백은 화도 내지 못하고 멍하니 네 사람을 바라보기만 했다.

'이거, 내가 지금 미친놈들을 상대하는 거 아냐?'

순식간에 어수선해진 장내를 바라보던 사공천이 손을 들었다.

"그만!"

그의 눈은 처음부터 끝까지 휘를 바라보고 있었다. 휘 역시 피하지 않고 사공천을 바라봤다.

장내가 조용해지자 사공천이 천천히 입을 열었다.

"좋은 눈이군."

뜻밖의 말이었다. 휘도 지지 않고 말했다.

"보주님의 눈도 젊은이들 못지않군요."

웬 눈 타령? 아연해진 사람들의 눈이 사공천과 휘를 번갈아 봤다.

"흔들림이 없는 눈은 거짓말을 못하지."

"보주님의 수하인 혁 대협은 거짓말하는 사람이 아니더군요."

사공천의 눈이 한차례 번뜩이더니 깊게 침잠되어 가라앉았다. 그리고 서서히 눈가로 웃음이 떠올랐다.

"기분 좋은 말이군. 수하에 대해서 인정을 받는다는 것은 흔한 일이 아니지."

"기분 좋으시라 말한 것이 아닙니다. 사실을 말한 것이지요."

"흠, 그래? 그럼 자네가 진부량 장로와 무사들을 죽인 것도 인정하는가?"

"제가 한 일을 안 했다고 할 정도로 변명을 일삼는 놈은 아닙니다. 맞습니다. 그들은 저에게 죽었습니다."

사공천이 휘를 보며 입을 다물었다. 질식할 듯한 고요가 대전 안을 맴돌았다. 누구도 입을 열지 못하고 눈만 부릅떴다. 사공천이 무슨 말을 하느냐에 따라서 상황이 결정될 것이다.

사공명이나 혁무성 등은 물론 원로들조차 손에 땀을 쥐고 사공천의 입만 주시했다. 일각여가 흐른 뒤, 사공천이 천천히 몸을 일으키며 입을 열었다.

"혁무성과 곽당이 자네를 초청했다 하니, 분명 자네는 손님으로서 본 보를 방문했네. 그러니 손님에게 검을 들이댄 것은 확실히 본 보의 실수네. 인정하지."

사공천의 말에 상유백을 비롯해서 몇 명이 벌떡 몸을 일으켰다.

"보주님! 저자는……."

"진 장로님을 죽인 자를 어찌……."

사공천이 다시 오른손을 들며 사위를 쓸어 보았다. 차갑고도 무거운 눈빛은 절대자의 눈빛, 바로 그것이었다. 그제야 일어섰던 사람들이 자신들의 실수를 깨닫고 다시 자리에 앉았다.

감히 하늘의 결정에 이러쿵저러쿵하다니…….

안색이 해쓱하니 질린 원로들이 입을 꼭 다물고 있자 사공천의 말이 다시 이어졌다.

"그러나 본 보의 명예 또한 가벼운 것이 아니네. 진 장로의 명예도 그렇고. 이해하겠는가?"

휘가 고개를 끄덕였다.

"이해합니다. 저라 해도 그냥 보낼 수는 없을 테니까요."

"이해해 주니 고맙군. 해서 방법을 생각해 봤네. 우리 천검보는 보의 명예를 지킬 수 있고, 자네는 자네를 지킬 수도 있는 방법 말일세."

어떤 방법일까?

사람들은 궁금증이 가득한 눈으로 사공천을 뚫어져라 쳐다봤다. 평상시 같으면 절대 해서는 안 되는 일을 자신들도 모르게 저지르고 있건만 아무도 인식하지 못하고 있었다. 사공천이 말하기 전까지는.

"요즘엔 간 큰 수하들이 많아졌어. 그러니 오늘 같은 일이 벌어졌겠지."

"헉!"

"흡!"

부리나케 고개를 돌리고 눈을 돌리는 사람들을 바라보며 휘는 슬쩍 웃음을 지었다. 사공천이 그 모습을 봤는지 점잖게 한마디 했다.

"봤어도 못 본 척해주게. 치부를 보이고 싶지 않은 것은 누구나 마찬가지라네."

천수검왕 사공천에 대한 인상을 새롭게 생각하게 만드는 말투였다. 생각보다 소탈한 사람처럼 느껴졌다. 하지만 다른 사람이, 특히 사공명이 휘의 마음을 알았다면, 아마 모르긴 몰라도 그 자리서 뒤로 쓰러졌을 것이다.

"말씀하시지요. 보주께서 생각하신 그 방법이란 게 무언지 말입니다."

"그러지!!"

한마디를 내뱉은 사공천이 줄기줄기 광채를 내뿜으며 위엄있는 목소리로 말했다.

"본 보의 사람 중 지금부터 내가 말한 방법에 이의를 단 사람은 그가 누구든, 나 사공천을 거역하겠다는 것으로 알겠다!"

한마디로 반대는 절대 용납하지 않겠다는 말이었다. 또한 휘에게는 자신의 방법을 무조건 따라야 한다는 무언의 압력이었다.

주위가 긴장으로 바람 흐르는 소리조차 들리지 않았다. 그런 상황이 마음에 드는 듯 사공천이 휘를 향해 느릿하게 말을 이었다.

"자네는 본 보에서 지명한 세 사람과 차례대로 비무를 벌여야 하네. 그게 누구든지. 진 장로를 삼 초 만에 무너뜨린 자네라면 그 정도 비무는 각오했으리라 생각하네만. 참관인은 본 보에서 내세우겠네. 물론 자네가 인정할 만한 사람으로. 시각은 사흘 후, 청명원에서 거행하겠네. 승낙하는가?"

온갖 압력을 집어넣고는 승낙하냐고? 물론!

"좋습니다! 한데……."

휘가 말을 흐리자 사공천이 번뜩이는 눈으로 휘를 직시했다. 반대는 절대 안 된다는 눈빛이다.

"뭔가?"

휘가 조용히 사공천의 불길이 이는 눈을 직시하며 말했다, 입꼬리를 묘하게 비틀며.

"혹시… 보주께선 철혈의 도전법에 대해서 아십니까?"

3장
삼자대결, 삼겹연승법

1

따사로운 햇살이 눈부시게 내리쪼이는 한여름의 천중산은 푸르름으로 한껏 치장되어 있었다. 하지만 그런 풍경을 아랑곳없이 오직 자신들의 할 일에만 매달린 사람들이 있었다. 그들은 한 방울의 땀이 내 생명을 한시진 더해준다는 믿음을 철석같이 끌어안고 사는 사람들이었다. 바로 볼모 아닌 볼모로 천검보에 머물게 된 휘 일행이 그들이었다.

휘 일행은 객당인 영빈당의 별원에 머무르기로 했다.

별원에는 휘 일행만이 머무르고 있었다. 본래 두어 사람이 더 있었지만 휘 일행으로 인해서 쫓겨나는 신세가 되었다.

그러다 보니 넓은 별원의 정원은 두 사람의 비무장이나 다름이 없게 되었다.

"차앗! 그깟 꽁수는 이제 안 통한다니까!"

"오옷!! 내 검이 어디가 꽁수라는 겁니까? 형님의 광풍도야말로 꽁수가 아닙니까?"

"뭐야?! 내 도법이 꽁수라고? 어디 꽁수를 받아봐라!!"

어찌나 시끄러운지 영등이 귀마개를 할 정도였다.

"아미타불. 늑대하고 얼음뗑이하고 웬수지간이란 것을 누가 알꼬. 아마 사부님도 모르실 거야. 가만? 늑대? 음… 이놈의 장원은 무진장 큰데 왜 개가 한 마리도 안 보이는 거야? 아무리 찾아도 안 보이니 원."

시간만 나면 슬슬 돌아다니더니 아마 개를 찾아다닌 것 같다. 사실 이토록 큰 장원에 개 한 마리가 안 보인다는 것은 누가 생각해도 이상한 일이었다. 하지만 영등이 알까? 거기에는 그만한 사연이 있다는 것을. 혹 부처님이라면 알지도.

휘는 초평우와 풍인강의 대련을 지켜보며 빙긋 웃음을 지었다. 두 사람의 무공은 하루가 다르게 발전하고 있었다. 얼마 전 곽당과의 격전 이후로 힘을 분배하는 법을 조금이나마 깨우친 듯하다. 그때도 자신들의 힘을 적절히 분배했다면, 처음부터 유리한 싸움이 되었을 것이다. 그나마 그 이후로 그에 대한 걸 깨닫고 대련하는 것이 느껴진다.

그래서 옛 고수들이 말하길, 강자와 싸워 크게 다치지만 않는다면 그보다 더 큰 배움은 없을 거라는 말을 했던 것 같다.

사공명은 영빈당으로 들어서며 대련을 벌이고 두 사람을 바라보았다.

어제도 그렇고, 오늘 아침에도 마찬가지였다. 시간만 나면 죽기 살기로 대련을 한다. 아니, 그가 볼 때는 대련이 아니라 싸움이다. 죽기 아니면 까무러치기로 도검을 겨누는데, 그걸 어찌 대련이라고 할 수 있단 말인가.

사공명이 고개를 설레설레 저으며 휘가 있는 곳으로 다가가자 그가 온 것을 알아본 초평우와 풍인강이 대련을 멈추었다.

"어? 이공자! 어떻수? 오늘도 한판 하지 않겠수?"

초평우가 도를 빙글 돌리며 말했다. 지끈거리는 머리를 누르며 사공명이 말했다.

"제가 좀 바빠서……."

바쁘기는… 골치가 아파서겠지.

어제 멋모르고 상대의 실력을 알아볼 겸 한 수 겨루었었다. 그리고 그는 찰거머리가 무엇인지를 절실히 느꼈다. 또한 늑대가 미치면 거머리가 될 수도 있고, 얼음도 열받으면 찰싹 달라붙는다는 것까지 알게 되었다.

어제의 일을 생각하자 절로 어깨가 부르르 떨렸다.

자신이 생각하기에 두 사람의 무공 하나하나는 자신에 비해서 뒤떨어진다. 하지만 두 사람이 협공한다면 승리를 장담할 수가 없다.

가까운 예로, 벽령검 곽당은 자신이 승리를 장담 못하는 고수다. 한데 곽당이 저 두 사람과 싸워서 졌다고 한다. 물론 이들은 자신들이 이기지 못했다고 하지만, 그것 또한 곽당이 동귀어진의 수법을 쓰는 바람에 어쩔 수 없이 비긴 것이었다고 곽당이 직접 말했었다. 그렇다면 자신 역시 이기기 힘들다는 말이다.

참으로 알 수 없는 자들이다. 어디서 이런 자들이 마른하늘에서 우박 떨어지듯이 몇 명이나 튀어나온단 말인가.

"조 형! 하루 남았는데 긴장도 안 되는가 보구려."

사공명이 툭 던지듯 말하자 휘가 빙그레 웃으며 고개를 들었다.

"긴장하면 상대가 바뀝니까?"

"하하하! 아마 천검보의 삼자대결을 앞에 두고 조 형처럼 태연한 사람도 없을 겁니다."

천검보에선 그것을 삼자대결(三者對決), 삼검연승법(三劍聯勝法)이라 한다고 했다. 지금은 잘하지 않지만, 오래전 천검보가 칠패에 들기 전에는 자주 있었다고 한다. 삼자대결을 해서 이기면 어떤 죄를 지어도 용서가 되었다고 한다. 마치 철혈성에 철혈의 도전법이 있었던 것처럼.

문득 사공천과의 마지막 말싸움이 생각나자 휘의 입가에 서린 웃음이
짙어졌다.

"뭐야?! 철혈의 도전법?! 섬서의 철혈성에서조차 사라진 철혈의 도전
법을 자네가 어찌 아는가?"

"마음에 드는 법은 기억에 남는 것이 아니겠습니까? 철혈의 도전법은
일 대 일로 모든 것을 결정짓는 방식이지요. 몇 명을 상대로 하든 말입니
다."

"흠, 그래, 꽤나 유명한 강호의 법이었지. 가슴을 뛰게 만드는 법은 그
리 많지 않은데, 그중에서도 철혈의 도전법은 남자라면 누구나 열광하게
만들었지. 철혈성에서 그 법이 사라졌다는 게 안타까웠을 정도였으니
까."

"저는 그 법대로 보주께서 정하신 세 명의 상대와 싸울 생각입니다.
뒤에다 혹을 달고 다니기는 싫거든요."

"호! 철혈의 도전법에 따라 싸우겠다? 승패가 결정되면 모든 것을 깨
끗이 잊으라, 그 말인가?"

"물론 보주께서야 당연히 그렇게 생각하시겠지만, 혹시라도 그렇게
생각하지 않을 사람이 있을지 모르는 것 아니겠습니까?"

"우리는 과거에 삼자대결이라고 해서 세 명과 싸운 사람에게는 어떤
죄도 묻지 않았다네."

"저도 들은 적이 있습니다. 다만 차이라면, 철혈의 도전법을 어긴 자
에게는 자비가 없다는 점이 다르겠지요."

휘의 말에 사공천의 표정이 굳어졌다.

"나 사공천도 삼자대결을 끝낸 사람을 어찌할 정도로 속이 좁지는 않

다네."

휘가 나직이 말했다.

"철혈의 도전을 치르고도 뒤를 노리는 자에게는 섬서의 모든 힘이 동원되어 법을 어긴 자를 처단했지요. 그건 결코 죄가 되지 않았습니다."

휘가 노린 것은 그것이었다.

—법을 어긴 자를 죽여도 죄를 묻지 말아라.

휘를 무섭게 노려보던 사공천이 끝내는 툴툴 웃으며 고개를 끄덕였다.

"좋아! 좋아! 남자라면 그 정도 배짱은 있어야지! 허허허! 요즘은 생긴 것도 그렇고, 배짱도 여자처럼 작은 놈들이 많던데, 자네… 생긴 것보다 강단이 있구먼. 감히 내 앞에서 할 말을 다 하다니 말이야."

그 말에 초평우와 풍인강이 동시에 힐끔 휘를 쳐다봤다. 다행히 휘의 손은 얌전히 제자리를 지키고 있었다.

휘의 표정에 고소가 맺히자 사공명은 희한한 사람을 본 것마냥 휘를 빤히 쳐다보았다. 그러다 끝내 궁금함을 못 참겠는지 입을 떼었다.

"그런데… 조 형."

"예."

"혁 단주의 말을 들으니 면구를 쓰시고 계신다고……."

순간 휘의 표정이 어색하게 일그러졌다. 초평우와 풍인강도 손을 멈추고 온 신경을 휘가 있는 방향으로 활짝 열어두었다. 과연 무슨 일이 일어날까.

"그게… 사정이 있어서……."

"하하하!! 천하의 천수검왕께 한마디도 지지 않고 말대꾸하신 분이 얼굴의 흠을 가지고 그리 낯을 붉히시다니 조 형답지 않으시군요."

사공명이 지레짐작으로 넘겨짚어 말하자 휘가 고개를 푹 숙였다.

"후… 정말입니다."

"그러지 마시고 아, 얼굴이라도 알아야 강호행할 때 알아볼 것 아니겠습니까? 안 그렇습니까?"

'옳거니! 그래, 계속 밀어붙여라.'

초평우와 풍인강이 동시에 쾌재를 부르며 속으로 응원하는 줄을 아는지 모르는지 사공명이 넌지시 말했다.

"남자라면 말입니다, 얼굴에 너무 신경 써서는 안 되는 겁니다, 조 형!"

휘가 지그시 입술을 깨물었다. 어차피 언젠가는 얼굴을 내놓고 다녀야 한다. 아직은 철혈성의 눈 때문에 감추고 있지만 여기야 천검보의 중지가 아닌가.

아니다, 그래도 낮말은 새가 듣고…….

"조 형이 면구를 벗지 않으신다면, 결국 내일의 대결도 무의미한 것이 아닙니까? 대체 누구하고 대결한지도 모르는데 결과가 무슨 소용이 있습니까?"

커다란 대못 한 방에 쥐는 생각도 못하고, 휘는 할 수 없이 주위를 살펴보았다. 다행히 초평우 등 세 명만 보인다.

"그럼… 다른 분께 말을 해서는 안 됩니다. 약속하셔야 합니다."

"허! 거참, 저 사공명, 함부로 남의 약점을 떠벌리는 사람 아닙니다."

할 수 없이 휘는 목 부분을 긁어 면구의 이음매를 손톱으로 슬며시 벗겨냈다.

사공명은 흥미로운 눈으로 휘를 보다가 뒤통수가 따가운 기분에 고개를 돌려 보았다. 초평우와 풍인강이 신이 난 눈으로 바라보고 있는 것이 보인다. 왜 저런 눈으로 보는 거지?

'좌우간 이상한 사람들이라니까.'

아무런 생각 없이 고개를 돌렸다. 순간,

"헉! 낭자는 누구……?"

퍽!

"크윽!"

"아싸!"

"역시!"

사공명이 허리를 구부리며 쓰러지자 초평우가 번개처럼 사공명을 받쳐 들었다.

얼굴이 벌게진 휘가 자신의 주먹을 바라보았다. 이놈의 손버릇은 고쳐지지가 않는다. 하여간 문제는 문제다.

그때 초평우가 말했다.

"흠! 오래가진 않겠는데요? 배를 맞았는데 내장은 괜찮을지 몰러?"

풍인강도 말했다.

"누구처럼 머리 맞은 사람보단 덜 아프겠군."

"내장도 먹을 만한데……."

누구 말인지는 군이 알 필요도 없었다.

쓰러진 사공명의 혈을 통해 따뜻한 기운을 불어넣자 얼마 안 되어 사공명이 몸을 일으켜 세웠다.

정신을 잃은 것까진 아니었기에 세 사람의 말을 다 들은 사공명은 어이가 없다 못해 기가 찰 지경이었다.

한데 진짜 문제는 그때 생겼다.

"오라버니!!"

겨우 몸을 일으키던 사공명은 하마터면 또 쓰러질 뻔했다. 하필 이럴 때 저 말썽꾸러기가 오다니! 두고두고 오라비가 쓰러진 것에 대해 입에 거품을 물고 다닐 게 뻔히 보인다.

하지만 그만이 놀란 것이 아니다. 휘는 번개처럼 면구를 쓰려 했다. 한데 면구가 없다. 분명 옆에 놔두었건만, 이게 어찌 된 일인가.

고개를 돌리자 영등이 면구를 이리저리 둘러보는 것이 보인다.

"영등 스님!"

번개처럼 몸을 날리려 했지만 이미 때는 늦었다. 사공희령이 사공명을 부축하며 소나기처럼 말문을 열었다.

"오라버니! 대체 어떻게 된 거예요? 누가 이렇게 한 거죠? 저들이 그랬나요? 당신들!!"

초평우와 풍인강이 손과 머리를 정신없이 젓는다.

"그게 아니고……."

"아니긴 뭐가 아니란 말이에요! 그럼 누가… 당신!"

휙 고개를 돌린 사공희령이 휘를 바라보았다. 뒤돌아서서 말이 없는 것을 보니 틀림이 없다. 저자가 오라버니를 눕힌 자다.

"당신 말이야! 그럼 안 되지! 오라버니가 얼마나……."

"령아야, 그게… 아니……."

"오라버니는 가만 계세요!"

눈을 치켜뜬 사공희령이 빽 소리를 지르고는 휘의 앞으로 다가갔다. 손은 턱, 허리에 얹고.

"오라버니가 얼마나 당신들에게 잘해주려 하는데, 당신은……."

"미안하오."

이미 엎지러진 물, 휘가 어쩔 수 없이 돌아섰다. 순간, 잠깐 말문이 막히는지 사공희령이 눈을 휘둥그렇게 뜨고 말을 더듬었다.

"당신은… 누구… 세요? 딸꾹!"

"……."

모두가 말을 잃었다. 쓴웃음을 짓고 있는 사공명도, 웃음을 참느라 얼굴이 벌게진 초평우와 풍인강도.

거기다 면구를 들고 이상하다는 표정을 짓고 있는 영등도.

'이걸 뭘로 만들었지? 진짜 부드럽구먼. 설마 개 껍딱으로 만들지는……'

아! 역시 여자는 요물이다. 그리고 연연이가 왜 면구를 쓰고 다니라고 했는지도 알 것 같다. 사공희령의 말투는 물론이고 행동까지 휘의 얼굴을 본 이후로는 완전히 달라져 버렸다. 심지어,

"칫, 오라버니가 맞을 짓을 했네, 뭐."

조금(?) 다치게 했다고 길길이 날뛰던 여자가 자기의 오라버니까지 뒤로 밀어내고 말았다.

"뭐?!"

딸은 키워봐야 남 좋은 일만 시킨다더니, 옛말이 하나도 틀리지 않은 것 같다.

'저러다 혹시 아버님까지 뒤로 밀리는 거 아냐? 그런데… 솔직히 잘생기긴 잘생겼다. 너무 잘생겨서 탈이긴 하지만.'

사공명은 한숨을 내쉬며 휘와 사공희령을 번갈아 보고는 풀 죽은 목소리로 말했다.

"웬만큼 해야 내가 그런 말을 않지……."

안 되겠는지 휘가 사공희령을 향해 물었다.

"그런데 무슨 일로 사공 소저께서 이곳에 오셨습니까?"

"오모? 아이, 깜빡했네. 호호홍! 아버님이 공자님을 뵙자구 하세요."

우웩!

사공명은 속이 울렁거리는 것을 참고 어이없는 표정으로 자신의 여동생을 바라보았다.

'저 여자가 천검보의 불여시라 불리는 내 동생 맞아?'

2

사공천의 거처는 생각했던 것보다 작고 검소했다.

다탁을 두고 두 사람이 마주 앉자 사공희령이 차를 따른다. 얼굴이 붉어진 사공희령의 모습을 바라보던 사공천이 물었다.

"령아, 어디 아프냐? 내 조 소협과 할 이야기가 있으니 그만 나가서 약당에 가보거라. 아프면 약 먹어야지."

'아버지! 분위기를 맞춰주지는 못할망정 깨지나 마세욧!'

아! 마침내 사공천조차 밀려나기 시작했다.

사공희령이 샐쭉한 표정으로 사공천을 바라보고 나가자 고개를 갸웃거린 사공천이 말했다.

"저 아이가 본래 튼튼한 아인데, 요즘 신경을 너무 많이 써서 탈이 난 모양이구먼. 허허허, 차 들게나."

휘는 슬쩍 차를 마시며 어색한 표정을 감췄다. 그리고 사공천을 향해 말했다.

"부르신 이유가 무엇인지요?"

사공천이 굳은 얼굴로 물었다.

"먼저 한 가지 묻겠네."

찻물을 한 모금 들이킨 사공천이 말을 이었다.

"요즘 강호에 심상치 않은 바람이 부는 것을 알고 있나?"

휘의 눈이 미세하게 흔들렸다.

'과연 사공천은 어디까지 알고 있을까?'

아주 중요한 이야기였다. 만시량이 짐작한 바람인지 아니면 자신이 알고 있는 바람인지는 모르지만, 사공천은 뭔가를 느끼고 있는 것이다. 그래서 일단은 인정하는 쪽으로 대답했다.

"조금은 압니다."

"음… 놀랍군. 젊은 사람이 강호의 흐름까지 알다니 말이야."

사공천의 놀라는 표정 속에 의심이 희미하게 담겨 있다.

휘는 그것을 보았다. 어쩌면 사공천이 자신을 부른 이유가 바로, 그의 마음속에 도사린 의심을 풀기 위해서일지 모른다는 생각이 들었다.

그렇다면 풀어줘야 한다, 깨끗하고 시원하게.

"제가 하고 있는 일 중에 정보에 관련된 일이 있습니다. 그 덕분에 강호에 부는 두 갈래의 바람을 볼 수 있었습니다만, 보주께선 어떻게……."

말을 흐리는 휘를 바라보는 사공천의 눈이 휘둥그레졌다. 진짜로 놀랐다는 표정이다.

"두 가지? 정보에 관련된 일을 한다고?"

이쯤에서 하나를 던져 줘야 한다.

"아직 전부를 말씀드릴 수는 없습니다만, 정보를 업으로 하는 만상문이라는 작은 문파를 맡고 있습니다."

저도 문파의 주인입니다. 그 말이다. 사공천이 그 말을 못 알아들을 리가 없다.

"허허허! 본 보의 장로를 삼 초 만에 누를 수 있는 무공을 지닌 것을 보고도 한 문파의 주인일 거라 생각을 못했다니, 내가 어리석었군, 조. 문. 주!"

소협에서 문주라는 호칭으로 바뀌었다.

당연한 일이라 할 수 있지만, 그 말이 칠패의 주인 중 한 사람인 사공천의 입에서 나온 이상 그것은 결코 당연한 일이 아니었다. 그것은 사공천이 그만큼 휘를 인정한다는 말과도 같았다. 그리고 지금까지 품고 있던 의심이 조금은 희미해졌다는 것을 말해주는 것과도 같았다.

그걸 아는지 모르는지 휘는 여전히 조용한 음성으로 입을 열었다.

"보주께서 알고 계신 바람에 대해 말씀해 주신다면, 저도 제가 알고 있는 것을 말씀드리겠습니다."

"흠, 거래를 하자 이 말인가? 나 사공천과!"

사공천의 전신에서 위엄이 쏟아져 나왔다. 단순한 위엄이 아닌 힘이 담긴 기운이다. 하지만 휘는 표정 하나 변하지 않고 계속 입을 열었다.

"죄송합니다. 업으로 하는 일인지라, 주면 받는 것이 생활화되어 있어서……."

사공천의 얼굴이 굳어졌다.

'팔성의 내력을 끌어올렸는데도 티끌만큼의 흔들림도 없다니!'

"음, 그렇다면야 어쩔 수 없겠지. 하나 나 역시 손해 보기는 싫네. 자네가 먼저 하나를 말하면 나도 하나를 말하지."

휘는 고개를 끄덕였다. 더 몰아쳐 봐야 얻을 것도 없고, 잃을 것만 있다.

"좋습니다. 제가 먼저 말하겠습니다."

천천히 찻잔을 들어 입을 적신 휘가 입을 떼었다.

"마백(魔魄)이라고 아십니까?"

모를 것이다. 또한 몰라야 이야기를 유리하게 끌어갈 수 있다. 처음부터 삼령문인 외에 남들은 알지 못하는 이야기를 꺼낸 이유도 그 때문이다.

"마백?"

뜬금없는 이야기에 사공천의 눈이 커졌다.

휘는 자신이 아는 범위에서 너무 지나치지 않는 곳까지 마백에 대한 이야기를 했다. 물론 삼령문에 대한 이야기는 뺀 채. 그럼에도 사공천은 흥미로운 표정으로 휘의 말에 귀를 기울인다.

"그러니까, 마백이라 불리는 자들이 있는데 그들의 힘이 엄청나다? 그리고 그들이 그간 강호에서 역사의 뒤안길로 사라진 수많은 혈겁을 조장했다? 내가 제대로 이해한 것인가?"

"제대로 이해하셨습니다."

"하지만 그들은 이미 옛날 사람들이 아닌가? 설령 지금 존재한다 하더라도 현재 칠패의 힘은 누가 어찌할 수 있는 힘이 아닐세. 오죽하면 구대문파와 오대세가가 숨을 죽이고 있겠나?"

칠패에 대한 자부심은 사공천 역시 예외가 아니었다. 그리고 그 말은 사실이었다. 당금 칠패의 힘은 그만큼 강했다.

그래서 휘는 나직하면서도 강하게 말했다.

"문제는! 그들이 다시 움직이고 있다는 사실입니다. 그리고 그들의 힘이 얼마나 강한지 아무도, 아무도 모른다는 것입니다. 칠패의 그 누구도 말입니다!"

그제야 사공천의 표정이 긴장으로 굳어졌다. 현재 움직이고 있는데 칠패조차 그 정체를 모르고, 가진 힘을 모른다. 그것은 작은 일이 아니었다.

"으음……."

침음성이 사공천의 입을 비집고 흘러나왔다.

"그럼 그들이 실제하고 있다는 자네의 말을 증명할 수 있나?"

휘가 바라던 물음이 던져졌다. 휘가 말했다. 나직이, 힘이 실린 목소리로.

"지금부터 제가 하는 말은 절대, 함부로 외부에 알리면 안 됩니다. 오직 보주님만 알고 계셔야 합니다. 아직 완벽하게 밝혀진 것이 아닌 만큼

저 역시 조심할 수밖에 없는 정보니까요."

고개를 끄덕이는 사공천의 몸이 자신도 모르게 휘 쪽으로 기울어졌다.

"철혈성을 조사하던 중에 알아낸 사실입니다."

철혈성?! 사공천의 눈이 번뜩이고 허리가 더욱 숙여졌다.

"철혈성이 정체를 알 수 없는 신비 세력을 등에 업고 급작스럽게 힘이 커졌다는 사실은 잘 아실 겁니다."

"물론 알고 있네."

"그 신비 세력의 중추 인물 중 한 사람과 싸운 적이 있습니다. 한데 그 사람이 한 가지 물건을 지니고 있더군요. 그리고……."

사공천의 몸이 넘어질 듯이 기울어졌다. 휘도 바짝 다탁으로 몸을 기울이더니 사공천의 눈과 한 자 간격이 되자 입을 열었다.

"그 물건에 새겨진 조각상이 과거 백 수십 년 전, 마백을 쫓던 사람의 시신에서 발견된 화살촉에 새겨진 조각상과 같았습니다. 그게 무슨 뜻인지 아시겠습니까?"

사공천이 딱딱하게 굳은 얼굴로 무겁게 고개를 끄덕였다.

"그자가… 자네가 말한 마백의 인물일지 모른다, 그거겠군."

"저희는 확실하지 않으면 밝히지 않습니다. 해서 지금 많은 자금과 인력을 동원해 알아보고 있습니다만 쉽지가 않습니다. 워낙 오랫동안 숨어 있던 자들이었으니까요."

물론 알아보고는 있다. 다만 많은 자금과 인력이라는 말에 조금 과장된 면은 있지만.

휘의 말에 사공천은 감탄의 눈으로 휘를 바라보았다.

"정말 대단한 문파군, 그렇게 정확한 정보만을 취급하려 하다니."

"그 바람에 돈은 많이 못 법니다. 워낙 들어가는 게 많아서요."

휘가 생뚱맞은 소리를 하는데도 사공천은 오히려 더욱 감탄의 눈길을 보낸다.

"허허허, 내가 부끄러워지는구먼."

속을 완전히 알 수는 없지만 희미하게 남아 있던 의심마저 사라진 듯하다. 아직도 의심이 남아 있다면, 그건 휘로서도 어쩔 수 없는 일이다.

"별말씀을 다하십니다. 저야말로 부끄러울 뿐입니다."

휘가 고개를 숙이며 말하자, 사공천은 기분 좋게 자신이 알고 있는 정보를 꺼내기 시작했다.

대부분은 휘도 어렴풋이나마 알고 있는 이야기였다. 다만 훨씬 구체적이라는 것이 다를 뿐이었다.

구대문파와 오대세가가 움직인다는 이야기, 칠패 간의 힘 겨루기가 슬슬 표면 위로 떠오르면서 정체를 알 수 없는 고수들이 나타나 더욱 혈겁을 부채질하고 있다는 것 등이었다.

강호인들이 들으면 기겁할 일이 대부분이었지만, 휘는 담담히 그 이야기를 들었다. 그리고 사공천도 그럴 줄 알았다는 듯 말을 이어갔다.

사공천이 걱정하는 것은 그러한 싸움이 한 곳이 아닌 중원 전체에서 일어나고 있다는 점이 마음에 걸리는 듯했다. 그 바람에 천검보도 혈풍에 휘말릴지 모르겠다는 염려가 사공천의 말속에 녹아 있었다.

그때 문득 휘의 뇌리를 스치고 지나가는 한 가지 생각.

'만일 마백뿐이 아니고 다른 두 곳도 움직였다면?'

그렇다면 중원 전체를 피바람에 몰아넣는 일이 가능할지도.

그 후로 좀 더 많은 이야기를 나눴지만 결국은 거기서 거기였다.

식은 찻잔을 비우고 사공천의 방을 나온 휘는 영빈전까지 걸어가는 동안 이해득실을 따져 봤다.

얻은 것은 많지 않지만 잃은 것도 없으니 결과적으론 이득을 본 셈이다. 마백을 알려준 거야 마백을 견제할 힘을 얻은 셈, 어찌 보면 그것이

가장 큰 이득이었다. 그리고…

'잘하면 만상문에 굵직한 손님이 하나 생길지도 모르겠군.'

칠패의 하나이며 삼백 년 전통의 검문, 천검보 보주와의 회동을 어찌 가치로 환산하랴.

하지만 휘도 미처 모르는 것이 있었다. 휘가 사공천의 방을 나간 후 사공천이 혼잣말로 중얼거렸다는 것을.

"흠, 정보 문파를 운용하는 사람이라 면구를 썼나? 뭐, 상관없겠지. 얼굴이야 얼마든지 바뀔 수 있는 것이니까. 후후후. 하지만 지닌 기운은 쉽게 바꿀 수 없는 거라네, 젊은 친구."

3

청명원의 넓은 연무장.

새털구름 사이로 비치는 햇살이 황금빛으로 물들이고 있는 그곳에 이십여 명의 사람들이 아침부터 자리를 잡고 앉아 있었다. 대부분이 중년 이상인 그들은 모두가 천검보의 장로급 인사들이었다.

은은히 비추는 황금빛 햇살, 주위를 감싼 초록의 싱그러움. 여름날의 아침조차도 그들의 얼굴에 비친 긴장을 녹이지는 못했는지, 무심을 가장한 그들의 표정은 한결같이 굳어 있었다.

당연히 그럴 수밖에, 한쪽은 자신들과 동배이며 비슷한 무위를 지닌 진부량을 삼 초 만에 눕힌 자, 다른 한쪽은 천검보의 보주인 사공천이 추천하는 천검보의 고수 삼 인. 그야말로 언제 다시 볼 수 있을까 모를 대결에 대한 호기심은 그들이 아직은 강호에 몸담은 무인임을 상기시켜 주는 또 다른 불꽃이었다.

과연 누가 나올까, 보주는 누구를 내세울까, 혹시 자신이 아닐까?

만일 나라면, 과연 진부량을 삼 초 만에 불귀의 객으로 만들어 버린 저 젊은 고수를 이길 수 있을까?

바로 그것이 그들의 눈에서 긴장을 지우지 못하게 하는 요인이었다.

둥! 둥!

한쪽에 준비된 작은 소고에서 울리는 소리가 시간이 임박했음을 알려 주고.

"보주께서 들어오십니다!"

마침내 사공천이 몇 사람을 대동하고 청명원으로 들어섰다. 그러자 뒤이어서 진조여휘와 세 사람이 사공명을 따라 들어온다. 순간 사람들의 시선이 일제히 진조여휘에게 집중되었다.

저자가 바로 진부량을 죽인 자다!

사람들이 웅성거렸다. 한 번 봤던 자들은 새롭다는 듯 주시하고, 처음 보는 자들은 과연 저자가 소문의 주인공 맞아? 하는 눈으로 의아한 듯 바라본다.

전면에 마련된 다섯 개의 의자 앞에 멈춰 선 사공천이 가볍게 손을 들고 입을 열었다. 나지막하면서도 구석까지 울리는 열기 서린 음성은 오늘의 일전에 대한 호기심이 그마저 비켜가지 못했음을 그대로 드러내고 있었다.

"십오 년 만에 삼자대결을 열게 됨을 본 보의 모든 무사들에게 고한다!"

사위를 쓸어 보는 사공천의 눈에 즐거움이 가득 배인 열기가 서려 있다.

"누구도 오늘의 일전 결과에 대해서 왈가왈부할 수 없으며, 누구도 이후에는 이전의 일을 문제 삼아 상대를 추궁해서는 안 된다! 이를 나, 천검보의 보주 사공천의 이름으로 공표하노니, 어기는 자는 본좌를 인정치 않음으로 알겠노라!"

　장내가 잠시 술렁였다. 삼자대결에 대해선 자신들도 알 만큼 안다. 한데 아무리 생각해도 내용이 조금은 다르게 들리는 것이다. 본래대로라면 천검보를 떠나서 개인적으로는 원한을 갚을 수 있는 게 삼자대련이었다. 한데 지금 한 말대로라면 완전한 면죄부가 아닌가. 하지만 사공천이 이미 공표한다 했으니 반문을 할 수도 없는 일.

　둥!

　일성 북소리에 장내의 소란이 가라앉자 사공천이 다시 입을 열었다.

　"오늘의 참관인은 천중산의 선배이신 일선(一仙) 명향목 선배이시오!"

　"아!"

　여기저기서 감탄과 함께 일어서 가볍게 인사를 올리는 소리로 북적거렸다. 그러자 사공천을 따라 들어왔던 흰 수염을 탐스럽게 기른 노인이 웃음 띤 얼굴로 포권을 취했다.

　"허허허, 이 늙은이가 오늘 호강하는가 보오이다. 천검보의 삼자대결에 참관할 수 있다니 말이오. 어쨌든 공정한 증인으로서 책무를 다하리다."

　명향목이 자리에 앉자 사공천이 휘를 바라보았다. 그리고,

　"조 공자와 대련할 첫 번째 상대는……."

　조용히 서두를 꺼낸 사공천이 장내를 쓸어 보았다. 긴장한 안색으로 굳어 있는 장로들이 보인다. 행여 자신이 호명당할까 봐 슬쩍 고개를 돌리는 자도 있고, 눈을 빛내며 휘를 바라보는 자도 있다.

　그들을 바라보는 사공천의 입가에 가느다란 미소가 물렸다.

　'흠, 뜻밖의 소득이군. 쯔쯔쯔. 말만 앞세우더니, 겁내기는…….'

　한 바퀴 장내를 둘러본 사공천이 마침내 한 사람을 호명했다.

"벽력신권 경추!"

이름이 호명되자 장로들이 앉은 자리에서 한 사람이 벌떡 일어섰다. 기골이 장대한 오십 초반의 장년인은 일어서자마자 사공천이 있는 곳을 향해서 힘있게 포권을 취했다.

"보주께서 삼가 경 모를 호명해 주시니 그저 감사할 따름이오이다! 최선을 다해 보주의 부름에 답하겠소이다!"

그는 진부량의 친우 중 한 명이었으며, 천검보에서 몇 되지 않는 검을 쓰지 않는 진정한 고수 중 한 명이었다.

연무장의 가운데로 걸어가는 경추를 보며 휘도 천천히 그의 맞은편으로 걸어갔다.

두 사람이 오 장을 격한 채 마주 보고 서자 사공천이 고개를 끄덕였다.

"시작하라!!"

둥! 둥! 둥!

마침내 세 명을 상대로 하는 삼자대결의 막이 올랐다. 그리고 선수는 휘의 인사로 시작되었다.

"조휘라 합니다. 저 역시 권으로 상대하겠습니다."

뜻밖의 말에 경추는 물론이고 사공천까지 의외라는 눈으로 휘를 바라보았다.

"지금 나를 능멸하겠다는 말인가?!"

경추의 분노 어린 외침에 휘는 조용히 고개를 저었다.

"받고 나서 그런 말씀을 하셔도 안 늦습니다. 그럼."

스윽, 휘가 일 보를 전진했다. 미끄러지듯 일 장을 나아간 신형이 일순간 죽 늘어지듯이 허공으로 치솟아올랐다.

흠칫, 경추의 눈이 흔들렸다. 잘 닦인 얼음판을 미끄러지듯 움직이는 상대의 움직임에 한 점 흐트러짐이 없다. 게다가 느린 듯하면서도 눈으

로 좇아가기 힘들 정도로 빠르다. 그리고,

"헉!"

고개를 들어올리던 경추의 안색이 하얗게 변했다. 이를 악문 채 번갈아 처내는 그의 쌍권에서 뇌음이 우르릉거린다.

우르릉……!

지켜보던 사람들은 의외의 상황에 어리둥절한 표정을 지었다. 시작하자마자 당황하며 자신의 성명절기 중 하나인 뇌음권(雷音拳)을 쏟아내는 경추를 그들은 이해할 수가 없는 것이다. 하지만 그들이 지금 경추가 당한 상황을 어찌 짐작이나 할까.

휘는 허공으로 삼 장을 치솟자마자 삼 보를 연달아 내딛었다. 천중무(天重舞)를 펼치며!

가공할 경력이 휘의 발끝에서 시작되어, 삼 보를 내딛을 때쯤에는 경추를 짓누르고 있었다.

이미 선공은 시작된 것이다!

정신없이 음신권의 권력을 내지르는 경추의 신형이 뒤로 밀려났다. 밀려나는 발걸음마다 뿌연 돌 가루가 피어오른다. 사람들은 그제야 상황이 심상치 않음을 깨닫고 안색을 굳혔다.

그때였다. 휘가 여전히 이 장 허공에서 우권을 내려쳤다. 천붕(天崩)!!

후우웅!!

대기가 비틀리며 답답한 신음을 흘린다.

지나가던 바람조차 권력(拳力)에 휘말려 아우성을 친다.

그러다 경추의 전면에 다다라서는 거센 회오리가 되어 뇌음마저 삼켜 버렸다.

"이이익!!"

사색이 된 경추의 쌍권에서 벽력이 일었다. 그의 자랑이며, 그에게 벽력신권이란 벌호를 붙여준 벽력권강이 파란 기운을 뿜어내며 천붕에 부딪쳐 간다.

꽈과과… 꽈릉!

두 기운이 맞부딪치자 휘의 신형이 허공에서 한 바퀴 공중제비를 돌며 튕겨 나가고, 경추는 주르륵 물러선 채로 눈을 부릅떴다.

주위에서 감탄의 소리가 터져 나왔다.

"과연 벽력신권이다!"

한데 그 순간이었다. 튕겨 나간 휘가 바닥에 내려서는가 싶더니 빗살처럼 쇄도했다.

죽 늘어진 신형이 십여 개의 환영을 남기며 허공에 펼쳐지고, 눈 깜짝할 사이에 경추의 앞에서 겹겹이 합쳐진다. 그런 휘의 좌수가 어느새 천양의 기운으로 붉게 물들어 있다.

찰나!

쾅!

"커헉!"

경추의 답답한 신음이 터져 나왔다. 앉아서 손에 땀을 쥐고 지켜보던 사람들도 벌떡 일어섰다.

모두가 말을 잃었다. 광란하는 기운에 휩쓸려 가루가 되어버린 낙엽들이 고요히 내려앉도록 아무도 움직이지 않았다.

"조휘, 승!"

명향목의 나직한 목소리가 장내를 울리자 그제야 사람들이 하나둘 자리에 앉기 시작했다.

푸들푸들 떨리는 입을 열어 경추가 말했다.

"졌… 네."

손등을 경추의 가슴에서 떼어낸 휘가 포권을 취했다.

"좋은 비무였습니다."

"쿨럭! 너무… 과분하군. 그런 말은……."

천천히 고개를 저으며 경추는 옆을 바라보았다. 석 자 옆 청석에 깊숙이 찍힌 장인이 선명하게 눈에 들어왔다. 조금 전 자신은 움직일 수가 없었다. 한데 상대가 바로 눈앞에서 장력을 틀었다. 만일 장력이 가슴을 쳤다면, 지금쯤 자신의 가슴에 저 장인이 찍혔을 것이다.

'그리고… 죽었겠지.'

고개를 돌린 그대로 경추가 말했다.

"신세를… 졌군."

"별말씀을."

두 사람이 인사를 나누고 물러서자 일각의 휴식 시간이 주어졌다.

일각이 지날 즈음, 사공천이 천천히 일어섰다.

"두 번째 상대는……."

장내는 낙엽 떨어지는 소리가 들릴 정도로 고요함에 잠겨들었다.

이제 장로들은 모두가 절실히 느끼고 있었다.

─진부량은 정말로 삼 초 만에 죽었다.

쓸어 보는 사공천과 눈이 마주치지 않기 위해서 고개를 돌리는 장로들이 태반이다. 사공천은 입가에 고소를 피워 올린 채 옆을 바라보았다.

"자네가 나서줘야겠네, 여송."

"알겠습니다, 보주."

사공천의 우측에 있던 사십대 중반의 중년인이 천천히 몸을 일으켰다. 그리고 사공천에게 가볍게 목례를 올리고는 장내로 걸어나갔다.

장로들 중 누군가의 입에서 그의 이름이 튀어나왔다.

"낙성검객 이여송이다!"

아는 자는 아는 대로, 모르는 자는 모르는 대로 경악과 안심이 교차하는 눈길로 이여송을 쳐다보았다. 설마 그가 나설 줄은 몰랐다는 눈빛도 있고, 그가 나섰으니 어쩌면 대결은 여기서 끝날지도 모른다는 기대감에 찬 눈빛도 있다.

오직 보주의 명만을 받으며 움직이는 천검보의 숨겨진 힘 중의 하나가 바로 그였으니.

마주 걸어나간 휘가 흔들림없는 눈으로 이여송을 바라보았다. 두 사람의 눈이 마주치자 이여송이 먼저 입을 열었다.

"나는 이여송이라 하네. 친구들은 낙성검객이라 불러주고 있네."

휘가 포권을 취하며 말했다.

"사부님께선 강호의 검객들 중 진짜 무인들에 대해 말씀해 주신 적이 있습니다. 그런 분들 중 한 분을 뵙게 되어 영광입니다."

"과분한 칭찬이군. 나 역시 자네 같은 사람을 길러낸 분에게 그런 과찬을 듣다니, 영광이네."

"사부님께서 그 말을 들으시면 기뻐하실 겁니다."

"후후후, 자네는 참 재미있는 사람이군. 좋은 대결이 되기를 바라겠네."

휘가 씩 웃었다. 이여송은 사심없는 그의 웃음이 참으로 맑다는 생각을 했다.

"검에는 눈이 없네. 이기든 지든 조심하게."

"선배님 역시… 그럼."

삼 장의 거리를 두고 휘가 만양을 잡아갔다. 이여송도 자신의 애검 청상을 부드럽게 움켜쥐었다.

츠앙! 스르릉!

두 자루의 검이 모습을 드러낸 순간 두 사람의 신형이 당겨지듯 서로를 향해 쇄도하고, 팟! 일 수유의 순간에 붉고 푸른 두 줄기의 빛이 교차

했다.

일순간 두 사람의 모습이 사라졌다.

"허공이다!!"

허공으로 번개같이 치솟은 두 사람을 보고 누군가가 소리쳤다.

휘는 일검으로 이여송의 빠름과 힘을 가늠해 봤다.

'빠르고 힘도 있다! 하지만……'

낙성검객의 장기는 하늘에서 별이 떨어지듯 내려쳐지는 검강의 운용이라고 사부님은 말씀하셨었다. 결국은 유성낙화우와 비슷한 검결이란 말.

솟구친 이여송의 검에서 파란 강기가 검첨에 모아지는 것이 보이자, 휘는 만양에 천양의 기운을 불어넣었다. 순간적으로 붉은 강기가 죽 뻗어나가더니 한 송이 꽃이 하늘에 수놓아졌다. 몽여화(夢餘花)!

오 장 허공에서 붉고 푸른 빛무리가 엉겨붙은 폭죽처럼 휘돌고 있다

이여송은 낙성검의 일검 낙성참(落星斬)을 펼치며 눈을 부릅떴다. 휘의 만양이 수놓은 혈련화가 꽃잎을 벌리고, 찰나간 휘의 몽여화가 이여송의 검첨을 덮쳐 버렸다.

얼굴이 딱딱하니 굳어버린 이여송은 혈련화를 떨치려는 듯 검에 혼신의 내력을 불어넣으며 흔들어댔다. 그런 이여송의 눈이 잘게 떨리고 있다.

우우웅!!

두 자루의 검이 부딪치며 흘려내는 공명음에 사람들은 괴로운 표정으로 귀를 막았다. 그러면서도 눈은 허공에서 떠날 줄을 몰랐다. 그리고 마침내 그들은 볼 수 있었다.

맑고 붉은 혈련화가 파란 강기덩어리를 삼켜가는 모습을!

"타앗!!"

더 이상 참지 못하겠는지 이여송이 혼신의 힘으로 검을 쳐내며 신형을 뒤로 튕기고, 그 탄력으로 일 장을 더 솟구친 휘가 떨어져 내리는 이여송을 향해 길게 검을 그어 간다. 유성탄천파의 검결을 혼용한 단천락!

주욱, 붉은 빗살에 허공이 갈라진다!

땅에 내려선 이여송은 두 번째 검격이 있을 거라 예상했는지, 내려서자마자 하늘을 향해 둥글게 검을 휘둘렀다. 파란 강기의 검막이 일 장 넓이로 겹겹이 펼쳐졌다. 동시!

쾅! 콰르르!!

"크읍!"

괴로운 신음성을 흘린 이여송의 몸이 청석 바닥을 긁으며 뒤로 밀려났다. 아연한 표정의 이여송은 다음에 몰려올 검강의 파도를 생각하며 재빨리 눈을 들었다. 그때였다.

굳은 얼굴의 휘가 땅에 내려서서 검을 드는 모습이 보였다. 무겁게 침잠되어 한없이 가라앉은 것 같은 눈으로 자신의 검첨을 바라보며.

검첨에 맺힌 붉은 강기가 저절로 자라나는 것만 같다. 자라난 붉은 꽃봉오리가 자신을 향해서 꽃잎을 피우고 있다. 혈련화의 세 번째 꽃, 광량화(光亮花)!

이여송은 허탈한 표정으로 자신도 모르게 탄성을 터뜨렸다.

"아름답군!"

엉뚱한 말이었지만 누구도 반문을 제기하지 못했다.

사실 이여송 본인을 제외하고는 지금 휘의 검첨에서 이는 광경을 제대로 알아보는 사람이 없었다. 옆에서 보기에는 그저 붉은 강기가 넓게 퍼지는 것으로만 보일 뿐이니까. 그럼에도 붉은 강기는 맑고 요요로워서 모든 이에게 아름답게 보일 지경이었다.

이여송은 저 꽃이 자신을 향해 튕겨진다면 자신으로선 절대 막을 수 없을 거라는 느낌이 들었다. 그런 느낌이 들자 온몸에 힘이 쭉 빠져나간다.

강호 생활 이십 수년에 어느 정도 검에 자신을 가졌건만, 설마 오늘과 같은 날이 있을 줄이야.

'그래도 마지막은 멋지게 장식해야 되겠지?'

검을 들어올렸다. 이미 두 번의 충격으로 검강의 범위는 많이 좁혀져 있었다. 그래도 하는 데까지 해보는 거다.

눈을 부릅떴다.

화악!

붉은 꽃이 검첨을 떠나 날아오는 것이 보인다. 이를 악물었다.

'어느 정도의 충격일까? 후후후, 죽을지도 모르겠군.'

자포자기의 심정이 된 이여송이 검을 눈높이로 들어올린 순간,

"물러서게!!"

느닷없이 고막을 울리는 일성과 함께 한줄기 거센 검력이 자신의 등 뒤에서 몰려온다.

휘는 거의 몰아의 상태에서 광량화를 펼치고 있었다. 자신도 모르게 모든 정신이 광량화에 집중되고 있었다. 만양의 검첨에서 피어난 꽃이 이여송에게 날아갈 때까지. 한데 느닷없는 외침이 광량화에 빠졌던 정신을 순간적으로 일깨웠다.

'아차!!'

휘가 급히 검첨을 돌리려 할 때였다. 상대의 등 뒤에서 거대한 검력이 몰려온다. 만양에 힘이 너무 많이 집중된 상태라 피하기가 힘들다. 그렇다고 그대로 맨몸으로 부딪칠 수도 없다. 휘는 광량화의 방향을 틀어 거대한 검력에 맞서갔다.

콰우우!!

찰나간에 비틀린 광량화가 어찌할 새도 없이 거대한 검력에 정면으로 부딪쳤다.

콰아아앙!!

"으음……."

천지를 울리는 굉음이 울리더니 바닥의 청석이 가루가 되어 허공으로 치솟았다. 피어오른 뿌연 먼지구름이 세 사람 사이를 가로막자 상대가 흐릿하게 보였다. 그 사이로 누구의 것인지 알 수 없는 낮은 신음이 새어 나온다.

그리고 오랜 시간처럼 느껴지는 지루한 정적만이 청명원을 지배했다.

먼지구름은 한참이 되어서야 완전히 내려앉았다.

휘는 뒤로 세 걸음을 물러서서 거대한 검력의 주인을 바라보았다.

그 역시 세 걸음을 물러선 채 인상을 찡그리고 있었다. 단정한 청의 무복을 입은 오십 초반의 인물, 은은한 기도가 전신에서 흐르고 있는 것이 그의 경지가 절정에 다다라 있음을 말해주고 있다. 한데 아무래도 가벼운 내상을 입은 듯 창백한 안색이 그리 좋은 모습은 아니다.

휘는 만양을 검집에 넣으며 포권을 취했다.

누군지는 몰라도 처음으로 펼친 광량화를 막아낸 사람이다. 비록 한순간이나마 그 힘을 조금 약화시키긴 했지만, 상대 역시 전력을 다하지는 않았을 터였다.

만일 이여송이었다면 절대 막을 수 없는 힘이었다. 그렇다면 눈앞의 인물은 이여송보다 강한 사람이라는 말이다. 어쩌면 세 번째 상대일지도.

"조휘라 합니다."

마치 지나다 만난 사람처럼 아무렇지도 않게 인사를 하는 휘를 초로인은 기이한 눈빛으로 바라봤다.

"나는 부양천이라 하네."

휘가 잠시 그 이름을 되새기는 사이, 장로들이 있는 곳에서는 경악이 터져 나왔다. 미처 완전히 일어서지도 못하고 반쯤 일어선 채 입을 쩍 벌린 자도 몇이나 있을 정도다.

"맙소사! 고운(孤雲) 부양청!!"

"서, 설마……?"

그제야 생각이 난 듯 휘의 눈도 휘둥그렇게 떠졌다.

'고운 부양청이라면, 그 칠검 중의 한 사람?'

천하에 검의 고수는 천하삼검만 있는 것이 아니다. 이름 짓기 좋아하는 강호의 사가들은 삼검에 비할 수 있는 검의 고수로 칠검을 꼽았다. 일명 중원칠검(中原七劍), 그리고 고운 부양청은 칠검 중에서도 상위로 꼽히는 인물이다. 그러니 휘가 놀랄 수밖에.

하지만 천검보의 장로들은 다른 이유로 놀라고 있었다. 삼자대결은 천검보의 사람만이 그 상대가 될 수 있다. 한데 그 법대로라면 고운 부양청이 천검보의 사람이라는 말이 아닌가 말이다.

사람들의 궁금증을 해소라도 시켜주려는 듯 사공천이 씁쓸한 웃음을 물고 입을 열었다.

"양청은 나의 의형제네. 그러니 천검보의 사람이라고 할 수가 있지. 비록 부 아우는 반쪽만 인정하고 있지만 말이야."

놀라운 사실이었다. 천검보에 검왕 말고도 고운마저 있다 하면 강호가 한바탕 경동할 일이었다.

"그리고… 오늘의 세 번째 상대로 나서주기를 바랐던 사람이기도 하지. 두 번의 대결을 보고 봐서 나서겠다고 했는데, 이렇게 나섰으니 목적 달성은 된 셈인가?"

사공천의 웃음 띤 말에 부양청은 미간을 찌푸리고는 고개를 저었다.

"형님의 말대로 되기는 했지만, 아무래도 대결은 더 하기는 어려울 것 같습니다."

"음?"

"아시겠지만 저 젊은 친구는 제 아래가 아닙니다."

부양청의 말에 장로를 비롯해서 사공천까지 놀란 표정을 지었다. 그러다 장로들 중에는 어쩌면 그럴 수도 있지 않을까 하는 생각이 드는지 고개를 끄덕이는 자도 있었다.

"검을 더 섞어볼 필요도 없습니다. 만일 저 젊은 친구에게 남겨놓은 검이 있다면, 저는 패배를 자인하고 밥이나 얻어먹고서 떠나렵니다."

엥? 사공천은 어이없는 표정이 되어 부양청을 바라보았다. 부양청의 성격이 괴팍하다는 것은 익히 알고 있었다. 오죽하면 고운이라는 별호로 불리웠을까. 하지만 그렇다고 승패조차 초월할 정도였었다니.

사공천의 생각을 눈치챈 듯 부양청이 한마디를 더 했다.

"정 하고 싶으면 형님이 하십시오. 왜 죄없는 저를 끌어들이신 겁니까?"

"…끄응."

끝내 사공천의 입에서 앓는 소리가 나왔다.

장로들은 정신이 없었다. 부양청과 사공천의 말을 듣고 있다 보니 어느 게 진실이고, 어느 게 과장인지를 알 수가 없다. 다만 분명한 한 가지 사실은, 저 휘란 젊은이가 절대의 고수들인 두 사람조차 꺼려할 정도의 고수라는 것이다.

휘는 사공천과 부양청의 대화를 들으며 고소를 지었다.

분명 부양청의 말은 잘못된 것이 아니다. 자신은 그동안 적지 않은 격전을 치르며 나름대로 틀을 짜왔다. 특히 고수를 상대할 때는.

일 초에 상대의 실력을 가늠한다. 물론 상당한 정신 집중과 상대보다 나은 실력이 있어야만이 할 수 있는 방법이다.

이 초에 상대의 힘을 꺾는다. 대충 상대를 시험한다는 생각은 가질 필요도, 가질 생각도 없다. 단숨에 기를 꺾는다.

그리고 삼 초에 적으로 하여금 싸울 의지조차 버리게 만들어 버린다. 그러다 죽일 수도 있지만 그것은 상대에 따라, 자신의 의지에 따라 행하면 된다.

그러한 기준으로 단 한 번의 격돌이었지만, 어느 정도는 부양청에 대해 가늠할 수 있었다. 그런 자신의 판단으로는 부양청이 껄끄럽기는 하지만, 이기지 못할 상대는 아니라는 생각이 들었다.

한데 문제는 이기고 지고를 떠나서 자신이 저런 고수와 한번 싸워보고 싶다는 생각이 은근슬쩍 든다는 점이다. 그동안에는 '불필요한 싸움을 힘 빠지게 뭐 하러 하냐' 생각했거늘.

'훗! 이거, 초 형이나 풍 형만 뭐라 할 게 아니군.'

사람들이 어정쩡한 상태에 처해 있을 때, 이때라는 듯 명향목의 목소리가 청명원을 울렸다.

"조휘 승!"

멋쩍게 두 번째 승리를 알린 명향목이 부양청과 사공천을 번갈아 봤다.

"어쩔 텐가? 세 번째는?"

사공천이 부양청을 바라보다 한숨을 내쉬며 고개를 저었다.

"어떡하기는 뭘 어떡하겠습니까? 부 아우가 안 하겠다고 버티는데, 그렇다고 제가 나설 수도 없고…….''

"그럼…….''

사공천과 명향목이 포기한 듯 조휘의 승을 외치려 할 때였다.

"잠깐만 기다려 주십시오.''

느닷없이 휘가 나서자 사공천은 어리둥절한 눈으로 휘를 바라보았다.

"왜 그런가?"

"그런 승리는 그리 반갑지 않습니다. 적어도… 일 초는 더 겨루고 승패를 갈라야 하지 않겠습니까?"

이번엔 사공천이 벙찐 표정이 되어버렸다.

"일… 초?"

"예, 부 대협과 일 초 승부 말입니다. 승패가 갈라지든 안 갈라지든 단일 초면 됩니다."

문득 사공천은 살짝 달아오른 휘의 얼굴을 보고 휘의 마음을 알 수 있을 것 같았다. 자신도 젊을 적에 얼마나 고수와의 대결을 목말라 했던가.

그래서 그만 부양청에게는 물어보지도 않고 덥석 승낙해 버렸다. 순전히 기분에.

"좋네! 단! 일 초여야 하네!"

"형. 님!!"

부양청이 눈을 크게 뜨고 사공천을 직시했다.

"아, 일 초네, 일 초. 그 정도는 해줘도 되잖은가?"

이미 물은 엎질러졌다. 부양청은 사공천을 직시하다 천천히 휘를 향해 돌아섰다. 굳어진 그의 표정이 마치 죽으러 가는 사람 같은 표정이다.

사공천은 부양청이 너무 엄살을 부린다 생각했다. 다른 사람은 몰라도 그만은 부양청의 무공이 자신과 그리 크게 차이가 나지 않는다는 걸 알기 때문이었다. 그리고 휘의 무공이 대단하기는 하지만 자신보다 앞설 정도는 아니라 생각했기 때문이기도 했다.

그렇다고 설마 '일 초에 무슨 일이 있겠나?' 그것이 사공천의 생각이었다.

하지만 그가 미처 생각지 못한 것이 있었다. 조금 전에 휘의 광량화를 맞받은 사람은 자신이 아니라 부양청이라는 사실을.

어쨌든 그렇게 일 초의 승부는 시작이 되었다.

부양청이 면이 넓은 석 자 장검을 빼 들고 중단을 취하자, 휘도 만양을 들어 하단을 취했다. 그리고 서서히 두 사람 사이에서 회오리가 맴돌기 시작했다. 검기가 뭉친 회오리는 점차 그 위력을 더해가더니, 결국은 시퍼렇고 붉은 검강으로 변화해 갔다.

가라앉았던 먼지구름이 회오리에 휘감기자 둘 사이에 거대한 먼지 기둥이 만들어졌다. 새파랗고 빨간 기둥이.

그러던 어느 순간이었다. 휘의 만양에서 흘러나오던 붉은 강기가 앞으로 나아가지 않고 하나의 쟁반마냥 넓게 뭉쳐서 검첨에 매달렸다. 한데 그것을 보는 부양청의 안색이 창백히 굳어진다.

'왜 저러지? 단순한 검막 같은데?'

부양청의 모습을 보고 사공천은 그렇게 생각했다.

하지만 부양청만은 그것이 결코 쟁반 모양의 검막이 아니란 것을 알고 있었다. 모양은 쟁반 같지만, 그것은 하나하나 수백 줄기의 검강이 실처럼 뭉쳐서 이루어진 것이었다.

'젠장!!'

이를 악다문 부양청이 선공을 취하기 위해서 검을 내뻗었다. 검의 동선을 따라 회오리치는 검강이 휘에게로 몰려간다.

그때 부양천의 눈이 더할 수 없이 크게 부릅떠졌다!

휘는 마침내 부양천이 공격해 오자 스르르… 만양을 붉은 검막의 한 가운데로 밀어 넣었다. 그리고 검첨에 모인 기운을 일시에 폭발시켰다! 찰나!

콰앙!! 파아아악!!

부릅떠진 부양천의 눈앞이 일순간 깜깜해져 버렸다. 아니, 시뻘건 핏빛으로 물들어 버렸다. 동시에 가공할 기운이 방원 일 장여를 뒤덮고 몰려온다. 수백 줄기의 뇌전이 한꺼번에 치듯이! 폭멸혼(爆滅魂)이었다!

'마, 맙소사!!'

부양천이 펼쳐 낸 회오리 검강이 갈기갈기 찢겨 나가고, 먼지 기둥이 비명도 지르지 못하고 천지사방으로 비산한다.

콰아아아!!

휘는 처음으로 펼쳐 낸 폭멸혼으로 인해 빨려나가는 내력을 다스리기에 정신이 없었다. 어렴풋이 알고는 있었지만, 전력을 다해 내친 폭멸혼은 일시지간 엄청난 내공을 필요로 했다.

그나마 다행이라면, 휘의 경지가 여화의 단계에 이른 데다 본래가 기운이 세 갈래로 나누어져 있기에 빠른 시간 안에 내력을 채울 수 있다는 것이었다.

폭멸혼을 내치고 나서 힘들게 내력을 휘돌린 휘가 전면을 바라보았다.

미친 듯이 뒤로 몸을 날렸던 부양청이 저만치에서 보였다.

여기저기 옷이 찢어지고, 피마저 군데군데 보이는 그의 모습은 조금 전의 고아한 모습과는 완전 딴판이었다.

'너무했나?'

부양천은 정신없이 뒤로 몸을 날리고도 완전히 폭멸혼의 범위에서 벗어날 수가 없었다. 그나마 악착같이 검을 휘둘러 막았기에 그 정도에서 끝났지, 조금만 검 휘두르는 것을 멈추었어도 길게 누워서 저승사자를 기다렸어야 할 신세가 되었을 것이다.

휙 고개를 돌린 부양청의 눈에 넋이 반쯤 빠진 사공천이 보였다.

"이제 속이 시원하십니까!!"

괜스레 야속한 의형이었다. 자신은 분명 다른 검이 있으면 안 하겠다고 했다. 그런데 기어이 시키더니 이게 무슨 꼴이냔 말이다.

"괘, 괜찮은가, 부 아우……?"

"지금 이게 괜찮은 것 같이 보이십니까?"

"음… 미안하게 됐구먼. 속은 어때?"

"속요? 커억!"

그제야 자신의 내부도 많이 상했다는 걸 느꼈는지 피를 한 사발은 토해냈다. 피를 토해내자 시원한 기분이 들었다. 하지만 그렇게 말할 순 없다, 저 얄미운 의형에게는.

"아무래도 내상이… 음……."

부양청이 피를 토하고 쓰러질 듯하자 부리나케 사공명이 달려 나왔다.

"의숙!!"

부양청을 부축한 사공명은 급히 품속을 뒤지더니 한 알의 단약을 꺼내 들었다.

"이거 드십시오! 의숙, 정신 차리시고요!"

"무엇……."

"천심단입니다. 어서 드세……."

"잠깐! 명아!!"

사공천이 천심단이라는 말에 급히 소리친 순간, 낼름! 부양청의 혀가 도마뱀의 혀처럼 순식간에 단약을 집어삼켰다. 그러면서 눈은 사공천을 향해 있다, 고소하다는 눈빛을 가득 담고.

"명… 아!!"

"예? 예, 아버님."

"누가… 누가 천심단을 이리 가져오라 했느냐?"

사공명이 의아한 얼굴로 말했다.

"혹시 모를 부상자를 위해서 가져왔습니다. 누구든 중상을 입을지 모르니 만일을 생각하지 않을 수가 없는 일 아니겠습니까?"

"그, 그거야 그렇다만……."

"그리고 어머님께서 가지고 가라 하셨습니다."

사공천의 표정이 한순간에 봄날이 되었다.

"그, 그래? 잘했다, 잘했어."

강호의 뒷소문이 사실로 드러나는 순간이었다.

―천검보의 사공천은 아내 언씨의 말이라면 팥을 콩이라 해도 믿는다.

내기를 다스린 휘가 사공천에게 다가가자 사공천은 다시 위엄을 찾은 표정으로 말했다.

"험험! 자네가 이겼네. 추후 이 일로 자네에게 검을 겨누는 천검보의 무사들은 없을 것이네."

"감사합니다. 부 선배님은 괜찮으신지요."

휘가 부양청을 보며 말하자 흘끔 사공천을 일견한 부양청이 투덜거리는 투로 말했다.

"그대가 보기에는 괜찮아 보이는기? 어쩌겠나, 형을 잘못 둔 내 잘못인 것을."

사공천이 그 말에 눈을 부라렸다.

"그 정도 상처에 천심단이라면, 나중에 나서겠다는 놈이 줄을 설 게야!"

한바탕 천검보를 회오리에 몰아넣었던 일이 그렇게 마무리되었다. 하지만 죽은 사람이 많아서인지 휘가 오래 머물기에는 천검보의 바람이 너무도 차가웠다.

"아무래도 여기서 인사드리고 가야 할 것 같습니다. 나중에 뵙겠습니다, 사공 보주님."

고개를 끄덕인 사공천이 못내 아쉬운 표정으로 휘를 쳐다보았다.

"언제든, 본 보를 지나갈 일이 있으면 들르게나. 그때쯤이면 본 보의 바람도 많이 누그러졌을 것이네."

부양청은 넌지시 휘를 따라 여행이나 했으면 좋겠다는 말을 했다가 가려거든 천심단을 게우고 가란 사공천의 말에 말문을 닫았다.

명향목과 이여송 등에게 차례로 인사를 나눈 휘가 돌아서자, 그때까지 인사가 끝나기만을 기다리고 있던 사공명의 전음이 귓속에 울렸다.

4장
악마의 호곡성에 춤추는 강호

1

하얀 실구름이 남쪽에서 북쪽으로 길게 뻗어 흐르고, 그 사이사이로 햇살이 눈부신 황금을 쏟아 붓고 있다.

풀어졌다 뭉쳤다, 뚜렷한 길도 없이 흐르는 실구름이 꼭 천지를 종횡으로 움직이고 있는 자신의 움직임 같이만 보인다.

'저 구름들의 목적지는 어딜까?

아마도 온 곳으로 돌아갔다 다시 또 길을 떠날 것이다. 세상의 흐름이 그렇듯이.

휘는 싱그러운 햇살을 만끽하며 천검보가 있는 쪽을 돌아보았다. 거대한 전각군을 자랑하는 천검보가 저 멀리 고개 너머로 까마득히 보였다.

아마 오늘의 승부에 대해서는 함구령이 내려질 것이다. 장로들만 모여놓고 삼자대결을 치른 이유도 아마 그런 뜻이 작용했을 터, 그러니 휘가 오래 있어봐야 천검보로서도 좋을 일이 없었다.

사공명이 전음만 보내고는 뒤돌아선 것도 그런 분위기를 알고 있기 때문이었을 것이다.

"조 형! 양산에 가면 공명루라는 주루가 있소이다. 내 곧 갈 테니 꼭 기다리셔야 합니다!"

휘가 빙그레 웃으며 다시 걸음을 재촉하자 초평우가 고개를 갸웃거리며 풍인강에게 말했다.

"이상하지 않냐? 사공 소저가 왜 안 보였지?"

그랬다. 조금, 아니, 많이 이상했다. 그녀의 어제 행동을 봐서는 울고 불고라도 할 것만 같았다. 그런데 얼굴도 내밀지 않는다?

확실히 풍인강이 생각해도 이상하긴 이상했다.

천중산 서쪽 여남(汝南)에 들어설 즈음, 심술궂은 먹구름이 성난 군마처럼 몰려들었다.

하늘을 올려다본 휘 일행이 빠른 걸음으로 여남에 들어서자 한 방울 한 방울 비가 떨어지기 시작했다. 휘가 걸음을 빨리하며 말했다.

"소나기가 한바탕 쏟아질 것 같군요."

이미 모두가 직감하고 있던 터였다. 빠르게 대로에 들어서자, 저만치 앞에 펄럭이는 주루의 깃발이 눈에 들어왔다.

공명루(孔明樓).

"공명루라고 하셨죠? 저기 있습니다!"

초평우가 멈춰 서서 자랑스럽게 손을 들어 가리키는 사이, 세 사람의 신형은 벌써 오 장 앞을 달려가고 있었다. 제일 뒤를 따라가던 영등이 초평우를 돌아봤다.

"초 시주, 뭐 하시는가? 빨리 오시게."

멋쩍게 손을 내린 초평우가 뻘쭘한 표정으로 뒤따라 달려갔다. 한 사람도 빠짐없이 깃발을 본 것을 보면, 사공명이 그곳을 약속 장소로 삼은 것도 아마 쉽게 찾을 수 있기 때문인 듯했다.

세 사람이 막 주루의 주렴을 걷어낸 순간, 방울방울 떨어지던 빗방울이 소나기로 변해서 앞이 안 보일 정도로 억수같이 퍼붓기 시작했다.

길거리에선 좌판을 걷어치우고 비를 피하려는 장사꾼들이 동분서주한다. 한쪽에선 낮부터 술에 취한 취객이 하늘을 바라보며 웃통을 벗어 던진다. 미처 비를 피하지 못한 장사꾼들은 머리부터 발끝까지 물에 빠진 생쥐가 되어 안절부절못하고 온몸으로 물건을 덮는다.

개중에는 노인도 있고, 젊은 사람도 있다. 남자도 있고, 여자도 있다. 자신의 삶을 지키기 위해서 안간힘을 쓰는 것은 남녀노소가 따로 없다.

사람 사는 세상이다. 어찌 보면 평범한 일상인지라 그러려니 하며 지나갈 일이었지만, 또한 어찌 보면 군상들의 삶이 가련하기만 하다.

이층에 앉아 길거리를 내려다보던 휘의 아련한 눈빛에 추억이, 그리움이 안개 위에 펼쳐진 신기루처럼 배어 나온다.

'무저동에서는 그저 철광석만 캐내면 먹을 것이 하늘에서 뚝 떨어졌었는데……'

우스운 일이지만 지옥 같던 그곳을 더 편하다고 생각할 사람이 있을지도 모르겠다는 생각마저 든다.

"에헤! 저승도 이보다는 나을 것이다."

아버지들의 한탄 소리가 귀를 울린다. 하긴 무저동에서 살아보지 않고는 그 마음을 알 수가 없겠지.

힐끔 초평우와 풍인강을 바라보았다.

'저들을 그곳에 데려다 놓으면 얼마나 버틸까?

문득 휘의 눈에 이채가 스친다.

'흠, 괜찮은 생각인데? 그럼 영등 스님까지?

휘의 속을 모르는 초평우는 그저 즐겁기만 했다.

천검보를 휘젓고도 살아서 나왔다. 아마 남들이 알면 놀라 눈알이 빠질지 모를 일이다. 게다가 그곳에서 벌어진 삼자대결은 초평우 평생 두고두고 써먹을 이야깃거리였다, 비록 함부로 떠벌릴 수 없는 이야기인데다 말한다 해도 믿어줄 사람이 있을 리 만무하지만.

'세상에! 고운 부양청을 이기다니! 과연 휘 형님……!'

초평우가 무의식 중에 씩 웃음을 짓자 풍인강이 떨떠름한 얼굴로 초평우를 타박했다.

"뭐 못 볼 걸 봤소? 왜 실실 웃는 거요?"

"음? 음… 사공명이 왜 여기서 만나자고 했을까?"

말 돌리는 솜씨 하나는 역시 초평우였다.

초평우와 풍인강은 휘를 바라보았다. 이유가 있다면 휘가 알 것이다. 한데 휘의 표정에도 별다른 변화가 보이지 않는다.

무공 외적으로는 돌아가지도 않는 머리를 소나게 굴리던 두 사람은 점소이가 다가와 큰 소리로 물을 때서야 정신을 차렸다.

"뭐 잡수시겠습니까!?"

답은 즉시 튀어나왔다.

"만두!"

"오리 고기!"

"고기 넣은 만두! 꾹꾹 눌러서!"

휘가 피식 웃음을 지었다. 그러고 보니 객잔에서 다른 것을 시켜 먹어 본 기억이 없다. 오직 만두에 오리 고기뿐. 해도 너무했다는 생각이 들자 휘는 점소이를 향해 물었다.

"이 집에서 맛있게 하면서도 저렴한 것이 뭐가 있소?"

시선이 일제히 휘를 향해 돌아섰다.

점소이는 '그래도 말이 통하는 사람이 하나쯤은 있군' 하는 눈빛으로, 초평우, 풍인강, 영등은 '세상에! 형님이 그런 질문을?' 하는 눈빛으로.

점소이는 저렴이라는 말이 조금 걸리기는 했지만 그래도 자신의 모든 지식을 동원해서 말하기 시작했다.

"요리로 말할 것 같으면 북경 요리부터 시작해서 광동, 사천 요리까지 못하는 것이 없습죠. 튀긴 걸 좋아하신다면… 탕요리를 좋아 하신다면… 그도 아니고 구운 걸 좋아하신다면……."

수십여 가지의 각종 요리에 대한 설명이 줄줄줄 이어 나왔다. 세 사람 이 귀를 쫑긋 세우고 점소이의 입을 바라본다.

"잠깐만."

그러다 휘가 말을 끊자 점소이와 세 사람의 눈이 휘에게로 향했다.

"작계자(炸鷄子)라 했던가요? 닭을 튀겼다는… 그걸로 주시오."

그러자…

"둘."

"셋."

"난… 그냥 처음에 시킨 만두……."

한데 영등만이 본래의 뜻을 굽히지 않는다. 순간 세 사람의 놀란 눈이 영등을 향해 돌아갔다. 개고기까지 먹는 스님이 고기를 마다하다니!

'아미… 씨발! 내놓고 먹을 수는 없잖아, 이 어리석은 중생들아!'

영등이 차마 말은 못하고 눈만 부릅뜰 때였다. 여인의 느닷없는 웃음

소리가 공명루의 이층에 울려 퍼졌다.

"훗! 호호호호!!!"

"사, 사매."

"아이고! 더는 못 참겠어요, 사형."

휘 일행의 옆 좌석에 앉아 있던 홍의를 입은 여인이 입에서 침이 튀어나오는 것도 모르고 웃고 있었다. 그녀의 옆에 있던 백의의 청년은 자신의 사매가 느닷없이 웃음을 터뜨리자 어쩔 줄 모르고 휘 쪽을 바라봤다.

여인은 웃을 만큼 웃었는지 휘 일행을 일견하고는 청년을 바라본다, 여전히 웃음 띤 얼굴로.

"풋! 사형, 우리도 작계자 먹을까요?"

백의청년의 얼굴이 와락 일그러졌다. 명백한 시비나 마찬가지였다. 사매도 느꼈는지 모르지만 자신이 느끼기에는 옆 좌석의 네 명 중 적어도 두 명은 자신조차 감당할 수 있을지 자신하기 힘든 고수다.

시비가 벌어지면 임무 때문에 싸우기도 애매하다. 더구나 이곳은 천검보가 지척인 곳, 어쩌면 저들이 천검보의 사람들인지도 모르는 일이다.

"사매, 함부로……."

그래서 급히 사매의 입을 막기 위해 나섰다. 한데,

"이보시오."

얼굴이 늑대를 닮은 자가 눈빛을 빛내며 말을 건다.

'제기랄, 자칫하면 사매 때문에 시끄러워지게 생겼군.'

"형장들, 제 사매가……."

일단 불을 끄기 위해 나섰다. 한데,

"거, 작계자를 잘 아시오?"

"……."

"호, 호, 호호호!!! 잘. 잘. 아냐구요?! 호호호!!"

끝내 사매가 다시 웃음을 터뜨렸다.

초평우는 물음에는 답하지 않고 웃는 여인이 오히려 이상해 보였다. 왜 웃지?

"음, 처음으로 시켜보는 거라 물어본 거요."

초평우가 재차 묻자 여인은 웃음을 가까스로 멈추고 초평우를 바라보았다. 그제야 초평우는 여인의 얼굴을 자세히 볼 수 있었다.

아름답다고 할 수는 없지만, 선이 굵고 초롱초롱한 큰 눈은 하도 맑아서 늑대 한 마리쯤은 풍덩 빠져도 흐려지지 않을 것만 같았다.

"아, 알려… 주, 주는 게… 뭐 어렵다고……."

또 병이 도졌다. 풍인강은 그리 생각했다. 그래서 이번엔 자신이 나섰다. 싸늘한 표정을 최대한 풀고서.

"만두보다는 작계자가 더 맛있지 않겠소?"

"……."

"푸, 푸!! 죄, 죄송하오."

백의청년마저 웃음이 나오고 말았다. 그러자 조용하면서도 무거운 음성이 청년의 고막을 두들겼다.

"그렇게 우습소?"

백의청년, 소진용은 안색을 바로 하고 휘를 바라봤다. 미처 생각하지 못했던 사람이었다. 다른 세 사람이 어렵게 생각하는 듯 보이긴 했지만 자신도 모르게 그에 대해선 무신경했었다. 그런데 그의 한마디에 간이 철렁 떨어지는 기분이다.

"죄송하오. 제가 그만……."

"흥! 그렇게 누가 사람을 웃기라 했나요?"

게다가 철없는 사매가 꺼져 가는 불에 기름을 끼얹는다. 소진용은 다급한 마음에 자신의 사매를 향해 말했다.

"사매! 어쨌든 우리가 웃은 건 사실이잖아. 그만 해."

"사형?"

"하긴 웃겨놓고 웃었다 뭐라 할 일은 아니지요. 한데… 진짜 그렇게 우습소?"

"……."

할 말이 없다. 우습냐고 묻는데 그렇다고도 할 수 없고, 웃어놓고 아니라고도 할 수 없다. 그렇게 소진용이 입을 다물고 어찌할 바를 모르고 있을 때다.

"조 형! 여기 계셨구려!"

사공명이 빗물을 털어내며 이층으로 올라오고 있었다.

굽신거리며 사공명을 따라오던 주루의 주인으로 보이는 자가 사공명의 손짓에 뒤로 물러나는 것이 보인다, 전부터 잘 아는 사이인 듯.

사공명은 이층으로 올라오다 소진용을 보고는 눈을 휘둥그렇게 떴다.

"어? 소 형이 아니오?"

소진용은 이러지도 저러지도 못하고 있는 상황에서 뜻밖의 사람이 나타나자 반갑게 맞이하면서도 조금은 어색한 표정을 지었다.

"사공 형! 어쩐 일이십니까? 바쁘신 분이 여기까지……."

"사공 공자, 오랜만이시네요?"

"어이구! 신도문의 여걸께서 어쩐 일로 행차를?"

"피이……."

사공명은 두 사람과 오랜 친구처럼 인사를 나누다가 휘를 바라보았다.

"아! 이런! 조 형, 오래 기다리셨습니까? 하하! 오다 보니 비가 쏟아져서 좀 늦었습니다."

"아닙니다. 덕분에 좋은 이야기를 나누고 있었습니다. 작계자에 대해서 논하고 있었지요."

"예?"

사공명이 어리둥절한 표정을 짓자 홍의여인, 여우경이 또 참지 못하고 웃음을 터뜨렸다.

"푸푸푸… 호호호!!!"

"사, 사매… 이제 그만……."

소진용이 기를 쓰고 말린 덕분에 여우경의 웃음이 멈추자 사공명이 간단하게 서로를 인사시켰다.

"조 형, 이분은 신도문의 소진용 형입니다. 그리고 이분은 여우경 소저입니다."

"소진용입니다."

휘의 눈에 이채가 서렸다. 신도문(神刀門)이라면 칠패의 하나인 강서 천도맹(天道盟)의 중추 세력 중 하나이다.

"조휘라고 합니다."

"피이, 여자 이름을 그렇게 멋대가리없이 소개하기예요?"

소진용은 좀 더 정확한 신분을 알고 싶었지만 상대가 이름만 말하는 데는 이유가 있을 거라 짐작하고 묻지 않았다.

간단하게 서로 인사를 나누고 나자 여우경이 못 참겠다는 듯 입을 열었다.

입에서 침을 튀겨가며 말하는 여우경의 이야기에 사공명은 웃음 진 얼굴로 휘를 바라보았다. 그러자 어색한 표정을 감추기 위함인지 휘가 재빨리 입을 열었다.

"한데 무슨 일로 저를 보자 하셨습니까?"

사공명도 무안한지 헛기침을 하며 말했다.

"험, 험, 다름이 아니고 조 형께 드릴 부탁이 있어서 만나자고 했습니다."

"부탁요?"

소진용은 의아함과 놀람이 범벅된 표정으로 사공명과 휘를 번갈아 봤다.

신도문주(神刀門主)의 제자인 자신도 사공명에게는 한 수 접고 들어간다. 한데 사공명의 말투에는 공손함마저 배어 있다.

사공명이 누군가? 천검보주 천수검왕 사공천의 둘째 아들이 아닌가 말이다. 저 조휘라는 사람이 누구기에 사공명이 존대로 대한단 말인가? 게다가 조휘라는 자는 아무렇지도 않게 받아들이고 있으니… 소진용이 생각하기에 그것은 한 가지 이유밖에 없었다.

―조휘라는 자는 사공명 정도의 신분을 가지고 있는 자다.

"섬서로 가신다 들었습니다만……."

"예, 맞습니다."

"그럼 호북을 거쳐서 가시는 겁니까?"

"그럴 예정입니다."

"다름이 아니고, 무당산을 지나치시거든 서신 하나만 전해주셨으면 해서 부탁을 드리는 겁니다."

"무당요? 장담을 드릴 수는 없습니다만, 꼭 전해야 한다면 전해 드리지요."

천검보에 미안한 감이 없던 것은 아니다. 십수 명의 무사가 죽고, 그중에는 장로도 있었다. 다친 자 또한 부지기수이다. 아무리 삼자대결로 은원 관계가 끝났다고 하지만 그래도 마음 한구석에 남은 미안함은 어쩔수가 없었다. 그리고 무당이라면 발길을 늦추어서라도 구경할 만한 가치가 있는 곳이 아닌가.

"감사합니다, 조 형. 무당에 가서서 운검 도장을 찾아 전해주시면 됩니다. 보의 사람을 보낼까 했습니다만, 보의 사람을 싫어하시는 데다, 그분께서 워낙 고집이 세서서… 마침 조 형이 그쪽으로 가신다고 하서서 아버님에게 말씀드렸더니 잘됐다 하시더군요. 하하하!"

사공명의 웃는 표정이 왠지 어색하다. 뭔가 사연이 있다는 말. 의문 중 일부를 여우경이 풀어줬다.

"운검 도장이시라면… 이십 년 전에 천검보를 떠나신 사공 공자님의 숙부님 아니에요?"

"예, 맞습니다. 그분이십니다. 이번에 아버님의 생신에 오셨으면 하는데 아무래도 안 오실 것 같아서 서신을 보내는 겁니다. 그리고 다른 일도 있습니다만 이 자리서 말씀드리기가 좀 그렇군요."

휘의 눈이 깊은 곳에서 번쩍였다. 또 다른 일이라는 것은 자신이 사공천에게 한 말과 관계된 일인 듯하다. 그렇기에 자신을 통해 서신을 보내려 하는 것 같다.

'숙부라는 사람, 패검(覇劍)이 싫어 떠났다 했던가?'

"전해주기만 하면 됩니까?"

"예, 저… 그리고…….."

뭔가 말문을 열기가 어려운지 사공명이 머뭇거린다. 그러자 이때라는 듯 초평우가 사공명에게 슬며시 물었다.

"저기… 사공 형, 떠나올 때 보니 사공 소저가 안 보이던데…….."

조금 급박하게 떠나기는 했지만 그렇다고 몰래 떠난 것은 아니다. 그렇다면 다른 사람은 몰라도 사공희령만큼은 반드시 나타나야 옳았다. 휘와 사공명을 택하라 하니 휘를 택할 정도였으니까. 그 때문에 사공명이 한숨까지 쉬지 않았던가 말이다. 동생이고 뭐고 여자는 키워봐야 다 소용없다고.

그런 사람이 보이지 않았으니 궁금하지 않을 수 없는 초평우였다.

풍인강도 슬쩍 눈을 돌려 사공명을 바라보았다. 그도 궁금한가 보다.

휘는 멋쩍은지 슬쩍 고개를 돌린다. 그러자 사공명이 고개를 푹 숙였다.

"아버님께서……."

아! 내가 떠나는 것을 보지 못하게 사공 보주가 막았나 보다. 그럴 수도 있지, 뭐. 사실 그 덕분에 나도 편하게 떠나왔으니까.

"조 형께 꼭 말씀을 전하라 하셨습니다."

그렇다고 미안하다고 할 것까진 없는데…….

"혹시라도 희령이를 보면 잘 좀 부탁한다고……."

'커억! 설마?! 맙소사!'

눈을 휘둥그렇게 뜬 휘가 사공명을 바라봤다. 사공명이 어색한 표정으로 말했다.

"그 아이가 이것저것 챙긴다고 늦는 바람에 조 공자 가는 것을 못 봤다고……."

후우… 그래도 다행이다. 단지 만나기 위해서라면야…….

"이번 기회에 아예 조 형하고 강호 유람을 한다고 나가 버렸습니다."

쿵!!

입을 쩍 벌린 늑대, 눈을 휘둥그렇게 뜬 얼음덩이의 표정이 가관이다.

그러다 당연하다는 듯이 고개를 끄덕이는 그들의 표정은 '대형을 보고도 그런 마음을 가지지 않으면 그게 여자냐?' 였다.

사공명의 말을 다 듣고도 뭔가 찝찝한 기분이 든다. 알 수 없는 불안감에 휘가 넌지시 물었다.

"설마… 뭘 들고 나간 건?!"

'오! 과연 한 수 앞을 내다보는 대형이시다!'

초평우와 풍인강이 그렇게 감탄하며 입을 벌리자 사공명이 여전히 어색한 표정으로 또다시 입을 열었다, 귓속말을 하듯이 나직이.

"그 아이가 용명검을 들고 나갔습니다. 남긴 서신에다 조 형께 줄 선물이라나 뭐라나 써놓고… 뭐, 그것 말고도 몇 가지 있습니다만……."

"……."

조용……. 이번에는 여우경과 소진용까지 입을 쩍 벌렸다.

천검보는 검으로 유명한 문파인만큼 좋은 검을 모으는 것도 소홀히 하지 않았다, 무려 이백 년 동안을.

용명검은 그렇게 모은 검 중에서도 천검보의 오대보검(五代寶劍)이라 불리는 검 중의 하나였다. 한데 사공희령이 그런 검을 들고 나왔단다, 순전히 휘에게 선물로 주기 위해서.

거기다 뭐? 다른 것도 몇 가지 더 들고 나왔다고?

굳은 표정으로 휘가 말했다.

"보주께서 사공 소저의 안위를 걱정하시겠군요."

뜻밖의 말이었다. 사공명의 눈에 감탄의 기색이 서렸다. 직접적으로 말을 하시지는 않았지만 아버님도 비슷한 말씀을 하셨었다.

"그런 물건을 지니고 다니다 무슨 일을 당하려고!"

그러면서 은밀히 천위단과 천궁단을 풀었다. 소문이 나면 안 된다며. 그리고 은근히 한 말씀 더 하셨었다.

"단, 혹시라도 조휘와 같이 있다면 말리는 척하면서 놔둬라."

그래서 '돌려보내 달라'가 아니라 '부탁한다'고 한 것이다.

"소문이 나면 안 됩니다. 날파리들이 꼬이면 시끄러워질 것입니다."

흠칫, 몸을 떤 소진용의 표정이 굳어졌다. 사공명이 주위를 돌아보며 한 말은 곧 자신들에게도 해당된다. 소문을 낼 이유도 없지만 내서도 안 된다. 그랬다가는 일이 걷잡을 수 없이 커질 테니까.

다행히 소나기가 그치며 사람들이 많이 나가서인지 이층에는 사람이 별로 없었다. 그것마저 다행이라는 생각이 드는 소진용이었다.

새삼 닭과 오리의 차이를 느끼며 식사를 마친 휘는 소진용과 여우경을 새삼스런 눈으로 바라보았다. 사공명이 자세히 말하지는 않았지만 사공명과 스스럼없이 이야기를 나눌 사람이 얼마나 있을 건가. 게다가 비록 사공명만은 못하지만 흐르는 내기도 제법 안정되어 있는 것이 능히 일류라 불릴 수 있을 정도다.

'신도문주의 직계제자답군. 그런데 강서에서 여기까지 무슨 일로?'

사람들은 저마다 생각에 잠겨 식사를 마칠 때까지도 별다른 말이 없었다. 그러자 분위기가 너무 삭막하다 생각했는지, 식사를 마치고 찻물로 목을 축인 사공명이 소진용에게 물었다. 휘의 생각을 대변하듯이.

"그런데 두 분께서 무슨 일로 이곳까지?"

사공명이 묻자 소진용의 표정이 살짝 굳어졌다.

"사부님의 명으로 어디를 가는 중이었습니다. 자세히 말할 수 없는 것을 용서하십시오."

"하하하! 별말씀을. 오히려 물어본 제가 죄송합니다. 저는 여 소저까지 나섰기에 두 분이 오붓한 시간을 보내시는 게 아닌가 해서……."

"사공 공자!"

사공명의 장난스런 말에 여우경이 빽 소리쳤다. 사실 완전히 틀린 말은 아니다. 그러나 그 말을 대놓고 물어보니 괜히 얼굴이 붉어지는 여우경이었다.

여우경은 한 소리 내지르고는 소진용을 부드러운 눈길로 쳐다보았다. 이번 임무에 떼를 써서 따라온 것도 저 어수룩해 보이는 사형 때문이다. 천도맹의 부맹주인 아버지는 이번 길을 강력 반대했었다. 하지만 자신의 고집을 어찌 꺾으리.

"풋!"

여우경이 무심결에 웃음을 짓자 초평우가 멍한 눈길로 그녀를 바라보았다, 풍인강이 옆구리를 쿡 찌를 때까지.

"왜 찔러?"

"분위기 파악 좀 하시구려."

"보는 것도 죄냐?"

"그거야, 사람이 볼 때 이야기지, 늑대가 보면……."

후웅!

바람 소리와 함께 초평우의 주먹이 허공을 갈랐다.

간발의 차이로 주먹을 피한 풍인강이 끝내 한마디 더 했다.

"어디서 암늑대라도 한 마리 잡아서 끌고 다녀야지, 원."

그리고 잽싸게 뒤로 물러났다. 주먹은 다시 한 번 허공을 나르고…

"너! 거기 안 서?"

서러움이 가득한 늑대의 울부짖음이 주루의 이층을 울렸다. 그러자,

"허! 얼음뗑이가 늑대를 말발로 이기는 건 처음 보는군. 아미타불!"

영등의 불호 소리에 웃지도 못하고 어색한 표정을 지은 소진용이 사공명을 바라보았다. 한데 사공명의 표정은 별다른 변화가 없다. 여우경을 보고 뭐라 하려는데, 여우경은 웃음을 참느라 입을 틀어막고 있다. 마지막으로 조휘라는 사람을 바라보았다. 오물거리는 것이 이사이에 낀 고기를 혀로 빼내는 것 같다.

'거참, 내가 지나치게 소심한 건지……'

밖에까지 나가 한바탕 소란을 떤 두 사람이 안으로 들어온 것은 일각 가량이 흘러서였다. 모습을 보니 한적한 곳에서 한바탕 싸움이라도 벌이고 들어온 모습이었다. 초평우의 전신에 여기저기 흙탕물이 묻어 있고, 풍인강의 황의가 두어 군데 찢긴 것이 보인다.

"늑대가 이겼군."

한데 영등의 말에 한마디 해야 할 두 사람의 얼굴이 웬일로 심각하게 굳어 있다. 아무리 심한 대련을 해도 당연하다는 표정을 짓던 사람들이.

초평우가 머뭇거리는 걸음으로 휘에게 다가와 입을 연다.

"형님, 아무래도 무슨 일이 있는 것 같습니다. 무인들이 움직이고 있습니다, 제법 많이."

초평우의 말에 풍인강이 고개를 끄덕인다. 그렇다면 사실이라는 말. 휘가 눈을 빛내자 사공명이 말했다.

"천검보가 지척입니다. 무인들이 움직이는 거야……"

당연한 것 아니냐는 투다. 그러자 초평우가 말을 보탰다.

"한쪽으로 움직입니다. 그것도 제법 기운이 강한 고수들까지. 아무리 봐도 천검보와는 상관없는 일 같은데요."

그때였다. 소진용이 굳은 얼굴로 물었다.

"혹시 그들이 모두 동료 같지는 않던가요?"

휘가 소진용을 바라보았다. 천검보의 코앞에서 마도를 운운하는 것이 그가 뭔가를 알고 있다는 말처럼 들린 것이다.

"아닌 것 같던데… 몇몇은 정파의 인물 같지가 않았소. 좌우간 사이좋은 관계는 아닌 것 같고, 아마 만나면 검으로 이야기할 사람들 같습디다."

초평우가 무심코 고개를 저으며 말하자 소진용이 이를 지그시 깨물고 다시 물었다.

"그들이 어느 쪽으로… 혹시 서쪽으로 움직이지 않던가요?"

"맞소. 서쪽으로 가고 있었소. 우리가 본 사람들은 다."

벌떡 몸을 일으킨 소진용이 여우경을 쳐다보았다.

"사매, 아무래도 가봐야 할 것 같다."

"그래요."

"사공 형, 우리가 먼저 일어나야 될 것 같습니다."

두 사람이 일어나자 사공명이 미간을 찌푸리며 말했다.

"소 형은 이 사공명이를 믿지 못할 사람으로 보셨는가 보군요."

약간은 불만이 쌓인 목소리에 소진용은 망설이는 눈빛으로 여우경을 바라보았다. 여우경이 미미하게 고개를 끄덕인다.

"어차피 천검보의 앞마당이에요. 몰랐다면 몰라도 알았으니 어쩔 수 없어요. 도움받을 일이 있을지도 모르구요."

소진용은 할 수 없다는 듯 입을 열었다.

"그게 아닙니다. 사실 이번 일 자체가 천검보와 관련이 없는 데다 공연히 귀찮게 해드리는 것 같아서 말을 하지 않았을 뿐입니다."

"천검보의 앞마당에서 일이 벌어지면 그게 다 천검보와 관련된 일입니다. 설마 소 형이 그것을 모를 리는 없을 테고……."

"후우… 본 맹의 치부인지라 될 수 있으면 알리지 말라는 사부의 엄명이 있었습니다. 하나 정 알고 싶다면… 할 수 없죠. 하지만 일단은 가면서 말씀드리죠."

우르르 이층에서 내려가자 주인이 달려나왔다. 그러다 사공명의 한마디가 떨어지자 표정이 굳어졌다.

"돈은 보에 가서 받으시오!"

"즉시! 천도맹이 움직였소."

주인은 곧바로 점소이 곽오를 부르더니 재빨리 서신을 썼다. 그것을 곽오의 손에 쥐어준 주인장이 심각한 표정으로 말했다.

"너, 지금 즉시 이것 가지고 천검보로 가서 돈 받아와! 사공 공자님이 보냈다고 하고."

2

주루를 나와 서쪽으로 방향을 잡고 달려갔다. 여남에서 서쪽으로 빠져나가는 길은 외길이었기에 머뭇거릴 필요가 없었다.

휘는 일행과 함께 달리며 사공명과 약간의 거리를 두었다. 그래야 소진용으로서도 말하기 편할 테니까.

여남을 빠져나가자 소진용이 입을 열었다.

"한 달 전, 본 맹의 서각(書閣)를 관리하던 서사(書士) 세 명이 모두 죽는 사건이 발생했습니다. 단순 사고로 세 명이 한꺼번에 죽는다는 것은 있을 수 없는 일인지라 자세한 조사가 이루어졌습니다. 그러던 중 서각에서 두 권의 책이 반절씩 찢겨진 채 없어졌다는 것이 밝혀졌지요. 처음에는 그 두 권의 책이 그다지 중요하지 않은 책이라 생각해서 신경을 쓰지 않았습니다. 한데 사건이 일어난 지 사흘 후, 백야숙 어른이 본 맹을 방문했는데 혹시나 하는 마음으로 맹주님께서 그 책의 이름을 말씀하셨습니다."

소진용이 말을 하다 말고 입을 닫자 사공명이 의아한 얼굴로 그를 바라보았다. 대유(大儒) 백야숙이라면 사공명도 아는 이름이었다. 유문(儒門)의 사람은 아니지만, 지닌 바 학문이 유문의 대학자 못지않다고 알려진 무림계의 거학이었다.

"귀명야사(鬼鳴夜史)라는 책의 이름을 들으시고는 별다른 반응이 없어서 그러려니 했는데, 나머지 한 권인 명혼성기록(冥魂醒記錄)의 이름을 들으시더니 놀란 표정으로 그러시더군요."

사공명이 궁금한지 재촉하는 눈빛으로 소진용을 빤히 바라보았다.

그러자 소진용의 입에서 책의 앞머리만 따서 한 구절의 글귀가 튀어나왔다.

"밤에 귀명(鬼鳴)이 울리니, 어둠 속에서 혼(魂)이 깨어난다."

"……?"

"저도 잘은 모릅니다. 다만 그러시면서 오랜 전설과 관계가 있는 책자이니 꼭 찾아야 한다고 하셨습니다."

"괴이한 이야기군요."

사공명이 정말 모르겠다는 듯 이마를 잔뜩 찌푸릴 때였다.

"다른 말씀은 없으셨소?"

휘가 조용한 목소리로 물었다. 소진용이 생각하기엔 조금 의아한 질문이었지만 어차피 시작한 것, 굳이 말을 아낄 필요가 없었다.

"있었소. 그 두 권 말고도 또 다른 책이 한 권 더 있을지 모른다 하셨소. 다만 책 이름은 말씀하지 않으셨소."

"혹 뭐 생각나시는 게 있습니까, 조 형?"

사공명이 기대감을 품고 물었다. 하지만 휘는 조용히 고개를 저을 뿐이다.

'확실치 않은 것을 굳이 말할 필요는 없겠지.'

대신 다른 것을 물었다.

"잃어버린 것 중에 물건이나 다른 것은……?"

순간, 소진용의 눈빛이 찰나간 흔들렸다. 하지만 그뿐.

"확실한 것은… 잘 모르겠습니다."

그 말에 휘의 눈이 깊숙이 가라앉았다.

'없지는 않단 말……'

그 후 별다른 이야기 없이 십여 리를 더 달렸다. 주위는 양쪽이 산으로 막힌 채 적막감만 흐르고 있었다. 소나기가 지나가서인지 바람이 스칠 때마다 나뭇잎에 맺힌 물방울이 후두둑 떨어지고 있었다.

산세가 끝나는 곳에 이르자 마침내 외길이 끝나고 길은 남쪽과 북쪽, 그리고 서쪽으로 갈라졌다.

소진용은 길이 갈라지는 지점에 이르자 걸음을 멈추고 주위를 훑어봤다. 여우경이 뭘 봤는지 소진용을 부르며 손짓한다.

"사형!"

서쪽으로 나아가는 길 쪽에 서 있는 한 그루 아름드리 소나무 앞이었다. 휘는 천도맹이 결코 두 사람만 보내지 않았다는 걸 직감하고 조용히 서서 사방을 하나하나 살펴보았다.

비가 내린 지 얼마 되지 않았기에 바닥에는 많은 발자국들이 남아 있었다. 소나기가 내린 후 새로 찍힌 발자국들을 살펴보니 대충 지나간 사람들의 숫자와 그들의 능력이 파악되었다.

'스무 명 정도… 간격이 다섯 자에서 이 장, 아니, 삼 장에 이르는 것도 있다. 질척한 곳이거늘 약하게 찍힌 자국마저 있다. 경공에 능한 고수들의 발자국……'

사공명도 나름대로 살펴보고는 눈을 빛내더니 휘에게 말했다.

"상당히 많은 사람들이 지나간 것 같군요. 무인들만 해도 이십여 명은 될 법합니다."

여우경과 낮은 소리로 말을 나누던 소진용이 사공명에게 말했다.

"범인이 서쪽으로 움직인 듯합니다."

"소 형은 범인이 누군지 아는 것 같은데?"

마침내 가장 궁금해하던 질문이 던져졌다. 휘도 조용히 소진용을 바라보았다. 어쩔 수 없다 생각했는지 소진용은 고개를 끄덕이며 입을 열었다.

"천도맹을 털 정도의 간담을 지닌 자는 강호상에 그리 많지 않습니다. 정보력을 총동원하고 경덕 일대의 정보 상인들을 닦달한 결과, 삼도(三盜) 중에 한 명인 야귀도(夜鬼盜)가 한 달 전부터 본 맹 일대를 탐색하고 다니다가 사건이 일어난 그날부터 행방이 사라졌다는 정보를 입수했지요."

야귀도라면 공이연과 함께 천하삼도(天下三盜)로 불리는 자. 경공에 능해 경공 방면으로 천하에서 열 손가락 안에 들어간다는 자이다. 휘의 눈에서 이채가 반짝이다 사그라졌다.

"맹에선 그 정보를 얻자마자 정보망을 총동원해서 야귀도의 행방을 수소문했는데, 열흘 전에야 그의 흔적이 급작스럽게 하남으로 이어진 것을 알고 추적대를 편성했습니다. 그리고 정양(正陽)에서 두 갈래로 갈라져 일조는 계속 북으로 올라가고, 이조는 서북쪽으로 향했습니다."

"흠, 그런데도 본 보에선 몰랐다? 허, 이거 본 보의 정보를 담당하는 자들 모두 문책감인데. 흠… 그건 그렇고 천도맹의 추적은 귀신도 못 피한다더니 과연이구려. 본 보의 정보망을 완전히 피하다니. 어떻게 피했소?"

사공명의 은근히 쏘아보는 시선에 소진용의 안색이 가볍게 변했다. 정보망의 운용은 각파가 다 다르다. 말을 하면 정보망의 운용 전략까지 말해야 되는데 그걸 알려줄 수는 없지 않은가.

소진용은 공연히 여우경의 말을 듣고 여남에 들른 것이 후회될 지경이었다.

"그건……."

"하하하! 내가 소 형을 곤란하게 만든 모양이구려. 공짜로 정보를 얻으려 한 내 잘못이오. 일단은 흔적을 쫓는 데 주력합시다. 나 역시 천검보의 영역에서 사마의 무리들이 설치는 것은 보고 싶지 않으니까 말이오."

"이해해 주서서 감사합니다, 사공 형."

조용히 두 사람의 말을 듣고 있던 휘는 여우경이 소나무의 껍질을 긁으며 꼼지락거리고 있자 그쪽으로 눈을 돌렸다. 아이들의 장난처럼 조잡하게 새겨진 하늘 천 자와 별 문양 밑에 열 십자와 두 이가 새겨져 있다, 그리고 화살표까지. 같은 내용이 아닌 것마냥 한 자쯤 떨어져 새겨졌지만 그것은 모두가 한 가지를 말해주고 있다. 그들이 파악한 자는 스무 명 정도, 방향은 서쪽.

'어쩌면 마주칠지도 모르겠군.'

호북으로 가기 위해선 휘도 서쪽으로 가야 한다. 때로는 우연이 필연이 되기도 하는 법이다.

*   *   *

일행이 갈래 길에서 서쪽으로 방향을 잡고 떠난 지 일각가량이 흘렀을 때였다. 두 사람이 네 갈래 길에 나타났다. 중년으로 보이는 두 사람은 각자 등에 도와 검을 메고 있었다.

"서쪽으로 갔군."

"늦지나 않았는지 모르겠는걸?"

"흥! 빠르다고 보물을 얻는 건 아니지."

"그런데 그게 정말 그렇게 귀한 걸까?"

"소문이 은밀하면서도 빠르게 번지는 걸로 봐서는 거짓은 아닌 것 같네. 후후후… 보물은 먼저 보는 놈이 임자라 했으니 우리라고 얻지 말라는 법은 없지 않겠나?"

"하긴… 가세!"

두 사람이 지나간 뒤, 곧바로 한 명의 삿갓을 쓴 여인이 나타났다.

"쳇! 뭐가 그리 급하다고 달려가나, 달려가긴. 보나마나 오빠가 못 만나게 하려고 수작을 부린 것이 틀림없어! 흥! 그런다고 내가 돌아갈 줄 알고? 그건 그렇고 그놈의 주인장, 알려주려면 빨리 알려주지, 뭐? 공자님께서 알면 혼난다고? 그럼 나한테는 혼나지 않을 줄 알았나? 꼭 한 대 얻어맞아야 정신을 차려요."

삿갓을 슬쩍 들어올린 그녀는 주위를 두리번거리다 서쪽을 바라보았다.

"흠, 저쪽으로 갔군."

발자국이 전부 서쪽으로 났으니 당연한 것을,

"내가 생각해도 머리가 너무 잘 돌아간단 말이야. 조 공자하고 같이 다니면 강호의 용봉으로 너무 잘 어울릴 거야. 우헤헤헤!"

몽롱한 눈빛으로 서쪽을 바라보던 그녀는 등에 진 장검을 토닥거리더니 서쪽으로 날듯이 달려갔다.

그녀가 보이지 않을 정도가 되었을 즈음, 한 명의 노인과 네 명의 중년인이 갈래 길에서 들어섰다. 노인은 서쪽을 바라보며 혀를 차고는 중년인들 들으라는 듯이 말했다.

"쯔쯔쯔… 어째 젊은 여인 같은데 웃음이 그리 방정맞나, 그래. 서하하고는 비교가 안 되는구면. 자네들도 딸 관리 잘해야 될 거야. 저러면 시집가기 힘들지, 아암!"

중년인 중 흑의를 입고 한 자루 도를 허리에 비켜 찬 중년인이 나지막하니 말했다.

"딸이 있어야 관리를 하든 말든 하지."

그러자 그 옆의 얼굴이 우락부락한 청의의 중년인이 천천히 고개를 가로저었다.

"내 딸은 걱정없어. 데려가려는 놈이 어차피 없는데 뭐."

"그래, 잘났다, 잘났어. 어휴, 형님도 하필 이런 놈들을 데리고 가라고 하다니……"

노인의 한숨에 흑의중년인이 말했다.

"가시죠, 그러게 무슨 딸 타령을 하십니까, 딸도 없으신 분이."

무뚝뚝한 표정을 한 백의중년인의 말에 노인은 그를 한 번 째려보더니 중얼거리며 동쪽으로 길을 잡았다.

"…그래, 너는 딸이 셋이나 있어서 자랑이겠다."

벽룡 공손척은 뒤통수가 따갑든 말든 낙양에서의 일이 생각나자 울화통이 터져 나왔다.

"그놈의 홍비개 자식, 지가 무슨 의리의 사나이라고 게기나, 게기기는."

그러다 힐끔 뒤의 중년인들을 바라보고는 고개를 설레설레 저었다.

"하긴 처음부터 내가 나서서 용혈궁에서 왔다고 했으면 됐을 것을, 저 무공만 세고 융통성이라고 하나도 없는 놈들을 보냈으니 될 일도 안 되지. 누가 조휘란 놈하고 저하고 그렇게 가까운 사이인 줄 알았나?"

공손척은 한쪽 눈두덩이 시퍼렇게 된 홍비개가 악을 쓰던 소리가 아직도 귓전을 울리는 것만 같았다.

"공손 선배! 저 사람들 보내서 팬 거 의도적이죠?! 사부님하고 다툰 지가

언젠데, 쫀쫀하게 아직도 잊지 않고 계십니까?'

'썩을 놈, 그렇게도 다른 쪽 눈탱이까지 짝을 맞추고 싶었나? 어디서… 쩝.'
그래도 일단 운가장에 천검보까지 행선지를 알려준 것이 고맙기는 했다. 그런데 그 이유가 뭐?

"모용서하 낭자를 봐서 알려주는 거유."

'우리가 서하 때문에 그놈 찾는다는 걸 그놈이 어떻게 알았지? 그거 참, 확실히 개방의 정보망은 대단하군.'
이런 저런 생각을 하며 걷던 공손척은 여남으로 뚫린 외길을 바라보았다. 훤히 뚫린 길가의 나뭇잎이 비 내린 뒤라 그런지 더욱 푸르게 보인다.
"여기에는 그놈이 있어야 하는데……."

3

이십여 리를 달려가서야 확실한 흔적을 찾을 수 있었다. 그리고 그 흔적을 좇아 삼십여 리를 더 가서야 소진용의 일행으로 보이는 천도맹의 무사들을 만날 수 있었다.
"소문주님과 대주를 뵈오이다!"
이십 후반의 갈의를 입은 젊은 무사가 고개를 숙이자 여우경과 소진용이 고개를 끄덕였다.
"놈이 확실하오?"

"속하들의 조사로는 확실합니다. 문제는……."

천도맹의 무사는 조심스럽게 말을 끊고 소진용의 눈치를 보았다.

"말하시오. 이분은 천검보의 사공명 공자이시오. 우리를 도와주기 위해서 오셨으니 걱정하지 않아도 되오."

사공명이라면 천검보의 둘째 공자가 아닌가? 무사의 눈이 놀람으로 크게 뜨였다.

"문제는… 어떻게 알았는지 많은 고수들이 그놈의 뒤를 쫓고 있습니다. 그중에는 내로라하는 고수들도 상당수가 포함되어 있습니다. 속하들이 저지할까 했습니다만 섣불리 건들면 야귀도만 도와주는 꼴이 될 것 같아서 지켜보고만 있었습니다. 대주님의 명을 기다립니다!"

"잘했소. 아무래도 심상치가 않소. 느닷없이 소문이 퍼진 것도 마음에 걸리고, 생각지도 않은 고수들이 달려온 것도 그러하니… 음……."

소진용이 심각한 표정을 지은 채 말이 없자 여우경이 나섰다.

"그럼 놈은 지금 어디에 있나요?"

"북천산 쪽으로 도주했습니다. 모여든 자들도 모두 북천산 쪽으로 달려갔습니다. 본 대의 수하들도 은밀하게 북천산 쪽으로 집결하고 있습니다."

북천산이라면 아직도 이십여 리를 더 가야 한다. 일행은 빠른 걸음을 유지한 채 북천산 쪽으로 방향을 잡았다. 이제는 별수없다. 아무리 그곳에 고수들이 많이 모여 있을지라도, 산에 가야 범을 잡을 것이 아닌가 말이다.

그렇게 이각이 조금 더 지나자 북천산의 초입에 들어서게 됐다.

일단 걸음을 멈춘 일행은 소진용이 이끄는 추호대의 움직임에 보조를 맞추기 위해 소식을 기다렸다. 흔적도 그렇지만 추호대의 보고를 들어봐도 상당수의 무인들이 이미 북천산 안으로 들어간 것 같았기 때문이었다.

잠시 추호대로부터의 소식을 기다리는 사이, 휘는 구름을 이고 적막함 속에 누워 있는 북천산을 바라보았다.

드넓은 북천산의 웅자가 왠지 혈운에 잠긴 것처럼 느껴진다.

피바람에 계곡 사이사이의 구름들이 붉게 물든 것만 같다.

북천산을 감싸고 있는 불길한 기운에 전신의 신경이 온통 곤두서고 있었다.

기이하다. 이런 기분은 처음이다. 마치 생사대적이라도 마주한 것만 같은 기분이 든다.

'훗! 그러고 보니 내가 무슨 천색(天色)을 살피고 앞날을 내다보는 대단한 도사라도 된 것 같군.'

긴장감을 털어내기 위해서 지금까지 듣고 본 것에 대해 나름대로 생각해 봤다. 그러고 보니 이상한 것이 한두 가지가 아니다.

"괴이하군."

나지막한 음성이 휘의 입에서 흘러나왔다. 반응은 사공명이 제일 먼저 보였다.

초평우와 풍인강은 휘가 괴이하다면 괴이한 것이다. 의문을 가질 것도 없다. '무조건 믿습니다' 니까.

"조 형, 뭐가 말입니까?"

"마치 틀에 짜여진 것처럼 움직인다는 생각이 들어서 말입니다."

휘의 말에 여우경이 물었다.

"야귀도가 말인가요? 아니면 우리가 말인가요?"

조금은 기분이 나쁜 투였다. 그러자 휘가 다시 말했다.

"야귀도는 천하에서 가장 유명한 도둑 중 한 명입니다. 그런 자가 이렇게 흔적을 드러내며 움직인다는 것도 그렇고, 너무 쉽게 그 흔적들을 찾아 쫓고 있는 사람들도 그렇고 말입니다. 게다가……."

"흥! 공자께선 우리의 능력을 너무 무시하는 것 같군요."

여우경이 다시 기분 나쁘다는 듯 쏘아붙였지만 휘는 조금도 흔들리지 않고 자신의 말만했다.

"아무리 소문이 퍼졌다고 해도 무인들의 움직임이 너무 빠릅니다. 마치… 누군가가 길을 알려주고 있는 것처럼."

"음……."

소진용이 침음성을 발했다. 그 역시 그 문제 때문에 골치를 썩고 있던 터였다.

"그럼 조 공자는 왜 이런 일이 일어나고 있다고 생각하십니까?"

소진용의 물음에 휘가 눈을 빛내며 말했다.

"말 그대로 누군가가 뒤에 있다는 것이겠지요. 뭘 노리는지는 아직 모르겠지만 말입니다."

"누군가라……."

사공명이 미간을 찡그리자 휘가 옆을 돌아보며 물었다, 아무도 없는 숲 속을 향해.

"어떻게 생각하십니까?"

4

그 시각, 북천산에서 가장 깊은 골짜기인 명운곡.

갈색과 녹색이 뒤섞인 괴이한 복장을 한 초로인이 십 장 높이의 절벽 아래서 사방을 둘러보며 뭔가를 찾고 있었다.

"분명 약속 장소는 여기가 맞는데……?"

초조한 표정에는 절대 여기가 아니어선 안 된다는 절박감이 묻어 있었다.

"시간이 없어… 제발……."

그러던 어느 순간, 뭔가를 발견한 듯 노인의 눈에 희열의 빛이 떠올랐다. 깎아지른 듯한 절벽 아래, 무심코 지나치고도 남을 법한 곳에 자신이 원하는 표식이 있는 것이다.

글자 같지도 않게 긁어놓은 갈 지[之] 자, 그것은 분명 표식이었다. 끝이 길게 삐쳐 있어 무언가가 긁고 지나간 것처럼 보인다.

노인은 절벽 아래로 다가가 그 끝이 가리키는 방향을 바라보았다.

외떨어진 곳에 석 자 둘레 크기의 거북 모양의 바위가 보인다.

'거북이… 저거다!'

재빨리 다가간 노인이 사방을 다시 쓸어본 다음 거북 바위 밑의 돌들을 집어냈다. 열 개 정도의 주먹만한 돌들을 집어냈을 때다. 거북바위 아래 안쪽에 자그마한 철함이 하나 보인다. 노인의 눈에 떠오른 희열의 빛이 더욱 짙어졌다.

지금까지 약속대로 모든 걸 했다. 그리고 마침내 목적했던 것을 얻는 순간이었다. 자신의 흔적을 보고 쫓아오는 놈들은 모두 헛물을 들이킬 것이다.

이제부터는 자신이 왜 야귀도라 불리는지를 알게 해주리라.

'어디, 쫓아올 테면 쫓아와 봐라!'

빠르게 철함을 꺼낸 노인은 하나의 열쇠를 품에서 꺼내 들고 철함의 자물쇠에 맞추어봤다.

철컥! 단번에 자물쇠가 열렸다.

"호호호……."

자신도 모르게 웃음이 떠올랐다. 지난 석 달간의 결실이 이제 맺히는 거다.

석 달 전, 머리까지 누렇게 보이는 홍색 천으로 덮은 괴승이 찾아와 자신에게 한 가지 물건을 찾아달라고 할 때만 해도 코웃음을 쳤었다. 만일 괴승의 무공이 자신보다 못했다면 죽여서 입을 막아버렸을 것이다, 아무도 모르는 자신의 정체를 안 이상은.

그런데 상황은 엉뚱하게 진행이 되어버렸다. 괴승이 괴이한 무공으로 순식간에 자신을 제압하더니, 움직이지도 못하는 자신의 눈앞에 한 가지 물건을 내미는 것이 아닌가.

"그대가 한 가지 물건만 찾아주면 쌍두화룡의 내단을 그대에게 주겠소."

그 물건을 보고 그는 휘둥그레진 눈을 감을 수 없었다. 그 물건은 자신의 도둑 생활 삼십 년 경험으로 판단해 볼 때, 그야말로 무가지보라는 영물의 내단이 틀림없었다. 돈이 있다고 얻어지는 것도 아니고, 찾아다닌다고 얻어지는 것이 아닌, 말 그대로 천연이 닿아야 얻는다는 영물의 내단. 그것도 사소한 것이 아닌, 만년금구가 어쩌네 저쩌네 하는 정도의 영물에게서 나온 내단과 비교될 정도의 보물이 틀림없었다. 그러다 보니 말도 떨려 나왔다. 눈은 여전히 내단을 향한 채.

"뭐, 뭘……?"

괴승은 자기 사문의 보물이라면서 천도맹 안에 있는 책자와 동패를 찾아달라고 했다.

"중원에서는 쓸모없는 물건이지만 그렇다고 그들이 절대 내주지도 않을 것이오. 거기다 천도맹 내에 있다는 것만 알 뿐 어디에 있는지도 모르오. 그러니 시주께 부탁하는 거요. 빈승은 이곳 사람이 아니다 보니 외양이 달라 그들에게 접근할 수가 없소."

"그, 그것만 찾아오면 그… 것을 주시겠다는 거요?"

"물론이오. 아무리 이것이 보물이라 하지만 빈승에게는 신외지물일 뿐이오. 더구나 빈승은 이미 내력이 어느 정도 올라 있어서 복용해 봐야 그저 몇 년을 더 사는 정도밖에는 효력이 없소. 부처를 모시고 사는 사람이 몇 년 더 사는 게 무슨 대수겠소. 그러니 이것을 본 사의 보물과 바꿀 수만 있다면 빈승은 당장 죽어도 여한이 없소. 게다가 시주는 빈승의 사문에 은혜를 베푸는 것이오."

그리고 약속 장소에 내단을 놓을 것이니 물건을 놓고 바꿔 가라 했었다.

자신이 지켜볼 것이니 허튼수작 말라는 당부와 함께 열쇠를 건네주는 괴승의 눈을 본 순간, 야귀도는 심장이 떨어질 것 같은 충격을 느꼈다.

그것은… 결코 살아 있는 자의 눈이 아니었다. 절대 거부해서는 안 되는 죽음의 눈이었다.

괴승의 눈이 생각나자 몸을 부르르 떤 야귀도는 뚜껑을 조심스럽게 열며 안을 들여다봤다. 있었다. 자신이 원했던, 아니, 만천하의 무인이라면 누구나 원하는 그 물건이.

물건을 집어 가던 노인의 손길이 멈칫했다.

왜 그자는 이 물건을 여기서 바꾸자고 했을까. 자신의 집도 있고 다른 데도 얼마든지 있는데… 그리고 왜… 흔적을 남기라고 했을까… 그러면 추적자들이 생겨서 위험할 텐데……

의문이 머리를 들자 모든 것이 의문투성이다.

'에라, 모르겠다! 자기가 알아서 한다 했으니 알아서 하겠지! 지금까지 아무런 일도 없었는데, 설마…….'

품속에서 꺼낸 보자기를 바라보았다. 쓸데없는 책 두 권, 아니지, 반 권씩 두 개니까 한 권이라 해야 하나? 그리고 녹이 잔뜩 슨 동패 하나.

의문을 품어서도 안 되고 물건을 자세히 살펴서도 안 된다는 묘한 단서를 달 만큼 대단해 보이지 않는 물건이다. 그런데 이제 다시 생각하니 그런 이유 때문에 더 보고 싶어진다.

시간이 없음을 알면서도 야귀도는 동패를 자세히 살펴봤다. 앞에는 귀신상이 새겨져 있다. 그리고 뒷면에는… 자잘한 글이 세밀하게 새겨져 있다. 족히 수백 자는 될 듯하다.

야귀도는 눈을 가까이 가져가 글자를 읽어봤다.

"……?"

한 자도 읽을 수가 없다.

"젠장! 뭐야? 한자(韓字)가 아니잖아? 무슨 글씨가 이래?"

마치 올챙이가 기어간 것 같기도 하고, 꾸불꾸불한 것이 지렁이가 춤을 추는 것 같기도 하다. 야귀도는 실망한 표정으로 동패와 반쪽짜리 책자를 철함 속에 집어넣고 철함 안의 물건을 집어 들었다. 가늘게 떨리는 손으로. 한데 그 순간!

"그대는 약속을 어겼다!!"

느닷없이 귀청이 찢어질 듯한 전음이 위에서 들려왔다.

"읍!"

그자다! 괴승이 절벽 위에 있다!

"나, 나는… 읽지 않았으니……."

"그것만으로도 그대는 죽을 이유가 생긴 것이다. 우리는 그대들 중원인처럼 약속을 어기지 않는다. 그대가 그걸 보지 않고 내단만 챙겼다면 나 역시 약속을 지켰을 것을……."

웅웅 울리는 전음을 듣던 야귀도는 재빨리 손에 든 구슬을 품속에 집어넣었다.

'내가 바로 야귀도다! 어디, 나를 잡을 수 있으면 잡아봐라!'

그리고 이를 악물고 신형을 날렸다.

그때였다! 지옥이 열렸는가!

번쩍! 끼아아아아!!

눈앞이 번쩍이더니 지옥에서나 들을 법한 소름 끼치는 괴음이 귀청을 찢어버릴 듯이 파고들었다.

절벽 위에서 내려쳐진 번갯불이 긴 꼬리를 남기고 야귀도의 전신을 덮어버리자, 악마의 얼굴이 입을 벌리고 야귀도를 삼켜 버렸다.

순간, 야귀도의 얼굴이 악마를 본 것마냥 공포에 질려 처참하게 일그러졌다.

괴승의 손에서 손바닥만한 녹광이 쏘아지며 벌어진 일이었다.

"사, 사, 살려… 제바아알… 커억!"

한순간, 털썩! 야귀도의 신형이 마치 힘 잃은 인형처럼 내동댕이쳐졌다.

내동댕이쳐진 채 몸을 벌벌 떨고 있는 야귀도의 앞에 홍색 가사로 온몸을 덮은 괴승이 유령처럼 내려섰다. 그는 내려서자마자 가볍게 가사를 휘저었다. 철함이 빨리듯 그의 소매로 날아든다.

"후후후… 흐흐흐… 마침내 찾았군."

사이한 웃음소리를 흘린 괴승이 야귀도를 바라보았다. 굼벵이처럼 꿈틀거리는 야귀도의 입에서 거품이 흘러나오고 있다.

"욕심은 끝이 없고 번뇌만을 불러일으키는 법이거늘, 어리석은 중생이로고. 그래도 빈승을 위해 한 가지 일을 했으니 해탈할 수 있는 기회를 주겠노라… 옴바니 사바하… 라타르 수마하……."

염불을 외우는지, 주문을 외우는지 괴승이 사이한 음성으로 웅얼거리자 야귀도의 떨림이 서서히 가라앉았다. 몽롱한 눈빛은 혼이 빠져나간 듯하다. 마치 주인을 명을 기다리는 망혼인의 눈빛처럼.

웅얼거림을 멈춘 괴승의 눈이 야귀도의 품에서 빠져나온 구슬로 향했다.

"쓸모없는 내단 하나로 중원의 수많은 영혼이 해탈할 것이니 그 얼마나 값진 일인가! 후흐흐흐……."

괴소가 울리자, 골짜기의 짐승들은 두려움에 숨을 죽인 채 고개를 처박았다. 하늘을 날던 새들조차 골짜기를 피해 미친 듯이 날갯짓을 해댔다.

잠시 후 괴승은 괴소를 멈추더니 품속에서 누런 천에 싸인 뭔가를 꺼냈다. 천을 벗기자 두 권의 책자가 나왔다. 괴승은 묘한 눈으로 책자를 바라보다가 망설임없이 야귀도의 품속에 책자를 쑤셔 넣었다.

"야율 시주, 그대가 원하는 대로 일은 진행이 되었다. 이제부터는 그대가 알아서 할 일. 약속은… 잊지 않으마. 삼막 삼보리……."

그리고 한순간, 괴승의 몸이 스르르… 환영처럼 사라져 간다. 골짜기를 울리는 사이하고도 소름이 돋는 뜻 모를 한마디만을 남긴 채.

"포여랍이여… 기다려라! 사령의 혼이 깨어나는 날, 사령불(邪靈佛)께서 서천(西天)을 열 것이니, 그 앞에 피로써 경배할지어다!! 우흐흐흐흐!!"

5

휘가 느닷없이 숲 속을 향해 말하자 사공명과 소진용은 어리둥절한 눈으로 숲을 쳐다보고, 초평우와 풍인강은 도와 검을 빼 들더니 당장이라도 숲으로 뛰어들 것처럼 기운을 일으켰다.

"누구냐?!"

일갈을 내지르며 초평우가 커다란 도를 횡으로 휘둘렀다. 칼바람에 숲

가에 있던 나무들이 진저리를 친다. 그러자 숲 안에서 호탕한 웃음소리와 함께 한 사람이 걸어 나왔다.

"하하하! 이거 더 있다가는 칼 맞아 죽겠군."

삼십대 중반은 되어 보이는 자였다. 단정한 황의에 선이 굵은 얼굴, 등 뒤로 솟은 검병에는 삼색 수실이 걸음마다 찰랑이고 있었다. 그가 나오자 사공명이 놀라 소리쳤다.

"어? 장 선배님!"

황의인이 사공명의 부름에 빙그레 웃었다.

"하하하! 오랜만이네."

"왜 숲에 숨.어. 계셨습니까?"

"말은 똑바로 하자고. 내가 숨어 있었던 게 아니고, 내가 있는데 자네들이 나타난 거야."

황의인의 말에 휘가 고개를 끄덕였다.

"그분의 말씀이 맞습니다. 우리가 오기 전부터 게셨습니다."

이번엔 오히려 황의인이 놀란 표정을 지었다. 그 말인즉 자신의 기척을 이미 알고 있었다는 것이 아닌가.

황의인이 정색을 하자 사공명이 나서서 황의인을 소개했다.

"이분은 삼영검협(三英劍俠)이라 불리시는 장군영 선배십니다."

소진용이 놀란 눈으로 황의인 장군영을 바라보았다.

장군영은 그 나이에 비해 대단한 명성을 얻고 있는 자였다.

황산검문의 문주이자 천하삼검 중 한 사람인 검성(劍聖) 화정월의 직계제자 황산구검 중 여섯째. 하지만 그가 홀로 강호행을 하면서 얻은 명성은 검문의 배경이 아니더라도 많은 사람들로부터 인정받을 정도였다. 오죽하면 삼십대에 검협이란 별호를 얻었을까.

"신도문의 소진용이 장 선배님을 뵙습니다."

"여우경이 장 선배님을 뵈어요."

"하하! 이거 쑥스럽구만."

"별말씀을. 한데 선배님께서도 소문을 듣고 오셨는지요."

장군영이 고개를 끄덕이며 말했다.

"요즘 강서와 안휘까지 보물에 대한 소문이 퍼져 있네. 그러니 할 일 없는 나 같은 사람이 이렇게 여기까지 온 것이지. 한데 말이야… 오히려 하남에 들어서니 그 소문이 안 돌더군. 참으로 괴이한 일이야."

순간, 사공명이 굳은 얼굴로 물었다.

"정말 그렇게 소문이 넓게 퍼졌단 말입니까?"

"음… 나 같은 사람도 들었으니 말 다했지 않은가?"

장군영과 사공명 등이 곤혹스러운 표정을 짓고 있을 때였다.

끼아아아아!!

계곡 안 깊은 곳에서 아득히 들려오는 사이하면서도 괴이한 소리. 휘가 번쩍 눈을 빛내더니 굳은 표정으로 산 안쪽을 바라봤다. 다른 사람들도 모두 이마를 찡그리고 곡 안을 바라봤다.

"으음… 가공할 마기… 일단 들어가 봅시다."

6

메아리조차 사라지고 일각이나 흘렀을까, 야귀도가 천천히 몸을 일으켰다.

"헤헤헤… 히히히… 내 거야… 이건… 내 거…….."

내단을 움켜쥔 야귀도는 동공이 풀어진 눈으로 사방을 두리번거리더니 북쪽으로 정신없이 뛰어갔다. 그의 발걸음은 비록 제정신일 때보다는 못했지만 그렇다고 그리 느리지도 않았다.

야귀도가 골짜기의 깊숙한 곳으로 꺾어질 때였다. 수많은 사람들이 골짜기로 쏟아져 들어왔다. 그들 역시 괴이한 소리를 듣고 몰려온 듯했다. 그들은 북쪽 골짜기의 안으로 정신없이 뛰어가고 있는 야귀도를 보고 뒤질세라 신형을 날렸다.

"저기다! 야귀도가 저기 있다!"

"놈의 손에 보물이 있다!"

삼십여 명의 무인이 서로를 경계하며 몰려가고 있었다. 이제부터는 모두가 적이다. 조금 전까지만 해도 웃으며 술잔을 건넬 수 있었지만, 보물이 눈앞에 있는 이상 건넬 건 피 묻은 검밖에 없다.

"으악! 네놈이……."

앞서 가는 어제의 동료의 등판에 검을 쑤셔서 박고 희희덕거리던 자의 팔이 허공으로 튀어 오른다. 튀어 오르는 자신의 팔을 보며 비명을 지를 새도 없이 옆에서 날아온 칼이 목을 스치고 지나간다. 쓰러지는 동체를 밟고 지나가는 자의 입가에 웃음이 떠오른다.

"병신 같은 자식, 그렇게 누가 등을 보이랬나?"

자신들도 모르게 서로의 간격이 멀어진다. 달리는 와중에도 행여나 누가 살수를 쓸까 봐 신경이 곤두서 있다. 그러다 보니 십수 년 사귀어온 동료마저도 의심스러울 지경이다.

'혹시 이놈도 내 등에 검을 쑤시는 거 아닐까?'

명운곡 안으로 더욱 깊게 들어갈수록 그들의 마음도 지옥으로 빠져들고 있다.

그렇다. 지옥이었다. 지금 그들의 마음이 지옥이었고, 앞으로의 길이 지옥으로 들어가는 길이었다.

*　　　*　　　*

휘는 명운곡에 들어서자마자 발걸음을 멈추었다.

잘려져 나간 팔과 다리, 피로 범벅된 동체들이 계곡 안쪽으로 이어지고 있었다.

바위 위에 고인 핏물이 골을 따라 흘러내린다.

아무렇게나 던져진 한 자루 검끝에 엉겨붙은 진득한 핏물.

바위틈에 쑤셔 박혀 있는 머리 없는 시신들.

물살이 휘도는 곳, 경악으로 부릅뜨진 두 눈이 바위 사이에서 물살을 따라 뱅뱅 돌고 있다.

"아악!"

막 계곡에 들어서던 여우경이 비명을 내질렀다. 소진용이 급히 여우경의 앞을 가로막았다.

"사매! 괜찮아?"

"아무래도 보물을 놓고 한바탕 싸움이 벌어진 것 같군."

장군영의 당연히 그랬을 거라는 듯한 말투에 누구도 반박할 말이 없다. 입구에서만 족히 열 명은 넘게 죽었다. 팔다리가 끊기고, 머리가 잘리고, 장검에 등판이 후벼진 채.

"대체 이들이 노리는 보물이란 것이 뭡니까?"

사공명의 물음에 소진용이 곤혹스런 표정으로 말했다.

"그게… 저희가 찾는 물건은 이 정도까지 사람들이 달려들 물건이 아닌데……."

휘가 물었다.

"혹시 장 선배님께선 그 보물이 무엇인지 아십니까?"

"보물? 무슨 내단하고 비급이라고 한 것 같은데… 내단은 족히 일 갑자의 공력을 증진시킬 수 있는 천고의 영약이라고 하더군."

"예? 내단하고 비급요?!"

소진용이 말도 안 된다는 투로 반문했다.

"저희가 잃어버린 것은 일반적인 책 두 권의 반쪽과 동패 하납니다. 그 책을 비급이라 한다면 어쩔 수 없는 것이지만 내단이라니……."

마침내 소진용의 입에서 동패에 대한 이야기까지 나왔다. 하지만 달라진 것은 아무것도 없었다.

백여 장을 더 들어가도록 아무도 말을 하지 않았다.

소진용은 야귀도가 지닌 것이 책자와 동패 하나라 했고, 장군영이 들었다는 소문은 하나의 내단과 비급이라 했다. 둘 다 거짓말할 이유가 없다. 만일 둘 다 거짓을 말하지 않았다면 가능성은 하나뿐, 누군가 목적을 가지고 헛소문을 퍼뜨렸다.

과연 그 목적은 무엇인가.

왠지 끈적하니 불길한 냄새가 난다.

다시 백 장 정도를 들어가자 사람들의 모습이 보이기 시작했다. 부릅뜬 눈으로 고통을 호소하고 있는 자도 있고, 죽어 시신이 되어서도 계곡 안을 노려보는 자도 있다. 그리고 그들의 눈이 향한 안쪽, 이십여 명의 무인이 한 사람을 에워싼 채 서로를 견제하고 있었다.

누구도 야귀도에게 접근하지 못하고 눈치만 살핀다. 먼저 나서는 자는 모두의 적이 될 것이다. 눈은 야귀도의 손을 향해 있지만 신경만큼은 다른 사람들의 움직임 하나하나에 쏠려 있다.

휘와 일행이 접근하자 그들의 눈빛이 긴장으로 물들었다. 천도맹의 무사 복장을 알아본 자들은 신음마저 흘리고 있다.

"천도맹이다!"

누군가가 소리쳤다. 하지만 주춤거릴 뿐 물러서는 자는 없다.

휘는 사방을 쓸어보았다. 구석에 쪼그리고 앉아 벌벌 떨고 있는 사람이 야귀도라는 것을 알 수 있었다. 한데 괴이하다. 그의 눈은 정상이 아니다. 무한한 공포에 미쳐 버린 광자의 눈.

휘는 그런 눈빛을 많이 봐왔다. 무저동에 있던 사람들, 뇌호혈이 파괴되어 버린 사람들의 눈빛이 그러했다. 그들이라고 처음부터 전부 미쳐 버린 것은 아니었다. 이빨아저씨가 그러했고, 도사할배가 그러했다. 다른 몇몇도 그 증세가 덜한 자들이 있었다. 하지만 오랜 시간이 흐르자 그들마저 다시는 나갈 수 없는 현실에 절망하며 미쳐 버렸던 것이다.

"야귀도가 원래부터 저렇게 미쳐 있었을까요?"

"아닐 겁니다. 미친 사람이 어떻게 여기까지 도망 옵니까?"

소진용의 대답에 휘가 다시 물었다.

"그럼 이 계곡에 들어와서 미쳤다는 말인가요?"

"지금으로 봐서는……."

"여기에 오기 전에는 미치지 않았다, 한데 여기에 들어오자마자 미쳤다? 우습지 않습니까?"

야귀도를 둘러싼 자들 중 한 사람이 나섰다.

"그게 지금 와서 뭐가 중요하다는 거냐!?"

"중요하지요, 그것도 아주 많이."

휘가 한 걸음 앞으로 나서자 두 사람이 동시에 앞을 가로막았다.

"어딜!"

그걸 두고 볼 초평우와 풍인강이 아니다.

"누가 감히 형님의 앞을 막는단 말이냐!"

광오한 외침과 함께 두 사람이 나서자 진한 살기가 여기저기서 피어올랐다.

"물러서세요."

휘의 말에 두 사람이 물러서자 그제야 살기가 다시 가라앉는다.

휘가 계곡 주위의 숲을 다시 훑어봤다. 그가 나섬으로 인해서 피어오른 살기는 결코 눈앞에 있는 사람들의 것만이 아니었다. 숲 속에도 적지 않은 사람들이 숨어 있었다. 그것도 제법 강한 사람들이 어부지리를 노리며.

피바람이 불기 시작하면 그 여파가 어디까지 갈지 아무도 모를 터, 일단은 바람을 잠재워야 한다.

"야귀도는 말 그대로 천하삼도라 불릴 정도로 귀신같은 도둑이지요. 그 자신이 숨으려 한다면 여기에 있는 그 누구도 쉽게 찾을 수 없을 것입니다. 그런데… 그런 야귀도가 누구나 다 쫓을 수 있을 정도로 흔적을 드러내고 움직였습니다. 강서와 안휘에는 온통 야귀도가 보물을 지녔다는 소문이 돌고 있다 하더군요. 소 형, 야귀도가 천도맹에서 훔쳤다는 게 책이라 했던가요?"

"그, 그렇습니다."

"내단이 아니고요?"

"아닙니다."

"그럼 야귀도가 천도맹에 쫓기면서 그 내단을 훔쳤나 보군요. 과연 대단한 도둑입니다. 그런데 소 형은 그 내단이 어떤 영물의 내단인지 아십니까?"

"저는… 모릅니다. 저희 천도맹에서는 내단 같은 것은 잃어버리지 않았습니다."

"그럼 그 책이 무공 비급입니까?"

"아닙니다. 백야숙 어른의 말을 빌리면 뭔가 방문좌도의 방술 같은 것이라고 했습니다."

"그럼 저 내단으로 보이는 구슬은 뭘까요?"

사람들의 시선이 모두 야귀도의 손으로 향했다.

"저 내단이 어떤 영물의 내단인지 아시는 분 있습니까?"

아무도 입을 열지 않는다. 뭘 알아야 입을 열 것이 아닌가.

"소문은 두 개 성에 걸쳐 한 달도 안 되는 사이에 났는데, 누구도 저 물건이 어떤 내단인지를 모른다? 그리고 하남 사람들은 그 소문을 미처 모르고 있었고, 들은 자들도 최근에 와서야 들었다는 말인데, 여기에 있는 누군가가 그 소문을 퍼뜨렸나?"

휘가 말을 끊더니 자신의 앞을 가로막은 자에게 물었다.

"웃기는 이야기 아니오? 당신은 보물을 찾으러 가면서 동네방네 소문 내고 다니시오?"

대답이 없자 장군영을 향해 물었다.

"장 선배께서는 오면서 소문을 들었습니까? 아니면 듣고 오셨습니까?"

장군영이 미간을 찌푸린 채 잠시 생각하더니 말했다.

"그러고 보니 오면서는 못 들었던 것 같군."

"오면서는 못 들었다… 그럼 다른 사람들이 들은 소문은 어찌 된 거죠? 아마 대부분의 사람들이 그랬을 것 같은데… 안 그렇습니까?"

휘가 나직하면서도 강하게 묻자 사람들이 두리번거리며 머뭇거린다. 그러다 한 사람이 대답하자 너도나도 한마디씩 했다.

"나는 내가 사는 궁현에서 듣고 왔다."

"나도……."

"나도 그런데……."

사람들이 뭔가 이상하다는 표정으로 웅성거릴 때였다.

"그것이 뭐가 중요하다는 것이냐?"

쇠를 못으로 긁는 듯한 노인의 음성이 계곡을 울렸다. 휘는 왼쪽의 숲을 향해 말했다.

"노인장도 생각해 보시구려. 이토록 많은 사람이, 짧은 시간에, 정확히 이곳을 향해 달려왔는데, 중간에 들은 말은 없고 출발지에서 소문을 듣고 왔다지 않소."

"그럴 수도 있지. 뭐가 의문이란 말이냐? 그리고 의문이 무슨 소용이냐? 보물만 챙기면 되는 것이지!"

"그런 머리로 어떻게 지금까지 강호에서 살아왔는지… 쯔쯔쯔……."

느닷없이 휘가 혀를 차자 장내가 조용해졌다. 어이가 없는지 여우경과 소진용은 물론이고 장군영마저 입을 딱 벌렸다. 하지만 그 어떤 누구보다 어이가 없다 못해 화가 난 사람은 숲 속의 노인이었다.

"이, 이런! 개 같은 놈이! 죽어!!"

숲 속에서 한줄기 홍영이 폭사되어 나왔다. 흐릿하게 보일 정도로 빠르게 휘를 덮쳐 가는 노인의 손에서 시퍼런 빛이 일렁인다.

"어딜!!"

한 소리 내지른 초평우가 청광을 향해 번개같이 도를 휘둘렀다.

쾅!

일성굉음이 터지며 초평우의 몸이 주륵 물러났다. 그러자 풍인강이 주춤거리는 홍영을 향해 검을 찔러갔다. 소리없이 찔러가는 검첨에서 새파란 청광이 번뜩인다.

"이, 이런 개 같은……!"

몸을 뒤틀며 물러서는 홍영을 따라 풍인강이 쇄도해 들어가자 초평우가 광풍처럼 도를 휘두르며 따라간다.

번개가 치면 광풍이 일고, 광풍이 쓸고 지나가면 여지없이 번개가 친다.

두 사람의 합격은 곽당조차 진저리를 칠 정도의 위력이었다. 홍의노인은 안색이 하얗게 변한 채 물러서기에 여념이 없었다. 사람들 중에 누군가가 홍의노인을 알아봤는지 그의 이름을 부르며 소리쳤다.

"홍살괴다!"

"맙소사! 진짜 홍살괴다. 그런데 저자들은 누구야? 홍살괴가 밀리다니……."

사람들은 홍의노인이 홍살괴라는 것보다 홍살괴가 밀리고 있다는 것이 더욱 놀라웠다.

"물러서세요."

휘의 말이 떨어지자 정신없이 홍살괴를 몰아붙이던 두 사람이 아쉬운 표정으로 도검을 거두었다.

"이봐! 노인장! 불만있으면 언제든 말하시구랴."

붉으락푸르락 천변만화하는 얼굴로 초평우를 쏘아본 홍살괴가 휘를 향해 말했다.

"이런 늑대 같은 놈을 믿고 그리 건방을 떤 거냐?"

휘가 말했다.

"허, 거참! 노인장의 명이 진짜 길긴 긴 모양이오. 그렇지 않고서야…똥오줌도 못 가리면서 어찌 지금껏 살 수 있겠……!"

"죽어!!"

도저히 더는 참지 못하겠는지 홍살괴가 다시 일장을 내쳤다. 이 장의 거리가 순식간에 좁혀지더니 홍살괴의 일장이 휘를 덮쳐 갔다.

일 장가량 떨어져 있던 장군영이 놀란 눈으로 검을 뽑아 신형을 날리고, 소진용이 허리의 도를 잡아 뽑았다. 한데 웬일인지 초평우와 풍인강은 움직일 생각을 않는다, 심지어 사공명까지.

여우경은 놀란 와중에도 의문이 떠올랐다. 그리고 그 의문은 찰나간에 풀어졌다.

쾅!

단발음이 계곡에 메아리쳤다.

휘의 일권이 앞으로 뻗어 있고 홍살괴의 신형이 허공을 날고 있었다. 사람들은 자신들의 눈이 잘못된 것이 아닌지 비벼대고 싶었다. 뭔가 믿을 수 없는 일을 보면 몸이 일시적으로 굳어진다고 한다. 그리고 지금 사람들은 그 경험을 하고 있었다.

털썩! 바닥에 떨어진 홍살괴가 벌떡 일어섰다. 눈을 부릅뜬 그가 손을 들어 휘를 가리켰다.

"너⋯⋯."

쿵! 한마디만을 남기고 다시 쓰러진 홍살괴의 입에서 피가 분수처럼 솟구쳤다.

휘가 조용히 주위를 둘러보자 눈이 마주친 사람들이 고개를 돌린다. 충격 요법이 제대로 먹혀든 듯하다. 중인들의 눈빛이 놀람과 경악으로 물들어 있다.

'진작 이럴걸. 지금이라도 다 때려 눕혀?'

그래 봐야 남는 게 없는 장사다. 보나마나 '조휘란 자가 보물을 가져갔다!' 고 소문이 날 테니까.

"저 내단이 정말 천도맹에서 잃어버린 보물이든 아니든, 대체 어떻게 소문이 돌았을까? 천도맹에서조차 입조심을 하고 있는 판에 안휘의 구석진 곳에까지⋯ 왜 야귀도는 이곳까지 여러분들은 안내해 왔을까. 천하삼도 중 하나인 야귀도가 흔적까지 남기면서⋯⋯."

사람들의 얼굴이 이번엔 정말 궁금한 표정들이 되어서 휘를 바라본다.

무언가 이상함을 느꼈는지 숲에서조차 무인들이 하나둘 기어 나온다. 그 수가 무려 삼십에 이른다. 중년인도 있고, 노인도 있다. 그렇다고 내단에 대한 욕심마저 사라진 것은 아닌지 그들의 눈은 휘와 내단을 번갈아 본다.

"그리고… 마지막으로 왜, 야귀도는 순간적으로 미쳐 버렸을까. 내단을 뺏길까 두려워서?"

휘가 야귀도에게 시선을 고정시킨 채 말했다.

"마치… 지옥에서나 들을 수 있을 법한 그 악마의 호곡성은 무엇이었을까? 누가 알고 있소, 그게 무슨 소린지?"

아무도 없다. 이 자리에 있는 사람 중 아무도 그 소리의 임자가 없다. 그건 이미 휘도 알고 있었다.

'그 소리를 낸 사람은 적어도 천하에서 열 손가락 안에 꼽힐 고수일 것이다. 대체 누군가, 그는.'

문득 가슴이 울렁이는 기분에 고개를 들어 동쪽의 절벽을 바라보았다.

입구에서 십여 장 정도의 높이로 이어지던 절벽은 어느 순간 급격히 올라가 계곡의 끝에 다다르면 백 장 높이에 이른다. 까마득한 절벽은 아래서 올려다보는 이의 눈을 어지럽게 할 정도다.

휘의 미간이 살짝 찌푸려졌다. 위에 누가 있는 것 같다. 왜 그런 생각이 들었는지는 모른다. 삼령의 기운이 자연스레 반응한 것이었지만 휘로선 미처 느끼지 못하고 있었다.

*　　　　*　　　　*

찰마한은 휘가 올려다보자 눈살을 찌푸렸다. 지금쯤 싸움이 벌어져 한바탕 시산혈해가 펼쳐져 있어야 한다. 그래야 자신들이 다음 일을 진행할 수 있다. 그런데 저 어린 놈이 뭐라 떠들어대니 싸움은커녕 오히려 살기마저 수그러들지를 않는가 말이다.

"삼기주!"

"예, 혼마령주님!"

"애들을 풀어 불을 붙이라고 해. 너무 조용하잖아! 손님들이 곧 올 텐데 말이야."

"존명! 즉시 시행하겠습니다."

"안 되겠으면 애들도 몇 명 희생시켜!"

"알겠습니다. 영광으로 알고 목숨을 던질 것입니다!"

"궁주님의 뜻이시다. 실패는 죽음이야! 명심하도록!"

7

사공희령은 계곡에 들어서자마자 보이는 살풍경에 하얗게 변한 얼굴로 눈을 부릅떴다.

"세상에… 대체 무슨 일이 벌어지고 있는 거지? 오빠와 조 공자는 뭐하러 이곳엘 온 거야?"

찢기고 잘려진 팔다리, 목 없는 시신. 그나마 여우경처럼 비명을 지르지 않은 것이 다행일 정도였다.

고개를 들어 안쪽을 살피자 은밀히 움직이는 사람들이 보인다. 상당수의 무사들, 하나같이 움직임이 표홀하다.

사공희령이 바위 뒤에 몸을 숨기고 그들의 움직임을 살피며 망설이고 있을 때였다. 누군가가 십여 장 앞에서 쑥 솟아나더니 안쪽을 향해 치달린다. 도검을 든 두 사람이었다. 굳은 얼굴로 달려가는 두 사람의 뒤를 따라 사공희령도 조심스럽게 움직였다.

겁이 안 나는 것은 아니다. 그러나 어차피 여기까지 온 것, 물러설 수는 없다. 안에는 분명 자신이 찾는 조휘가 있음이 분명하니까.

백여 장을 들어가자 두려움이 전신을 짓누른다. 공연히 들어왔다는 생각마저 든다. 앞선 두 사람과 이십 장 정도의 간격을 두고 움직이고 있는데도 언제 어디서 칼날이 날아올지 모른다는 중압감에 심장 박동이 빨라진다.

'조 공자! 어디 있어요. 희령이 무서워 죽겠어요!'

그녀가 마음속으로 휘를 찾으며 고개를 내민 순간, 그녀의 봉목이 한껏 커지더니 자신도 모르게 고함 소리가 터져 나왔다.

"조심해요!"

앞서서 조심스럽게 전진하던 두 사람의 머리 위에서 검날이 햇살에 번쩍이고 있었다. 도를 든 자가 사공희령의 고함 소리에 고개를 돌리다 대경하며 옆으로 뒹굴었다.

쩡! 그가 서 있던 자리를 얇은 면검이 스치고 지나간다. 찰나간의 차이.

검을 든 자가 노호성을 지르며 면검을 든 흑의인을 향해 달려들었다. 하지만 흑의인은 대항할 생각이 없는지 훌쩍 몸을 날리더니 숲 속으로 들어가 버렸다. 두 사람은 하얗게 질린 안색으로 사공희령을 바라보았다. 그녀가 경고성을 발하지 않았다면… 생각만 해도 끔찍한 일이었다.

"고맙소!"

도를 든 자가 억지웃음을 지으며 말하자 사공희령도 빙긋 웃었다.

"혹시 두 분은 안중쌍호라 불리는 분들이 아니신가요?"

"어여쁜 낭자가 우리의 별호를 알고 있다니 기쁘군."

"저는 천검보의 사공희령이라고 해요."

두 사람이 휘둥그레진 눈으로 사공희령을 쳐다보았다.

"천검보의 금지옥엽이 무슨 일로 이런 험악한 곳을……?"

"오빠를 찾아왔어요. 오빠가 안으로 들어갔거든요."

'제길, 천검보에서 움직였다면 도로 아미타불이군.'

안중쌍호 중 형인 막대위가 속으로 중얼거릴 때, 사공희령이 다시 물었다.

"한데… 사람들이 왜 이곳에 몰려온 거죠?"

막대위는 어이없는 표정으로 사공희령을 바라보았다.

"그것도 모르고 오셨단 말이오?"

"저는 오빠를 찾아왔다니까요!"

막대위가 악소궁을 돌아보았다. 도를 든 악소궁이 사공희령을 향해 말했다.

"보물이 나타났다는 소문 때문이오. 지금 안쪽의 상황은 그야말로 아무도 예측할 수 없소. 괜찮다면 함께 들어가 보는 게 어떻겠소?"

하남에서 천검보의 사람을 어찌할 정도로 간담이 큰 자는 없다. 그렇다면 자신들만 들어가는 것보다 사공희령을 대동하는 것이 훨씬 안전에 도움이 될 터였다. 사공희령 역시 가슴속을 짓누르는 두려움에 더 들어갈 건지 망설이고 있던 상황. 악소궁의 제의는 그녀가 바라던 바였다.

"좋아요. 하지만 같이 움직이는 것은 안 좋을 것 같아요. 일자로 늘어서서 서로를 지켜주기로 해요."

"좋소."

8

과연 저것이 진짜 내단일까?

대체 누가 소문을 퍼뜨렸을까?

왜 야귀도는 미친 것이지?

사람들은 한 번 의문을 품자 좀처럼 움직일 수가 없었다. 하지만 어디에고 나서기를 좋아하는 사람이 있게 마련이다. 그리고 때론 그 한 사람으로 인해서 평지풍파가 일기도 한다.

초령마(超靈魔) 비사종은 지금 상황이 영 못마땅했다. 홍살귀를 일수에 제압하긴 했지만, 나이도 어린 놈이 마치 제집 안방이라도 되는 양 설쳐 대는 꼴이 보기 싫었다.

그리고 여기에 온 목적이 뭔가? 보물을 얻기 위해서 왔지, 암중의 음모자를 잡겠다고 온 것이 아니지 않은가? 그런 자가 있는지 없는지도 모르는 상황인데 무슨……

망설이며 기회만 엿보고 있을 때다. 어디선가 전음이 들려온다.

"그대가 보물을 얻겠다면 도와주겠다. 어차피 우리가 얻을 수 없다면, 천검보로 들어가는 것도 원하지 않는다. 어떤가?"

비사종은 솔깃한 마음이 들었다. 누군지는 모르지만 천검보를 견제하고자 하는 세력은 하남에 한두 곳이 아니다. 아마도 전음을 보낸 자는 그런 곳의 사람 중 하나로 천검보가 배부른 것을 못 보겠다는 뜻일 것이다.

그렇다면 실행해 볼 만하다. 어차피 보물을 얻기 위해 온 것, 위험이야 당연한 것이 아닌가.

마음이 정해지자 우선적으로 안면이 있는 몇몇 사람에게 전음을 보냈다.

"일단 보물을 얻은 다음에 뒷일을 생각하자고. 순순히 저놈에게 보물을 넘겨줄 수는 없지 않나?"

고개를 끄덕이는 자도 있고 망설이는 자도 있다. 시작하는 데는 그것만으로도 충분했다. 비사종이 한 걸음 나서며 소리쳤다.

"우리가 왜 너의 말을 따라야 한단 말이냐? 홍! 나는 일단 보물을 먼저 확인해 봐야겠다!"

비사종이 일갈을 내지르자 그의 앞을 몇 사람이 막아섰다. 비사종의 입가에 득의의 웃음이 내걸렸다.

"아무도 나서지 못한다! 일단 물건을 확인하고……."

그런데 상황이 묘하게 흘러간다. 미처 말이 끝나기도 전이었다. 비사종의 말이 신호라도 되는 듯 조용히 상황을 지켜보고만 있던 사람들이 느닷없이 우르르 몸을 날렸다.

"왜 네놈들이 확인한단 말이냐? 웃기는 소리!"

"크카카카!! 별놈들이 다 설치는구나!"

그야말로 한순간에 일어난 일이었다.

챙! 차창! 콰광!

억지로 잡아놓은 긴장감이 흐트러지자, 둑 터진 저수지마냥 모든 신경이 보물에게로 집중이 되었다. 아우성 속에 수십 명이 한꺼번에 눈을 뒤집고 달려든다.

비사종조차 미처 생각지 못한 상황에 아연한 눈을 크게 뜨지만 이미 상황은 걷잡을 수 없이 흘러가고 있다.

사공명이 눈살을 찌푸리며 휘를 쳐다보았다. 그런데 예상외로 휘의 표정은 여전히 담담하다.

"조 형!?"

"누가 막는다고 될 일이 아니었지요, 처음부터."

"하면……?"

"정말 누가 있는가 알아보고 싶었거든요."

휘가 차가운 눈으로 비사종을 바라보며 말했다.

"저자는 결코 일행이 없었습니다. 한데 한순간에 일행이 상당히 불어났군요."

"누가 비사종을 조종했다 이 말인가? 단순한 군중심리라고 할 수도 있잖은가?"

장군영이 의아한 표정으로 물었다.

"조종까지는 아니더라도 불은 지폈을 겁니다, 욕망이라는 화로에. 그렇지 않고서야 약속이라도 한 듯 한꺼번에 움직이기는 힘들지요."

야귀도를 가운데 두고 난장판이 벌어지고 있다. 가지려는 자와 막는 자들의 아귀다툼 속에 일시간에 십여 명이 부상을 입고 그중에는 목이 달아나는 자도 있다.

"막아야 하지 않겠소?"

천도맹의 수하들로 하여금 주위를 견제케 하고 있던 소진용이 휘에게 말했다. 그 말에 휘가 고개를 저었다.

"막는다 해서 막아질 일이 아닙니다, 스스로 불이 꺼지기 전까지는."

"너무 무책임한 말이군요."

여우경이 눈살을 찌푸리며 나섰다. 그러자 휘가 냉랭한 어조로 말했다.

"보물에 눈이 어두워 사리 판단도 못하는 자들입니다. 동료들의 등에 칼을 꽂는 자들, 나는 그들을 위해 나설 마음이 조금도 없습니다."

게다가 진짜 고수들은 아직 나타나지도 않았다. 섣불리 움직이다 그들에게 기회를 주면 그거야말로 닭 쫓던 개꼴이 된다.

싸움은 한순간에 불붙었다 순식간에 사그라졌다.

사방에 널린 부상자들의 신음이 곡 내에 울려 퍼지고, 시뻘건 선혈을 흘리며 죽어간 사람들의 시신이 여기저기 널려 있다.

머리가 잘려 떼굴떼굴 굴러가는 모습을 바라보는 시선에 공포마저 배어 있다.

반의 반 각도 되지 않아 벌어진 일이었다. 사람들은 주춤거리며 물러선 채 자신들이 저지른 일을 아연한 눈으로 바라보고 있다.

비사종은 반쯤 넋이 나간 얼굴로 자신의 잘려진 팔을 바라보았다. 피가 뿜어져 허공을 시뻘겋게 물들이고 있건만 자신의 팔이 아닌 것만 같다.

고개를 들어 이 장 정도 떨어진 곳에 있는 흑의인을 올려다보았다. 자신을 부추긴 자, 그리고 자신의 팔을 자른 자.

"왜……."

팍!

흑의인의 도가 번개처럼 휘둘러지더니 비사종의 머리가 하늘로 치솟았다. 순간, 휘의 손이 허공으로 들리고, 손끝에 붉은 구슬이 매달렸다.

핑! 천양의 기운이 실린 일지가 오 장을 격하고 튕겨지자 흑의인의 눈이 경악으로 홉떠졌다. 도를 휘두르며 옆으로 튕기듯 날아가는 흑의인을 쫓아 붉은 구슬이 따라간다. 그리고 한순간,

쾅! 쩡!

지풍과 도가 부딪친 소리라고는 믿을 수 없는 굉음이 일더니 허리가 부러진 도신이 허공을 날았다. 주르륵 물러서는 흑의인의 얼굴이 경악으로 일그러진다. 찰나, 서 있던 자리에서 사라진 휘의 신형이 흑의인의 앞에 나타났다. 극성에 이른 비월신영, 이어 손 그림자가 허공을 덮더니,

"컥!"

휘가 하얀 웃음을 흘리며 흑의인의 목줄을 잡아 올렸다.

"아직 할 이야기가 많은데 그냥 가면 내가 섭섭하지……."

그때였다. 십여 줄기의 암경이 휘를 향해 몰려들었다.

"어딜! 이놈들이!"

초평우와 풍인강이 대갈을 터뜨리며 곳곳에서 휘를 향해 달려드는 자들의 앞을 가로막았다. 그제야 사공명과 장군영도 뒤늦게나마 휘의 앞을 막아선다. 한데,

"크으윽!"

목줄이 잡혀 있던 자가 신음과 함께 시커먼 핏물을 입에서 뿜어낸다.

"이런!"

휘가 다급히 흑의인의 혈을 제압해 보지만 이미 흑의인의 얼굴은 새카 맣게 죽어가고 있다. 그사이 휘에게 암경을 날렸던 자들은 숲 속으로 사라져 버렸다.

"지독한 놈들!"

예상 못했던 바는 아니다. 자결할지도 모른다는 것은 알았지만 미처 손쓸 틈도 없이 행할 줄이야…….

숲으로 사라진 자들은 아마도 흑의인이 자결할 찰나의 시간을 벌어주기 위해 움직인 듯하다. 참으로 철저하면서도 독한 자들이다.

흑의인을 내려놓은 휘가 절벽 위를 쳐다보았다. 또다시 신경이 거슬리는 기운이 느껴진다. 확실히 누군가가 있다, 절벽 위에.

휘가 잠깐 절벽 위를 올려다본 사이 느닷없는 경악성이 울려 퍼졌다.

"막아! 놈이 보물을 가져간다!"

돌아서자 숲 속에서 튀어나온 자가 야귀도의 손에서 내단을 뺏어 든 것이 보인다. 쥐눈을 한 오십대의 초로인, 그의 앞을 대여섯 명이 막아섰다. 순간 초로인이 싸늘한 코웃음을 치며 우수를 휘둘렀다.

"어디 막아봐라!"

녹광이 흐르는 십여 가닥 암기가 막아선 자들을 향해 날아갔다.

"피해! 암기다!"

암기가 막아선 자 중 한 명의 안면에 박혀들었다. 동시에 처절한 비명이 그의 입에서 터져 나왔다.

"으아아악!!"

"녹령우모침이다!"

"서옹마귀(鼠翁魔鬼) 안차웅이다!"

막아섰던 사람들이 분분히 흩어지자 안차웅의 신형이 빨리듯이 숲 속으로 날아갔다. 그때,

"감히!"

떠덩!!

충돌음과 함께 일갈이 터지더니 날아가던 속도보다 더 빠르게 안차웅의 신형이 튕겨 나왔다. 그리고 계곡을 쩌렁 울리는 외침이 이어졌다.

"모두 멈춰라! 누가 감히 천검보의 영역에서 함부로 행동한단 말이냐!"

일갈과 함께 청의무사들이 쏟아져 나왔다.

천검보의 무사들이 계곡을 에워싸듯이 몰려들고 있는 것이다. 그리고 그들의 앞에는 장대한 체구의 장년인이 서 있었다. 장년인을 보고 누군가가 소리쳤다.

"건곤패검(乾坤覇劍) 방혁기다!!"

그의 이름이 튀어나오자 곡 내가 조용해졌다. 방혁기라는 이름이 주는 무게였다. 천수검왕 사공천의 오른팔. 천검보 내에서 십대고수를 꼽으라면 항상 열 손가락 안에 꼽히는 자, 그가 바로 건곤패검이라 불리는 방혁기였다.

쓰러진 안차웅을 천검보의 무사들이 제압하는 사이 사공명이 앞으로 나섰다.

"방 숙부께서 직접 오실 줄은 몰랐군요."

사공명의 말에 방혁기가 사람 좋은 웃음을 흘리며 고개를 끄덕였다.

"마침 보로 들어가다 연락을 받았네. 조카가 뭐 마려운 사람처럼 정신없이 떠났다고 해서 부지런히 따라왔지. 늦지나 않았는지 모르겠구먼."

와락 일그러진 얼굴로 방혁기를 쳐다본 사공명이 기이한 느낌에 주위를 훑어보았다.

무언가 묘한 기류가 흐른다. 두려움이 아닌 불만, 포기가 아닌 오기 섞인 질시. 안차웅이 천검보의 손에 들어갔다는 것은 곧 보물 중 하나가 천검보에 들어갔다는 말이다. 사람들은 그것이 불만인 듯했다.

방혁기도 그것을 눈치챘는지 버럭 소리를 지른다.

"감히 본 보에 대항이라도 하겠다는 것인가?!"

그러자 숲 속에서 코웃음이 터져 나오고,

"흥! 이곳이 천검보의 땅이던가, 아니면 하남이 전부 천검보의 세력이라도 되나?"

9

사공희령은 나무 위에 숨은 채 곡 내를 바라보았다.

자신이 숨어 있는 반대편에서 방혁기가 나타나고 천검보의 무사들이 곡 내를 둘러싸자 상황은 급변하고 있었다. 은밀히 숨어 있던 고수들까지 모습을 드러낸다. 일촉즉발의 상황. 그 한가운데 휘가 서 있다.

'이씨! 휘 오빠는 왜 저기서 있는 거야, 위험하게! 둘째 오빠는 뭐 하는 거야? 휘 오빠가 위험한데 뒤로 물러나라고 하지!'

그녀의 생각은 온통 휘의 걱정으로 가득 차 있었다. 불쌍한 사공명조차 오직 휘를 위해 존재할 뿐이었다.

사공희령이 두 손을 꼭 쥐고 걱정을 태산같이 하고 있을 때, 뒤쪽에 있던 안중쌍호는 서로의 눈을 쳐다보며 한 가지 생각을 굳히고 있었다.

"뭐든 한 가지라도 얻어야 한다. 천검보의 철없는 아가씨를 이용해서라도."

"그래! 어차피 이판사판이야!"

하지만 두 사람이 미처 모르고 있는 것이 있었으니, 자신들의 뒤에도 사람이 있다는 사실이었다. 한 명의 노인과 네 명의 중년인이.

공손척은 천검보에 가자마자 조휘라는 놈이 두 시진 전에 섭서로 간다며 떠났다는 말을 듣고 부랴부랴 뒤를 쫓았다, 사공천의 오랜만에 왔으니 쉬었다 가라는 말도 듣지 않고.

그렇게 쉬지도 않고 쫓다 보니, 자신들의 앞에서 방혁기가 이끄는 천검보의 패검단이 빠르게 움직이고 있는 것이 보였다.

무슨 일로 움직이는지는 모른다. 다만 그들이 가는 길과 자신이 가고자 하는 길이 같다는 점이 문제였다. 앞질러 갈 수도 있었지만 일단 뒤따라가기로 했다. 패검단의 움직임이 느리지도 않았고, 천검보의 무력 중에서도 패도로 유명한 패검단이 무엇 때문에 전격적으로 움직이는지 궁금하기도 했던 것이다.

그러다 결국, 명운곡까지 따라 들어왔다. 한데 기이하게도 조휘의 흔적 역시 곡 안으로 이어져 있는 것이 아닌가. 그렇다면 두 가지 일이 하나로 겹쳤을 가능성이 있을지도 모를 거라는 생각이 들었다.

'혹시 조휘라는 놈에게 당해서 복수를 하려고? 에이… 설마, 사공천이 그리 쫀쫀한 놈은 아닌데……?'

좌우간 두고 볼 일. 우선은 몸을 숨기고 곡 내로 접근했다. 여기저기 널린 시신들이 보인다. 역시 생각대로 뭔가 심상치 않은 일이 벌어지고 있다.

공손척은 중년인들의 눈을 직시하며 말했다. 허튼짓 말라는 투로.

"모두 조심해! 우리의 목적은 조휘를 궁으로 무사히 데려가는 것이야. 쓸데없는 일에 휘말리지 말아!"

그리고 마침내, 곡 내의 상황이 환히 보이는 곳에 도착했다. 그때였다. 공손척은 자신들의 앞, 나무 위에 몸을 숨기고 곡 내를 쳐다보고 있는 사공희령을 발견할 수 있었다. 그녀가 누군지 공손척으로선 알 리가 없었다. 다만 그녀의 등에 메어진 검의 검병은 무척 낯익게 느껴진다.

'어디서 봤더라……?'

검을 쓰지 않는 공손척의 기억에 새겨져 있을 만한 검은 그리 많지가 않다.

하나하나 생각을 더듬어봤다. 검병에 새겨진 용의 형상은 일반적인 용의 모습과 많이 다르다. 마치 용이 어둠 속에서 포효하고 있는 듯한…

'헛! 서, 설마, 용명검?! 대체 저 아이가 누구기에!'

공손척은 경악한 표정으로 사공희령을 주시했다.

―천검보의 사공환이 용명검을 얻었다.

삼십 년 전에 들은 이야기였다. 전대의 천검보주인 사공환이 나이 오십에 얻었다는 검이 용명검이었다.

그렇다면 눈앞에 있는 계집아이는 천검보의 아이여야 맞다. 한데 천검보의 여아가 대체 이 위험한 곳에는 무슨 일로 왔단 말인가. 패검단과 같이 온 것 같지도 않은데…….

그리고 같이 숨어서 속닥이고 있는 저 음흉하게 생긴 놈들은 또 뭐야?

'일단 때려잡고 봐? 아니지, 시끄럽게 해봐야 좋을 건 없지…….'

10

한 사람이 천천히 걸어 나온다.

'흠, 하나…….'

최소한 세 명이었다, 휘가 느낀 기운은. 그렇다면 아직도 두 명이 나오지 않고 있다는 말.

방혁기가 노한 눈으로 숲에서 나온 자를 쳐다보다 가볍게 놀란 표정을 지었다.

"이게 누구신가, 대별산의 산신령이 여기까지 오다니. 보물에 대한 욕심에는 산신령도 별수없나 보군."

나타난 자는 허연 수염이 한 자는 됨 직한 중노인이었다. 구산조(九山祖) 염양, 일명 대별산의 산신령.

그는 못마땅한 눈으로 방혁기를 보다가 쓰러진 안차웅을 둘러싼 천검보의 무사들을 둘러보았다.

"보물이 이곳까지 굴러온 이상 천도맹이라 해도 함부로 행동할 수 없지. 하물며 천검보는 주인도 아니지 않은가?"

"내 집에 굴러들어 온 보물을 마다할 멍청이도 없지."

"그 말은 결국 주운 자가 임자라는 말 같군."

"능력만 된다면!"

방혁기의 말에 염양이 비릿한 웃음을 흘리며 숲을 쳐다보았다.

"그렇다는데요."

순간 숲에서 나직한 웃음소리와 함께 두 명이 모습을 드러냈다.

"클클… 그렇다면 해볼 만하지. 물론 뒤에 가서 딴소리는 하지 않겠지? 천하의 건곤패검이 말이야."

두 명을 바라본 방혁기의 미간이 와락 일그러졌다.

"당신들은……."

사공명이 놀란 음성으로 중얼거렸다.

"헛! 창산이마(蒼山二魔)?"

한 자루 극(戟)을 등에 멘 통통한 노인이 힐끔 사공명을 일견하고는 방혁기에게로 눈을 돌렸다.

"오랜만이군. 십 년만인가?"

"형님에게 당하고 나서 죽은 줄 알았더니 살아 있었소?"

"그냥 죽을 수야 없지. 사공천에게 받을 빚도 있는데 말이야."

통통한 노인이 방혁기와 신경전을 벌일 때다. 그 옆에 있던 노인이 휘를 보며 물었다. 아무래도 홍살괴를 일권에 쓰러뜨린 휘가 신경이 쓰인 듯했다.

"너는 어찌 생각하느냐?"

나직하면서도 고저가 없어 왠지 듣기에 거북스런 음성이었다.

창산이라면 한때 하남 무림의 마도를 이끌던 이름이다. 비록 천검보와의 세력 다툼에서 밀려나 지금은 거의 잊혀지다시피 했지만, 그래도 마도의 인물들에겐 아직도 하늘처럼 여겨지는 인물이 창산의 두 형제 오정락과 오희락이었다.

오정락의 물음의 휘는 별 감흥이 없는 목소리로 지나가듯이 말했다.

"생각이고 뭐고, 뭐 먹을 게 있다고 이 난리요?"

오정락의 싸늘한 표정이 일시 멍하게 보인 것은 사공명만의 착각일까?

"나이도 웬만하신 것 같은데, 편히 쉬시지, 원."

"뭐, 뭐라?"

"귀도 안 좋으신가 보군. 손자들 재롱이나 보고 놀 나이에 뭐 하러 싸돌아 다니냐고 물었습니다."

"네, 네놈이……."

오정락의 표정이 악귀처럼 일그러지자 휘는 오정락은 본체만체 절벽 위를 다시 올려다봤다.

"위에서 쳐다보면 재미있나?"

오정락의 표정이 묘하게 번뜩였다. 나이도 어린 놈이 들었다 났다 하는데 열받지 않는 노인 없다. 그런데도 함부로 움직일 수가 없다. 허술한 듯하면서도 자연스런 움직임. 과연 천하에 창산이마의 이름 앞에서 저리 태연할 사람이 얼마나 될 것인가. 그러다 보니 덤벼서는 안 된다는 경고가 계속 뇌리 속에 울리고 있다.

해서 일단은 떠보듯이 말했다.

"일단 눈앞에 있는 사람을 먼저 걱정해야 하지 않겠느냐?"

휘가 고개를 내리더니 오정락을 향해 빙긋 웃었다.

"내가 왜요? 오히려 걱정해야 할 사람은 노인네들 같습니다만."

"건방진!!"

오정락이 더 이상 참지 못하고 막 휘를 향해 손을 쓰려 할 때다. 야귀도가 느닷없이 비명을 지르며 벌떡 일어섰다.

"으아아!! 이 비급은 내 거야! 내 거!! 천도맹에서 내가 가져온 거야!!"

사람들은 눈을 휘둥그렇게 뜬 채 야귀도를 쳐다보았다. 손을 쳐들던 오정락도 흠칫하며 야귀도를 향해 고개를 돌렸다.

아무도 야귀도에게 접근한 자는 없었다. 그런데도 야귀도는 마치 누가 자기 물건을 빼앗아 가기라도 하는 것처럼 미친 듯이 소리를 질러댄다. 그런 그의 눈빛에서 광기가 일렁인다. 참으로 괴이한 광경에 사람들의 눈이 찌푸려진다.

휘는 야귀도를 쳐다보다가 문득 기이한 생각이 들었다. 야귀도의 광기 서린 눈빛, 정상적인 눈빛이 아니다. 한데 어디선가 들었던, 아니면 보았던 것 같은 눈빛이다.

'어디서… 가만! 삼령문의 혼령을 다스리는 법. 이혼령의 법은 아니고… 아! 명혼령(命魂令)의 법!'

그때였다. 미친 듯이 소리치던 야귀도가 눈을 뒤집어까며 쓰러지고 있다. 칠공에서는 핏물이 흘러나오고 있다. 품속에서 빠져나온 책자의 끄트머리를 움켜쥔 야귀도가 흐느끼듯 중얼거린다.

"내 거… 아무도… 흐으… 안 돼……."

스르르 무너지는 야귀도를 보며 누구도 움직일 생각을 못하고 서로의 눈치만 본다.

그 순간, 휘의 깊게 가라앉은 눈이 딱딱하니 굳어졌다. 휘는 급히 소진용을 향해 물었다.

"소 형, 잃어버린 책이 반쪽짜리 책이라 했지요?"

"예? 예, 맞습니다."

"그럼 저 책자가 잃어버린 것 맞습니까?"

소진용이 얼떨떨한 표정으로 대답했다.

"그, 그게… 이상합니다. 분명 반쪽짜리라 들었는데……."

휘도 그것이 이상해서 물어본 것이다. 야귀도가 움켜쥔 책자는 결코 반쪽짜리가 아니었던 것이다. 그렇다면 대체 어디서부터, 뭐가, 어떻게, 잘못된 것이란 말인가.

잠깐 깊은 생각에 잠긴 휘는 번개처럼 스치고 지나가는 어떤 생각에 번쩍 고개를 들었다.

'미쳐 버린 야귀도, 누군가가 야귀도의 혼을 움직였다. 그리고 책자가 바뀌고, 동패가 내단이 되어 있는 이유는? 결국… 천도맹이 잃어버린 책자와 동패는 사라져 버렸다?

"이런!!"

휘는 다급히 야귀도를 향해 신형을 날리려 했다. 하지만 휘보다 먼저 움직인 자가 있었다. 염양이 야귀도에게 신형을 날리며 손을 휘젓고 있었다, 야귀도의 품속에 있던 책자를 향해서.

순간 터지는 호통 소리!

"어디서 허튼수작을!!"

가까이 있던 방혁기가 신형을 날리며 염양을 쳐가자 창산이마도 움직였다.

"염가야, 일단 방가를 막아!"

'더 이상 머뭇거릴 수는 없다!'

휘가 한 발을 내딛으며 다가가자 오정락이 싸늘히 소리쳤다.

"어디서!!"

들어올린 손을 내치자 시커먼 수영(手影)이 휘의 앞을 가로막았다. 순간적으로 휘의 신형이 흔들리고, 흐릿한 환영이 오정락의 눈앞에 펼쳐졌다. 바람이 갈대 숲을 빠져나가듯 환영이 묵빛 수영 사이를 빠져나간다. 그걸 본 오정락이 눈을 부릅떴다.

파파파팡!

손가락을 반쯤 구부린 채 팔 장을 내친 오정락이 바람에 밀리듯 뒤로 물러서자, 휘의 좌권이 허공을 찍어버렸다. 다섯의 환영이 동시에 권을 내친다, 천붕의 일권을!

콰과과과광!!

"으흡!!"

오정락이 이를 악물고 뒤로 세 걸음을 더 물러섰다. 그러자 휘의 환영이 하나로 뭉치더니 만년빙처럼 싸늘하게 식은 두 눈이 번쩍였다.

찰나 우수가 만양을 잡아가고, 번쩍! 연붉은 번개가 허공을 갈랐다.

오정락이 홉떠진 눈으로 쌍장을 내밀자 시커먼 수강이 허공에 걸린 번개를 후려쳤다.

콰광!

굉음과 뒤섞여 정신없이 뒤로 물러나는 오정락의 입가로 가는 선혈이 흐른다. 연이은 두 번의 충격이 내부를 뒤흔들어 버린 것이다.

숨 한 번 쉴 시간에 벌어진 일이었다. 멋모르고 주위에 있던 사람들도 그 여파에 신음을 흘리며 뒤로 물러섰다. 그런 그들의 눈이 경악으로 물들어 있다. 하지만 그들이 진짜로 경악할 일은 그 다음에 벌어졌다.

물러서는 오정락을 따라 휘가 신형을 날린다.

주욱, 빨랫줄처럼 늘어지는 신형이 미처 정신을 차리지 못하고 있는 오정락을 덮치자 얼떨떨한 표정으로 두 사람의 싸움을 바라보고 있던 오희락이 대경하며 극(戟)을 휘둘렀다.

후우웅!!

"비겁하게 창산이마가 합공을 하겠단 말이냐?!"

염양과 일장을 나누고 대치하고 있던 방혁기가 소리치며 신형을 날리려 하는 순간, 염양이 방혁기의 앞을 막아섰다.

"어딜! 나도 있다는 것을 잊었나 보군?"

결국 창산이마가 무명의 젊은이를 상대로 합격한 셈이 되었다. 천하인들이 알면 경악할 일이었다. 하지만 휘에게 그러한 것은 아무런 의미도 없었다. 오직 마음만이 다급할 뿐이다.

누군가가 야귀도에게 제혼술을 걸어놨다, 어떤 이유로 무엇을 노리고 그랬는지는 몰라도.

그런데 숨이 끊어지려 하고 있다. 죽으면 만사휴의(萬事休矣)다. 그래서 오정락을 몰아쳤더니, 이제 오희락까지 자신에게 달려든다.

순간적으로 호기가 솟았다!

가슴속에 태풍이 몰아쳤다!

"좋아! 마다하지 않겠다! 다 와!!"

화아악!!

만양에서 천양의 기운이 불길처럼 솟아오른다. 크게 원을 그리며 휘둘러지는 만양이 오희락의 극을 후려쳤다.

쾅쾅!

부딪치는 탄력을 이용해 휘의 신형이 오정락의 머리 위로 날아간다.

"물러서!!"

휘를 따라가며 오희락이 소리쳤다. 어느 정도 정신을 차렸는지 오정락이 허공을 향해 쌍장을 올려치자 시커먼 수강이 줄기줄기 허공을 향해 뻗어나간다. 순간, 사람들의 눈이 찢어질 듯이 흡떠졌다.

시커먼 수강의 막이 종잇장처럼 찢어지고 있었다.

하늘이 붉은 벼락에 갈라지고 있었다.

단천락에 연이어 절혼광마저 펼쳐진 것이다!

콰르르… 쩌쩌쩍!!

"크윽!!"

오정락이 답답한 신음을 흘리며 튕기듯이 물러서자, 휘가 만양을 내뻗었다. 만양의 검첨에 붉은 구슬이 찰나적으로 맺힌다. 그리고 쏘아졌다!

눈앞에 붉은 연화가 피어난다. 몽여화(夢餘花)!

오희락이 이를 악물고 오정락의 앞을 막아서서 극을 휘둘러 댔다. 극에 머물러 있던 시퍼런 강기가 회오리처럼 허공을 휘감았다. 찰나, 붉은 연화가 강기의 회오리 속으로 파고들었다.

오희락의 얼굴이 엄청난 충격에 하얗게 일그러진다.

쾅!

주르륵 물러서는 오희락을 향해 만양으로 작은 점을 그렸다.

'시간이 없다! 끝을 본다!!'

점이 점점 커져 간다. 그러다 종내 쟁반만한 붉은 점이 허공에 매달렸다. 무심하기 그지없던 휘의 눈이 더욱 깊어진다 느껴진 순간!

"가라!!"

콰아아!!!

실같이 가는 검강의 다발이 오희락과 오정락을 향해 폭발했다! 폭멸혼!!

떠더덩!! 콰과과광!

미친 듯이 극을 휘두르던 오희락이 입을 쩍 벌린 채 튕겨지고, 두 손을 내뻗으며 휘의 공격을 막으려던 오정락이 부끄러움도 잊고서 정신없이 땅바닥을 굴렀다.

비산하는 뇌전의 폭풍에 휩쓸린 삼 장 앞이 초토화되어 버렸다. 창산이마의 뒤에 서 있던 세 명의 무인까지 날벼락을 맞고 쓰러져 바둥거린다.

모두가 할 말을 잃고 입만 벌리고 있다. 심지어 방혁기나 염양의 입마저 쩍 벌어져 닫힐 줄을 모른다. 누구도 예상하지 못했던 결과에 넋이 나가 버렸다.

휘는 지그시 입술을 깨물며 내기를 가라앉혔다. 여화의 단계에 이르지 못했다면 꿈도 꿀 수 없는 연속 공격이었다. 상당한 내력이 빠져나갔지만 눈앞에 펼쳐진 결과에 비하면 아무것도 아니다.

휘는 일어나려 애를 쓰는 창산이마를 바라보며 차가운 미소를 입에 물었다.

"그러게 나서긴 왜 나서는 거요?"

전신에 뚫린 구멍에서 쏟아지는 피는 아랑곳하지 않고 오희락이 고개를 들어 물었다.

"네, 네놈은… 누구……?"

"이 마당에 그건 알아서 뭘 하겠단 말이오? 살고 싶거든 몸이나 살피시오."

더 이상 할 말이 없다는 듯 휘는 고개를 돌려 야귀도를 바라보았다.

떨림이 멈춰 가는 것이 곧 숨이 끊어질 것만 같았다.

다급히 야귀도의 앞으로 다가갔다. 아무도 휘의 앞을 막을 생각을 하지 않고 바라보고만 있다. 이 상황에서 감히 누가 막을 것인가.

휘는 야귀도의 눈꺼풀을 뒤집어봤다. 그 모습이 의외였는지 사람들의 표정에 의아한 빛이 떠오른다. 왜 비급을 꺼내지 않고 눈을 살펴볼까?

야귀도의 눈동자는 동공이 풀어져 있었다. 실낱같은 숨결 속에 잘게 떨리는 눈동자의 초점이 허공에 떠 있다.

'역시, 제혼술에 걸려 있었다. 누굴까? 당금 천하에서 누가 제혼술을 펼칠 수 있을까?'

안타까웠다. 도사할배가 남긴 천에 혼을 다스리는 법, 세 가지가 적혀 있었다. 그러나 자신은 그중 하나도 제대로 익히지 않았다. 그저 겉핥기로 조금씩 익혔을 뿐이다. 반만 익혔어도 야귀도의 정신을 되돌려 놓을 수 있을지 모르거늘⋯⋯.

"야귀도! 누구요?! 당신을 이렇게 만든 사람은 누구요?! 당신의 혼을 지배했던 사람이 대체 누구냔 말이오?!"

스러진 혼조차 다시 일깨울 법한 강력한 기운이 서린 음성이었다. 천양의 기운이 가득 실린 음성이 야귀도의 귓속을 파고들자, 뇌리를 부수어 버릴 것 같은 충격 때문인지 죽어가던 야귀도의 몸이 부르르 떨렸다. 그러더니 한순간, 번쩍! 야귀도의 눈이 뜨였다.

초점이 없는 눈동자로 한없이 먼 허공을 바라보며 소리친다.

"죽여⋯ 살려 줘⋯ 제바이아알⋯ 으으으⋯⋯."

"그가 누구요?! 당신을 이렇게 만든 자! 당신의 혼을 지배한 자!!"

휘의 목소리가 성난 지옥의 염왕처럼 뇌리를 뒤흔들자 야귀도가 입을 쩍 벌렸다.

"괴, 괴, 괴승⋯ 라마⋯ 그는⋯ 악마⋯ ㄲ어어억!"

털썩! 야귀도의 목이 뒤로 꺾여 버렸다. 완전한 죽음이었다.

휘는 굳은 표정으로 죽은 야귀도의 눈을 바라보았다. 여전히 동공이 풀어져 있다.

'누굴까? 괴승? 라마… 라마라면 서장의 승려. 음……'

별다른 증거를 얻지는 못했다. 그나마 야귀도가 제혼술에 걸려 있었다는 것을 안 것만으로도 소득이라면 소득이었다. 하지만 그것만으로는 아무것도 할 수가 없다, 아무것도.

휘는 그것이 답답했다.

"무슨 일인가?"

궁금함을 참을 수 없었는지 방혁기가 물었다. 주위를 에워싸고 있던 모든 사람이 휘를 바라본다, 심지어 나무 위에 숨어 있던 사공희령과 공손척 일행까지.

"야귀도는 제혼술에 걸려 있었습니다."

"제혼술?"

방혁기뿐만 아니라 모두가 어리둥절한 표정이다. 휘가 다시 말했다.

"한마디로 제정신이 아니라 누군가의 꼭두각시 노릇을 하고 있었단 말이지요."

"그러니까 야귀도가 사술에 걸려 있었단 말인가?"

"아무래도 그런 것 같습니다."

방혁기는 놀라움을 금할 수 없었다. 자신이라 해도 한 사람 이상은 당할 자신이 없는 창산이마를 쓰러뜨린 데다 해박한 지식 또한 놀랍기 그지없다. 조금 전에 사공명이 전음을 보내왔을 때만 해도 설마 했었다.

"방 숙부, 들으셨는지 모르겠지만 저 사람에게 고운 부 숙부마저 졌습니다."

만일 사공명에게 그 말마저 듣지 않았다면 보고도 믿기가 힘들 정도다.

"한데 그게 이 일과 무슨 상관인가?"

방혁기의 물음에 휘가 주위를 훑어보았다. 휘와 눈이 마주친 염양이 가볍게 진저리를 친다, 행여나 자신을 공격할까 주먹을 움켜쥐고서. 그러나 휘의 눈은 염양을 지나쳐 천천히 허공을 향했다, 동쪽 절벽의 위를.

"누군가가 절벽 위에서 처다보고 있었습니다. 이제는 느껴지지 않습니다만."

"…왜?"

"그걸 모르겠습니다. 저들이 원하는 것이 뭔지……."

두 사람이 나누는 대화를 듣던 사람들도 그제야 초반에 휘가 지적했던 의문점에 신경을 쓰기 시작했다. 그들도 꼭두각시가 되고 싶지는 않았다. 그렇다고 자신들이 남에게 조종당했다는 것도 인정하고 싶지 않았다.

그때 휘가 있는 곳으로 다가온 사공명이 주위를 향해 말했다.

"이 일은 의문점이 많은 일입니다! 해서 잠시 동안 본 천검보에서 이 일을 주관할까 합니다! 강호제현께서는 이해해 주시길 바랍니다!"

누군가가 물었다.

"그럼 두 가지 보물을 천검보에서 독식하겠단 말이오?"

방혁기가 눈을 부라리며 말했다.

"누가 독식하겠단 말인가! 조사할 동안 보관하겠단 말이네!"

"흥! 그 말이 그 말 아닌가?"

참지 못하겠는지 염양이 한 소리했다. 그러더니 야귀도를 가리키며 휘를 돌아보았다.

"어떤가? 야귀도의 품속에 있는 책이 과연 비급인지, 아니면 쓸모없는 책자인지 공자가 확인을 해주는 것이."

사람들이 고개를 끄덕였다. 창산이마를 혼자서 물리친 사람이다. 비록 천검보의 인물과 함께 있었긴 하지만 방혁기보다는 그래도 더 믿음이 간다는 듯한 태도다.

언뜻 휘의 눈에 기광이 스쳐 갔다. 소진용의 말대로라면 야귀도의 품 속에 있는 책은 천도맹에서 잃어버린 책자와 다른 것 같다고 했다. 만일 천도맹의 책자가 아니라면 한마디로 주인없는 책자가 되어버린다. 참으로 묘한 상황이다.

휘가 소진용과 여우경을 바라보았다.

"소 형, 여 낭자, 책자에 대해서는 천도맹에서 더 잘 알 것이오. 저 책이 과연 천도맹에서 잃어버린 것인지 확인을 해주시겠오?"

사람들이 웅성거린다. 염양은 비급인지를 확인하자는데, 휘는 천도맹에서 잃어버린 책자인지 확인해 달란 말을 한다. 그것은 그렇지 않을 수도 있다는 말이 아닌가.

소진용은 휘의 말을 거부할 정신도, 이유도 없었다. 홍살괴를 일장에 물리치는 것을 보며 강할 거라 예상은 했지만, 자신의 예상을 까마득히 뛰어넘은 휘는 이미 하늘 밖의 하늘이었다.

"알겠습니다, 조 형."

여우경은 말없이 소진용을 따랐다.

상황은 천도맹이 아니라 천검보의 손바닥 위에 올려졌다. 그런데… 왠지 불안하다. 마치 빠져나올 수 없는 소용돌이 속으로 들어가는 것 같은 기분이다. 어릴 적 장난으로 늪지에 들어갔다가 발이 빠지지 않아 울었던 그날처럼…….

야귀도의 품속에서 삐죽이 나와 있던 책자를 소진용이 꺼내 들었다.

두 권의 책자. 한데 책자를 바라보는 소진용의 표정이 묘하다. 잔뜩 일그러진 표정에는 두려움마저 떠올라 있다.

"맞습니까?"

휘가 물었다. 그런데 대답이 없다. 여우경조차 멍한 눈으로 책자를 바라보고만 있다. 가늘게 떨리는 눈꼬리에는 공포감마저 떠올라 있다. 왜?

휘가 소진용에게 다가가자 방혁기와 염양도 다가간다.

휘는 소진용의 손에 들린 책자를 보았다. 그제야 소진용이 떨리는 목소리로 말했다. 간절하게, 제발 믿어달라는 표정으로!

"조… 형, 이건… 이건 천도맹에서 잃어버린 것이 아닙니다. 절대로! 절대로! 아닙니다!"

휘의 눈매가 꿈틀거렸다. 소진용의 음성에는 절박함마저 묻어 있다. 대체 저 책자가 뭣이기에.

그 답은 방혁기의 입에서 나왔다.

"최심마혼공(催心魔魂功)! 맙소사!"

그리고 거의 동시에 염양의 놀란 목소리가 이어졌다.

"백혈마유장(百血魔幽掌)! 세상에!"

천하에는 마공이라 칭해지는 수많은 무공이 있다. 그 수많은 마공 중에서도 마인들이 꿈속에서조차 찾고자 하는 마공이 있으니, 바로 일천마공 중 가장 강하다는 십팔마마공(十八魔魔功)이 바로 그것이었다.

까마득한 오랜 세월, 누천년에 걸쳐 전해진 열여덟 가지의 마공. 그중 한 가지만 익혀도 천하를 오시할 수 있다 하거늘…….

한데, 그 십팔마마공 중 두 가지 무공이 적힌 비급이 출현했다!

천하가 한바탕 폭풍에 휘말릴 일이었다.

방혁기와 염상의 입에서 두 책자의 이름이 나오자 곡 내는 바늘 떨어지는 소리도 들릴 정도로 조용해졌다.

스멀스멀 흐르는 안개에 피 냄새가 배어 있다.

살랑살랑 머리카락을 흔드는 바람에서 날 선 비수의 살기가 느껴진다.

휘는 두 손을 움켜쥐고 이를 지그시 깨물었다.

'소진용이나 여우경의 표정을 본다면 결코 거짓이 아니다.'

방혁기와 염양을 바라보았다. 방혁기는 부릅뜬 눈으로 소진용을 쳐다보고 있고, 염양은 욕망이 깃든 눈으로 소진용의 손에 들린 비급을 바라보고 있다.

방혁기가 먼저 입을 열었다.

"천도맹이 왜 십팔마마공을 지니고 있었단 말인가? 설마 그 무공을 익히면 정파의 공적이 된다는 사실을 모르지는 않을 텐데?"

그것이었다! 소진용이 두려움에 절어 다급히 변명조로 부정한 것도, 여우경이 공포에 젖었던 것도.

만일 두 권의 책자가 천도맹에서 나온 것이라면 천도맹은 정파로부터 공적으로 내몰릴 수 있다. 한마디로 천도맹이 공중분해된다는 말이다. 그러니 어찌 소진용이나 여우경이 두렵지 않을 것인가!

소진용이 다급히 소리치듯 말했다.

"아닙니다, 방 대협! 이 책은 저희 천도맹 것이 아닙니다!"

"그럼 왜 자네들이 쫓아온 야귀도의 품속에 있단 말인가? 야귀도는 천도맹에서 책자를 훔쳤다고 들었네만."

"그, 그건… 저희도 의문이라……."

소진용이 어쩔 줄 모르며 휘를 돌아보았다.

"조 형, 오는 중에도 말씀드렸지만 정말 이 책자는 저희가 잃어버린 책자가 아닙니다. 정말입니다!"

휘가 사공명을 보며 말했다.

"사공 형, 분명 소 형이 우리에게 말한 책과 저 책은 제목이 다릅니다."

"그건 저도 압니다. 문제는 야귀도의 품에서 저 두 권의 비급이 나왔다는 것입니다."

"내단도 천도맹의 것이 아니라고 했지요."

"후… 그것도 의문입니다. 분명 말은 그리했습니다만, 소 형은 책 말고 한 가지를 더 잃어버렸다고 했었습니다. 그리고 나중에 내단을 보고서야 천도맹에서 잃어버린 것이 동패라 했지요."

휘는 깊어진 눈으로 사공명을 직시했다. 사공명의 눈은 자신만의 생각으로 굳게 닫혀 있었다. 고개를 돌려 방혁기를 바라보며 물었다.

"그럼 천검보는 어찌했으면 좋겠다 생각하십니까?"

방혁기가 이마를 찌푸리더니 천천히 입을 떼었다.

"일단은 천검보로 내단과 두 권의 책을 가져가겠소."

"웃기는 소리!"

"흥! 역시 천검보가 다 먹겠다는 말이구만!"

여기저기서 방혁기의 말을 성토하는 소리가 벌 떼처럼 쏟아졌다. 그러자 천검보의 무사들이 일제히 검을 뽑았다.

쩽!!

그리고 방혁기의 일갈이 터져 나왔다.

"그럼 모두 죽이고 가져갈까?! 그러길 원하는가?! 우리에게 그 정도의 힘이 없다 생각하는가?!"

곡 내가 다시 조용해졌다. 사실 천검보 무사들의 힘과 명운곡에 모인 수십 명 무인의 힘은 그 우열을 가리기 힘들었다. 아마 정면으로 붙는다면 어느 누가 살아나갈지 모를 일이었다. 문제는 창산이마를 쓰러뜨린 휘가 어느 쪽이냐에 달려 있었다.

아직까지는 휘가 천검보와 가깝게 지내기 때문에, 감히 반발을 못하고 휘의 눈치만을 살피고 있을 뿐이었다.

곡 내가 조용해지자 방혁기가 소진용에게 손을 내밀었다. 소진용이 떨리는 손으로 책을 내밀자, 책을 받아 든 방혁기가 가볍게 두 권의 책을 훑어보았다. 그러더니 다시 우렁한 목소리로 말문을 열었다.

"나, 방혁기가 봤을 때, 이 두 가지 비급은 진품인 것 같다! 천검보는 결코 이 두 가지 물건에 욕심을 부리자는 것이 아니다! 이 일의 전후를 가리고자 하는 것이다! 염양, 우리를 따라와 천검보에 머물러도 좋다! 나 방혁기의 이름을 걸고 그대의 안전을 보장하겠다!"

염양이 머뭇거리자 휘가 방혁기를 향해 굳은 표정으로 물었다.

"어떻게 하시고자 하는 겁니까?"

"이 일은 자네 생각보다 더 큰일이네. 한바탕 강호가 시끄러워질 거야. 아마… 천도맹의 맹주가 직접 해명을 해야 할 것이네. 그런다 해도 뒤탈은 남겠지만……."

소진용이 대경하며 소리쳤다.

"방 대협! 어찌 그런……."

사공명이 나서더니 소진용에게 나직이 말했다.

"소 형, 가서 일의 전후를 말씀드리시오. 그것만이 최선이란 것을 맹주께서도 아시게 될 것입니다."

"정녕… 그 방법밖에 없단 말입니까? 과연 맹주께서 이 일을 납득하려 하실 거라 생각하십니까? 맹주께서 하시지도 않은 일을 했다고 하실 거라 생각하십니까? 사공 형, 저 두 가지 마공은 분명 우리 천도맹과는 아무런 관계가 없단 말입니다!"

"그럼, 소 형이 생각해 볼 때 영물의 내단과 십팔마마공의 진품 비급을 내놓고 장난칠 사람이 있을 거라 생각하십니까?"

소진용의 입이 다물어진 채 벌어질 줄을 몰랐다.

그건 그렇다. 목숨을 내놓고 구하려 해도 구할 수 없는 물건을 하나도 아니고 세 개나 내놓고 남들 싸움이나 붙이려 할 사람이 있을까?

심지어 자세한 내막을 모르니 장군영조차 입을 닫고 있다. 하물며 강호의 누가 천도맹의 말을 믿어줄 것인가.

번쩍, 휘의 눈에서 기광이 일었다.

진품이기에, 그것도 목숨을 내놓고 덤벼들 정도의 놀라운 물건이기에 그 반향은 더욱 클 수밖에 없었다. 그리고 또한 그런 물건이기에 누구도 반박하기가 만만치 않을 터, 아마도 천도맹은 이 일로 인해 엄청난 손실을 입을 것이다.

하지만 진정 이 물건들이 천도맹의 것이 아니라면… 천도맹은 쉽게 승복하려 하지 않을 것이고……

'자신들이 결백하다면… 피 보기를 두려워하지 않을 것이다! 맙소사!'

천검보와 천도맹이 피바람에 휩싸인다면, 그것은 결국 하남과 강서, 강북과 강남의 무림이 서로 검을 겨누게 된다는 말과도 같다.

'내가 너무 부풀려 생각하는 것인가?'

휘가 생각에 잠긴 사이, 어느덧 장내의 주도권은 천검보에 완전히 넘어가 있었다.

"좋다! 내가 직접 천검보에 머물며 돌아가는 상황을 지켜보겠다. 흥! 여기에 계신 강호동도들이 모두 증인이거늘 설마 대천검보가 이 염양을 어찌하겠는가? 누구 나와 같이 갈 사람 없소?"

염양은 방혁기의 의견을 수용해 이 사건이 해결될 때까지 천검보에 머물기로 했다. 언뜻 보면 뭐 하러 주도권이 넘어간 마당에 천검보에 가려나 생각할 수도 있지만, 염양의 내심에는 또 다른 계산이 서 있었다. 보물은 세 개고, 일이 잘 해결되었을 경우 세 개의 보물을 전부 천검보에서 독차지할 수는 없을 거라 생각한 것이다.

그리고 무인들 중 몇 명도 염양과 함께 천검보에 머물기로 했다. 그들은 이제 보물에 대한 욕심보다는 일이 어떻게 흘러가는지 그것이 궁금해졌기 때문이었다. 그리고 그중에는 장군영마저 끼어 있었다.

구산조 염양마저 물러서자 상황이 빠르게 정리되기 시작했다. 연고가 없는 시신들은 땅에 묻고, 천검보와 천도맹의 사상자들은 각자가 알아서 챙겼다.

얼이 빠진 창산이마는 일단 염양이 천검보로 데려가기로 했다. 부상을 치료하기 위해서, 또한 자신의 안전을 위해서.

그렇게 대충 장내가 정리되자 방혁기가 휘를 바라보았다.

"자네는 어떻게 할 것인가?"

"제가 끼어든다 해서 해결될 문제가 아닌 것 같군요. 저는 가던 길을 마저 가렵니다."

이제 일은 천검보와 천도맹, 강호 거대 세력 간의 일로 비화되었다. 지금 그 가운데 끼어들어 봐야 골치만 아플 뿐 아무런 이득도 없다. 게다가 어딘가의 배후 세력이 꾸민 일 같다고 말해봐야 믿어줄 상황도 아니다. 그러기에는 일이 너무 완벽히 진행되었고, 너무 엄청난 물건들이 튀어나왔다.

언젠가는 이 일에 대한 전모가 들어날 것이고, 그때가 되어서야 자신이 나설 기회가 주어질 테지만, 아마 그때쯤에는 많은 피가 강호를 적신 다음일 것이다.

휘가 씁쓸한 표정으로 몸을 돌리자 사공명이 아쉽다는 표정으로 말문을 열었다.

"조 형, 언제고 천검보를 다시 방문해 주시기 바랍니다."

휘가 묵묵히 고개를 끄덕이자 그동안 꾹 입을 닫은 채 석상처럼 서 있던 초평우가 싸늘한 눈빛으로 사공명을 쳐다보았다.

"사공 공자는 현명한 줄 알았는데 그렇지도 않군."

"무슨……?'

사공명이 얼떨떨한 얼굴로 반문하자 풍인강이 말했다.

"대형이 아니다 하면 아닌 것이오. 당신은 대형을 믿지 않았소."

사공명의 눈이 잘게 떨렸다. 그도 모르는 바가 아니다. 소진용의 말이 거짓이 아니라는 것을. 하지만 소진용의 말을 인정하기에는 보물의 가치가 너무도 크고 무거워서 순순히 인정하고 물러설 수가 없었다.

그리고… 보다 큰 이유는… 이번 일이 잘만 풀리면 천검보가 한 걸음 도약할 기회가 될 수 있다는 사실이었다. 물론 자신의 이름을 날릴 수 있는 절호의 기회란 것 역시.

그 유혹을 벗어나기에는 보물이 주는 욕망의 향기가 너무나 향기롭고 달콤했던 데다, 사공명이 제아무리 재지가 뛰어나다고 해도, 그는 피 끓는 젊은이였던 것이다.

'아마 아버님이라 해도 나와 같은 결정을 내리셨을 거다.'

사공명은 그러한 생각으로 자기 위안을 삼으며 입술을 지그시 깨물었다.

나무 위에서 그런 사공명을 바라보던 사공희령의 눈매가 찌푸려졌다. 그녀는 사공명의 생각을 읽을 수 있었다.

'오빠는 지금 잘못 생각하고 있어. 자칫 한 걸음만 삐끗해도 낭떠러지야. 막아야 돼!'

그녀가 벌떡 몸을 일으켰을 때다. 목덜미를 지나는 차가운 감촉이 전해진다. 어깨를 가볍게 떨며 고개를 돌리려 하자 나직한 목소리가 들려왔다.

"사공 낭자, 우리는 빈손으로 돌아가지 않기로 했소. 이해해 주시오."

"무슨 짓이죠?"

사공희령이 놀란 눈을 크게 떴다.

"설마… 나를 인질로 협상이라도 하겠다는 건가요?"

"필요하다면……."

막대위의 표정이 쓴 물을 삼킨 것처럼 일그러졌다. 그도 지금 자기가 하는 일이 결코 정당치 못하다는 것쯤은 알고 있는 것이다. 한데 그 순간!

"너는 그럴 기회가 없을 것이다!"

냉랭한 노성(老聲)이 막대위의 귀청을 때렸다.

"헛! 누구……?"

"너같이 돼먹지 못한 놈에게 내 이름을 알려주고 싶지도 않으니까, 입 다물어!"

막대위는 문득 옆에 있어야 할 악소궁이 생각났다.

왜 아우는 아무런 움직임도 없는 걸까?

눈을 돌려 옆을 봤다. 악소궁이 보였다. 도를 빼다 말고 질린 안색으로 눈을 부릅뜨고 있는 악소궁의 표정이 절망으로 물들어 있다. 그런 악소궁의 뒤에 네 명의 중년인이 유령처럼 내려서고 있는 것이 보인다.

'제기랄! 저놈들은 뭐야?'

막대위는 이판사판이라는 심정으로 손에 힘을 주고 사공희령의 목에 검을 바짝 갖다 댔다.

공손척은 지풍을 날려 도를 빼고 있는 놈의 거골을 짚어버렸다. 반쯤 도를 빼다 말고 굳어버린 놈의 표정이 경악으로 물들어 있다. 마저 아혈까지 짚어버린 공손척이 놈을 화룡사위에게 맡겨놓고 사공희령의 목에 검을 들이대는 자의 뒤에 내려섰다. 놈이 눈알을 돌리더니 검을 잡은 손에 힘을 준다.

'이런 겁대가리없는 놈이!'

"그 검을 거두면 살려줄 거고, 계속 지랄을 떨겠다면 네놈의 머리통에 구멍이 뚫릴 것이다. 선택은 네가 해라!"

소곤소곤 속삭이는 목소리가 지옥사자의 중얼거림처럼 들린다. 당연히도 막대위는 아직 죽고 싶은 마음이 없었다. 그렇다고 순순히 굽히기에는 자존심이 상했다.

'자존심을 살려 손을 쓸까?'

그러기에는 뒤에 있는 자들이 너무 강하게 느껴진다.

'검을 내리면 진짜 살려줄까? 저 계집도 같은 마음일까?'

갈등도 잠깐, 천천히 손의 힘을 빼고 검을 거두는 막대위를 보며 공손 척이 가볍게 코웃음을 쳤다.

"흥! 생각 같아선 죽여 버렸으면 하지만 네놈에 대한 처벌은 저 계집아이에게 맡기겠다."

막대위가 최대한 처연한 눈빛을 짓고 사공희령을 바라보았다.

"죄송……."

퍽!

찰나간에 사공희령의 고운 주먹이 막대위의 뺨에 박혀 버렸다. 뜻밖의 행동에 공손척마저 벙찐 표정이다.

'거 계집아이가 성질 한번 급하네. 서하하고 비교가 되는구면. 쩝!'

그런 줄도 모르고 사공희령이 눈을 치켜뜨며 소리쳤다.

"흥! 어디다 이빨 빠진 검을 들이대는 거예요? 상처 나면 어쩌려고?"

슬쩍 뺨을 훑어간 사공희령은 손에 옅게 피가 묻어 있자 싸늘히 말했다.

"휘 오빠가 보기 싫다고 하면… 가만 안 둘 거야!"

화가 난 것이 순전히 그 이유 때문이었다. 상처 나면 휘가 싫어할까 봐. 자기 목숨이 왔다 갔다 한 줄은 까마득히 잊고서.

그제야 공손척은 천검보의 철없는 계집아이가 휘 때문에 이곳에 있다는 사실을 알았다. 그러자 공연한 짓을 했다는 후회가 든다.

'저 계집도 조휘라는 놈 때문에? 그냥 놔둘 걸 그랬나?'

휘는 이십여 장 떨어진 나무 위에서 들리는 소리에 고개를 돌렸다. 날카로운 여자의 목소리. 어디선가 들어본 목소리다.

'아! 사공희령!?'

사공명을 바라보자 그는 앞으로 벌어질 일에 대한 기대감으로 들떠서 듣지 못한 듯하다.

하지만 무심한 표정으로 서 있던 초평우는 그 소리를 들었는지 고개를 갸웃거리다 휘를 바라본다.

"저… 대형, 사공 낭자 같은데요?"

"예. 아무래도… 한데 다른 사람도 있습니다. 대단한 고수들입니다. 혹시 모르니 조심하십시오."

그러나 주의를 줄 필요도 없었다. 숲 속에서 들리던 인기척이 멀어지고 있었다, 무엇 때문인지는 몰라도.

그렇다고 사공희령이 위험에 처한 것 같지도 않았다. 아마 사공명을 피하기 위한 것처럼 느껴진다. 휘의 입가에 가벼운 웃음과 작은 의문이 동시에 떠올랐다.

'이거, 꽤나 귀찮겠는데… 그런데 같이 있던 사람들은 누구지?'

잠시 생각에 잠겨 있을 때 사공명이 다가왔다. 휘는 사공명에게 더 이상 가타부타 설명하지 않기로 했다. 사공명은 사공명대로 할 일을 하면 되는 것이고, 자신에게는 자신대로 할 일이 있으니까.

"호북으로 가실 겁니까?"

"예, 무당을 들르고 나면 바로 섬서로 갈 생각입니다."

사공명은 멋쩍은지 잠시 망설이더니 한마디만을 내뱉었다.

"…죄송합니다. 조 형이 이해해 주십시오."

5장
그리운 정, 끊어야 할 정

1

한바탕 혈풍이 휩쓴 명운곡을 빠져나오자 휘 일행은 서쪽으로 진로를 잡았다. 곡을 다 나올 때까지 사공명과는 별다른 말을 나누지 않았다.

서로 간의 상황이 다름에서 나오는 생각의 차이를 말로써 어찌 설명할 것인가. 다만 바람이라면, 훗날 오늘의 일이 혈풍의 시발점이 되지 않았으면 할 뿐이다.

스쳐 가는 바람에 섞인 싸한 솔향을 음미하며 휘는 답답한 마음을 털어냈다.

―하늘의 길은 구부러지지 않는다. 어리석은 인간이 그걸 모르고 구부리려 할 뿐이다.

*   *   *

"도망가긴 누가 도망간다고 그래요? 나가서 기다리려는 것이지."

천검보의 사람들이 코앞에 있는데 왜 도망가냐는 말에, 쏘아붙이듯 말하는 사공희령을 보며 공손척은 다시 한 번 눈앞의 버르장머리없는 계집과 모용서하를 비교했다. 그리고 묵묵히 곡을 빠져나왔다. 그 역시 많은 사람들이 있는 곳에서 휘를 만나고 싶지는 않았던 것이다.

일각이 되지 않아 휘가 나오는 것이 보였다. 힐끗 보니 사공희령의 얼굴이 붉어져 있다.

'요년도 저 아이를 좋아하는 것 같은데… 확, 점혈을 해서 잡아놔?'

하지만 죽이지 않는 이상 언젠가는 들통이 날 텐데.

'이그… 참자, 참어! 저 아이가 아직 이 계집을 어떻게 생각하는지도 모르는데… 급할 것은 없지 뭐.'

한편, 안중쌍호는 죽을 맛이었다. 사공희령 왈.

"내 목에 검을 들이댄 대가로 오 년간 나를 위해서 일해줘야 해요. 싫으면 검을 들이댄 팔을 자르던가!"

할 말이 없었다. 그나마 목숨을 보전한 것만도 감지덕지해야 할 상황이었다. 자신들을 쉽게 제압할 정도의 고수가 증인으로 있는 이상은 딴짓을 할 수도 없고, 도망 다니며 천검보의 눈을 피해 숨어 살 수도 없는 일이다.

'씨팔! 구르다 보면 세월은 흐른다 안 하더냐? 까짓거, 오 년쯤이야! 젠장!'

2

명운곡을 떠난 후 십 리도 못 가서 휘가 멈추어 섰다. 거대한 노송이 만들어낸 그늘우산 아래였다.

"조금 쉬었다 가죠. 손님이 올 것 같군요."

휘가 노송 아래 큼지막한 바위 위에 걸터앉자 세 사람도 각자 자리를 잡고 휴식을 취했다. 그동안 표를 내지는 않았지만, 사실 명운곡에서 겪은 적잖은 충격에 몸이 무거워져 있었던 것이다.

특히 영등은 명운곡에 들어선 이후로 말을 잃었다. 소나무에 등을 기대고 앉아 있던 초평우가 그런 영등을 바라보며 안쓰러운 표정을 지었다.

그가 생각할 때, 이번 일로 영등이 심한 정신적 충격을 받은 듯 보였다. 그래도 명색이 자비를 실천해야 할 스님이거늘 오늘 하루 사이에 얼마나 많은 살생을 보았는가 말이다. 그래서 위로도 할 겸 슬쩍 말을 걸어 봤다.

"영등 스님, 충격이 너무 컸던 것 같구려. 괜찮소?"

그러자 영등이 말한다, 나직이 염불을 외면서.

"아미타불… 부처의 제자로 혈겁을 막지 못한 내 죄가 큽니다. 이러다 지옥에 떨어지지나 않을지… 하기야 지옥에 내가 가지 않으면 누가 가리… 관세음 보살……."

"……."

초평우가 멍한 표정으로 영등을 바라봤다.

'너무 많은 피를 보더니… 쯔쯔쯔……'

풍인강이 한심하다는 눈초리로 그런 초평우를 바라본다.

"그러게 묻기는 왜 물으슈."

아무래도 자신만 바보가 된 기분이다. 초평우는 영등과 풍인강을 번갈아 보고는 입을 다물어 버렸다.

'내가 다시는 먼저 입을 여나 봐라!'

그렇게 다시 말이 없는 어색한 상황이 이어질 때다. 휘가 입을 열었다.

"왔군요."

뜬금없는 말인데도 아무도 의구심을 품지 않는다. 휘가 왔다면 누가 왔든 온 거겠지, 하는 표정으로 그저 고개를 돌려 휘가 바라보는 곳을 쳐다볼 뿐이다.

역시나 '믿습니다'였다.

사공희령이 두리번거리며 숲에서 나오고 있었다. 그리고 그녀를 따라 풀 죽은 안중쌍호가 나오고, 뒤를 이어 공손척과 화룡사위가 어슬렁거리며 나오고 있었다.

공손척을 본 휘의 눈이 휘둥그레졌다. 대단한 고수가 있다는 것은 알았지만 설마 그 사람이 공손척이었을 줄이야.

자리에서 일어선 휘가 그들에게 다가가자 사공희령이 붉어진 얼굴로 휘에게 말했다.

"미안해요. 떠날 때 인사도 못해서……."

"후우… 어쩌자고… 보주께서 걱정이 태산이시다 하던데."

"피이. 제 나이도 스물이에요. 제 스스로 뭔가를 선택할 나이는 되었다구요."

"그렇다고 용명검까지 가지고 나오면 어떡합니까."

"그냥… 주고 싶어서……."

천하의 휘라도 어쩔 수 없었다. 자기를 주기 위해서 가지고 나왔다는데 무작정 호통을 칠 수도 없지 않은가. 휘는 고개를 저으며 일단 공손척을 아는 체했다.

"오랜만입니다, 공손 노선배님."

"흘흘, 그동안 꽤나 시끄럽게 다녔더군. 더구나 창산의 오가 녀석들까지 묵사발을 만들어놨으니, 아예 강호가 뒤집히게 생겼구먼."

"어쩌다 보니 그렇게 됐습니다. 아! 모용 궁주께서 쾌차하셨다는 소리는 들었습니다. 참으로 다행입니다."

"음, 그 영감이 일어나기는 했지. 그래서 시끄럽기도 하고……."

"한데 어인 일로 여기까지? 그 때문에라도 바쁘실 텐데……."

"큼! 왜긴, 서하 문제로 왔지."

휘의 두 눈이 한껏 커졌다. 자신도 모르게 목소리마저 커진다.

"예? 모용 소저에게 무슨 문제라도 생겼습니까?"

휘의 반응에 공손척은 기분이 좋아졌다. 조금 전만 해도 여기저기 염문이나 뿌리고 다니는 줄 알았는데 그런 것은 아닌 듯 보인다. 게다가 사공가의 계집아이를 대하는 태도를 보니, 저 성질 사나운 계집아이를 그리 탐탁지 않게 생각하는 것 같기도 하다. 잘하면 어렵지 않게 목적을 달성할 듯싶어 절로 웃음이 나올 지경이다.

"문제도 큰 문제네. 서하가 아프거든."

"어디가… 많이 아픕니까? 한데 왜 저를……?"

휘가 걱정된 표정을 짓고서 의아한 듯 묻자 공손척은 말을 미적거렸다, 너무 절실한 듯이 말을 하면 끌려가는 형세가 된다는 생각에.

왜 지금 와서 그런 생각이 드는지… 그 바람에 공손척은 절대 해서는 안 되는 실수를 자신도 모르게 저질러 버렸다.

"뭐, 급하지는 않네만, 자네가 필요하다고 하더군. 유모 말로는 자네의 기운이 서하와 일치하는 게 있는 것 같다던데, 아마도 그래서 자네가 필요한 듯하네."

이런! 급하다 해도 갈까 말까 한데, 급하지 않다니…….

"아!"

그것이라면 휘도 느꼈던 바다.

"저도 그러한 기운을 느꼈었지요. 그렇지 않아도 한 번 들러볼 생각이었습니다."

공손척의 만면에 흐뭇한 웃음이 걸렸다. 매달리지 않고도 일을 처리했다는 만족감에. 그런데…

"가까운 시일 안에 들른다 전해주십시오."

"음?"

뭔 소리를 그리 섭하게…….

"그리 급하지 않다 하시니 우선 먼저 처리할 일을 한 다음에 들르도록 하겠습니다."

"그, 그것이……."

그랬다간 미친 용에게 무슨 소리를 들으라고!

"그리 오래 걸리지는 않을 겁니다."

"어, 얼마나……?"

"일단 사부님을 뵙고 나면 빠른 시일 안에 가도록 하지요."

"사부님?"

순간 공손척의 관심이 느닷없이 엉뚱한 곳으로 옮겨갔다. 궁금하지 않다면 무인이 아닐 것이다. 저 괴물(?)의 사부가 누굴까?

"대체 자네 사부님이 누구신데?"

"죄송합니다. 아직 그것까지는 말씀드릴 수 없습니다."

말하지 못하겠다는데 계속 묻기도 그랬다.

너와 나 사이에 그럴 수 있냐는 눈으로 노려봤지만 묵묵부답이다. 하는 수 없이 질문을 바꿔서 어색한 표정으로 애절(?)하게 물었다.

"정말… 지금 가면 안 되나?"

처음의 계획은 두들겨서라도 데려가는 것이었다. 하지만 창산이마를 혼자서 때려눕히는 것을 보고도 처음의 계획을 고집할 수는 없다.

그랬다간 두들겨 패기는커녕 거꾸로 맞을지도 모르니까. 그래서 급히 계획 수정에 들어간 것이다, 살살 구슬리는 쪽으로.

"서하가 보고 싶어 하던데……."

"저도……."

차마 보고 싶다는 말은 못하고.

"그러고 싶습니다만… 사부님을 먼저 찾아뵈어야 하기에… 죄송합니다. 하지만 최대한 빠른 시간 안에 들르도록 하겠습니다."

딱 부러지게 말을 맺는 휘가 야속한 공손척이었다.

이제 와서 당장 급하다고 해봐야 믿어줄 것 같지도 않다. 그리고 사실 어느 정도 시간 여유가 있는 것도 사실이 아닌가. 유모 말에 의하면 일년 정도는 여유가 있다 했으니까.

"그렇다면야… 대신 빠른 시일 안에 와야 하네."

안 오면 큰일나지, 광룡이 미쳐 날뛸 테니까.

"알겠습니다."

막상 대답을 하고 보니 모용서하의 얼굴이 환하게 떠오른다. 만사를 제쳐 놓고 달려가고 싶은 마음이 없는 것도 아니다. 하지만 자기가 오기만을 기다리는 사부님의 가족을 제쳐 놓고 달려갈 수는 없지 않은가.

"모용 낭자에게 전해주십시오, 급한 일이 끝나는 바로 달려간다고 말입니다. 아! 갈 때 면구도 가지고 간다고 전해주십시오."

결국 그렇게 결론이 났다, 빠른 시일 안에 가기로. 하지만 누구도 모르고 있었다. 아니, 짐작조차 못하고 있었다. 인연의 배가 항해를 하다 보면 격랑도 만나고, 생각지도 못한 소용돌이에 휘말릴 수도 있다는 것을… 아무도… 모르고 있었다.

아련한 표정으로 모용서하를 생각하던 휘는 문득 옆에서 전해지는 싸늘한 기운에 고개를 돌려봤다. 순간 그의 입에서 풀썩 헛웃음이 흘러나왔다.

초평우와 풍인강이 네 명의 중년인과 눈싸움을 하고 있었다. 광랑의 눈빛과 빙설처럼 차가운 풍인강의 눈빛이 서리서리 차가운 불꽃을 튀기고 있었다, 네 명의 중년인을 향해.

두 사람의 눈빛은 강렬함만으로 따지면 어디 내놔도 뒤질 것 없는 눈빛들이다. 그러다 보니 네 명의 중년인도 긴장한 눈으로 마주 보고 있다. 그러나 휘는 알 수 있었다, 저 네 명의 무공은 초평우와 풍인강보다 한 수 위라는 것을. 비록 눈빛으로는 거꾸로 이 대 일로 싸우고 있지만.

사나운 얼굴의 중년인 추필이 참지 못하고 입을 열었다.

"하! 거 눈빛 한 번 되게 사납게 생겼다."

"댁의 눈빛도 만만치 않수."

말로도 한몫하는 초평우다.

한쪽에선 백의의 중년인 마옥상이 풍인강을 보며 말했다.

"언제고 한 번 붙어보고 싶군. 그 검도 눈빛만큼이나 싸늘했으면 좋겠는데 말이야."

"얼마든지! 지금이라도 사양하지 않겠소!"

당장 검을 잡아가려는 풍인강을 향해 휘가 말했다.

"갈 길이 바쁘니 다음에 하세요."

휘의 말은 절대 명령이었다. 한 걸음 물러서며 눈빛을 누그러뜨리는 풍인강을 보며 공손척이 탄성을 터뜨렸다.

"허! 저놈들, 전에 봤을 때는 이리 새끼 같던데, 어느새 호랑이가 다 되어버렸군."

"열심히 노력한 결과지요."

휘의 말대로 노력해서 고수가 될 수 있다면 두 사람이 단기간에 고수가 된 것은 당연한 결과였다. 그러나 노력했다고 다 고수가 된다면 천하에 고수 아닌 사람이 몇이나 될 것인가.

공손척은 그러한 것 정도는 알아볼 수 있는 천하의 이인 중 한 사람이었다. 그러기에 진심으로 놀라고 있는 것이다.

풍인강이 물러나고 초평우마저 물러나자 중년인들도 물러섰다. 그러자 공손척이 여전히 아쉬운 표정으로 휘에게 말했다.

"빨리 와야 하네. 급한 사정이 있다 하니 어쩔 수 없네만, 서하를 너무 오래 기다리지 않도록 해주게."

"물론입니다. 걱정 마십시오."

보고 싶어 한다고 전해주십시오.

결국 그 말은 끝까지 하지 못했다. 대신,

"정 급한 일이 생기시면 한중의 만향로에 있는 물상만가를 찾으십시오."

뒷길은 만들어놓았다, 언제 어느 때 무슨 일이 있을지 모르니까.

반면에 공손척은 확답을 받고도 마음이 놓이지 않았다. 용혈궁의 일이 깨끗이 해결됐다면 여기서 물러서지 않고 언제까지고 같이 갈 때까지 따라 다닐 텐데…….

그러나 마음 한구석이 용혈궁의 답답한 현실로 잠식되어 있는 이상 지금은 어쩔 수 없는 일이었다.

'처음 계획대로 밀고 나가? 에이, 말자. 깨지면 나만 체면 구겨지지 뭐. 그런데 한중의 물상만가라 했던가?

공손척이 아쉬운 표정으로 떠나가자 아무 말 없이 기다리던 사공희령이 넌지시 물어온다.

"저… 모용 낭자라는 분이… 용혈궁주님의 손녀인 그분을 말하시는 건가요?"

휘가 미안한 듯하면서도 단호한 목소리로 말했다. 어차피 아니다 생각했으면 질질 끌어봐야 자칫 마음만 더 상할 뿐이다.

"맞소. 그녀를 말하는 거요."

사공희령도 들어 알고 있다. 천위단주 혁무성까지 파견했던 일인지라 모를 리가 없었다. 그녀가 아는 바로는 휘도 모용서하의 보표로 있었다 했다. 아마도 그때 서로가 마음을 나누었던 듯하다.

사공희령은 물음을 던지면서도 서글픈 마음이 들었다. 집을 떠날 생각까지 하고 쫓아왔는데 다른 여자를 마음에 두고 있었다니…….

왠지 한편으로는 속은 기분마저 든다.

'치잇! 왜 말을 안 한 거야?'

"그녀를… 사랑… 하시나요?"

억지로 입을 열어 차마 부끄러운 질문을 던졌다. 제발 아니라는 답이 나오길 기대하며. 하지만 얼굴이 살짝 붉어진 휘가 말한다.

"사랑이라… 마음의 한구석을 차지하고 있는 것이 사랑이라면, 그럴 수도… 사공 낭자, 내 마음속에는 많은 여유가 없소이다. 한 사람을 감싸기에도 부족할 정도요. 사공 낭자의 마음을 모르는 바는 아니나, 나로선 그럴 마음의 여유가 없소."

너무도 냉정하게 말을 맺는 휘의 말에 사공희령은 입술을 깨물었다. 눈앞에 안개가 끼고 있음에도 그녀는 눈을 돌릴 수 없었다. 입에서 나오는 말이 절로 떨려 나온다.

"정말… 조금의 여유도 없나요? 저는… 조금만 있어도 되는데……."

"사공 낭자, 나는 내 한 몸조차 흐르는 방향을 점칠 수 없는 사람이오. 아버지들의 한, 어머니의 한, 그리고 사부님에 대한 한까지. 어쩌면… 어쩌면 천하를 상대로 도박을 해야 할지 모를 상황이오. 사실 한 사람을 가슴에 품은 것도 나에겐 넘치는 과욕처럼만 느껴지고 있소. 이해해 주시길."

끝내 사공희령의 눈에 이슬이 맺혔다.

"저는… 제 마음은 어쩌구요. 차라리 만나지 않았으면 몰라도, 이미 제 마음은 조 공자에게 다 줘버렸는데… 저는 어쩌라구요. 흑!"

뚝, 떨어지는 눈물방울에 슬픔이 담겨 애처롭다.

"미안하오. 그냥 그런 사람이 있었구나 하시오."

"눈만 감으면 조 공자님이 생각나는데 어떻게, 어떻게 잊으라구요. 밉네요, 미워요. 하늘이 원망스럽네요. 왜, 왜 늦게 만나게 했는지……."

주르륵 흘러내리는 눈물에 애증이 섞여 흐른다.

원망스럽다. 원망스럽다.

사랑을 한 건 자신이거늘 당연히 자신의 마음을 받아줄 거라 생각한 것이 잘못이라면 잘못이련만, 그녀는 하늘이 원망스럽기만 했다.

어루만지며 지나치는 산들바람조차 미워진다, 마치 자신을 놀리는 것만 같아서. 하나 어쩔 것인가, 애원을 해도 열릴 것 같지 않은데. 주저앉아 울 수는 없지 않은가 말이다.

잠시 말없는 시간이 지나자, 긴 숨을 몇 번 들이쉰 사공희령이 눈물을 거칠게 닦아냈다.

"이건… 어차피 조 공자님 드리려고 가지고 나온 거예요."

그리고 등에 진 보따리를 휘에게 내밀었다. 그리고 휘가 입을 열기도 전에 먼저 말했다. 악다문 입술로, 최대한 떨림을 억누르며.

"저는 좀 더 세상을 구경하고 집을 돌아갈 거예요. 그러니 이런 부담되는 물건은 가지고 다닐 수 없어요. 보물을 가진 것이 죄가 되는 곳이 강호라더군요. 지킬 능력이 안 되면 가지고 있지 않은 것이 최선이래요. 받아요. 안 받으면 희령이 또 울 거예요."

휘는 깊은 눈으로 사공희령을 쳐다보았다.

마음을 억누르고 빠르게 자신을 찾아가는 그녀가 새롭게 보인다.

강한 여인이다. 그저 보살핌 속에서만 자란 국화가 아니다. 야산에, 들판에, 저 홀로 피어나는 들국화 같은 여인이다.

어쩐지 이 여인을 가슴 아프게 한 것이 후회될지도 모르겠다는 생각이 든다.

휘는 사공희령이 건넨 보따리를 받아 들었다.

"이건 나중에 시간이 나면 천검보로 돌려보내겠소."

사공희령이 슬픈 미소를 지으며 고개를 저었다.

"그럴 필요 없어요. 집에 있어봐야 창고에서 썩을 텐데요, 뭐. 그냥 가지고 계시다가 마음에 드는 사람 만나면 주셔도 돼요. 다만… 가지고 계실 동안이라도, 그 검을 보고 한 번쯤은 저를 생각해 줘요. 그러면 되요."

행여나 눈물이 떨어질까 몸을 돌렸다. 더 이상의 슬픔을 사랑하는 사람에게 보이기가 싫었다. 그런 그녀의 등 뒤로 휘의 나직한 한마디가 전해졌다.

"미안하오."

'미안하다는 말은 하지 말아요. 아직 완전히 포기한 것은 아니니까요. 희령이 고집은 아버지도 못 말리거든요.'

사공희령은 안중쌍호를 바라보며 활짝 웃었다. 슬픔이 가득 묻어 있는 웃음이었다.

"우리 가요! 동정호에 한 번 가봐요. 장강의 유람선을 타고 내려가서 소주, 항주, 다 구경해요!"

"예? 예, 소저!"

막대위는 가슴이 찡해졌다. 저런 멋진 여자를 차다니, 휘가 멍청하게 느껴진다. 그러면서 한편으로는 이러다 저 여자에게서 벗어나지 못할지도 모르겠다는 생각이 고개를 들었다.

'에라! 모르겠다. 그래, 실컷 여행이나 하자!'

아우도 그와 같은 마음인지 어색하게 웃는 모습이 조금 전보다 편해 보인다.

그렇게 사공희령도 떠나갔다.

그녀가 사라질 때까지 멍하니 서서 바라보던 휘는 **뒤**통수가 간지럽게 느껴지자 뒤를 돌아다봤다. 초평우가 노려보고 있었다. 같이 다닌 이후로 처음 있는 일이었다.

"초 형?"

"다시는 여자 울리지 마슈, 형님!"

그럼 어떻게 하라고… 다 받아들이란 말이오?

"여자의 눈물을 보면 너무 슬프단 말이오."

윽! 그래서?

여자의 눈물에 슬퍼진 늑대, 초평우는 노려보는 것이 아니라 눈에 힘을 주고 있었던 것이다. 눈물을 흘리지 않기 위해서.

풍인강이 넌지시 한마디 했다.

"대형, 늑대의 슬픔이라는 말 들어보셨습니까? 참, 요지경입니다."

순간 초평우의 눈에서 불꽃이 튀었다.

"풍가, 너! 그동안 근질근질했다 이거지? 좋다! 한 번 붙자! 붙어!!"

6장
도(道)를 아는 늑대와 차가운 피를 가진 고양이

1

휘이이.

먹구름이 군무를 추고 바람이 세차게 부는 것이 금방 폭풍우라도 몰려올 것만 같다.

한여름 뙤약볕에 갈라진 논밭들이 하늘을 향해 입을 벌린 채 목마름을 갈구하고, 한쪽 그늘에 앉아 하염없이 타 들어가는 곡물들을 바라보는 농민들의 눈빛에는 막연한 기대감과 걱정이 교차하고 있다. 폭풍우가 불면 가뭄은 해소될 것이지만, 지나치면 또한 수해를 걱정해야 할 판이니 어찌 그런 마음이 들지 않을까.

전란이 지나간 지 십 년이 넘었지만, 가난한 자는 여전히 가난하고, 가진 자는 여전히 떵떵거리고 있으니, 배부른 자들이 세상의 공평함을 논하는 것이 우습기만 하다.

북천산을 떠난 후 등주(鄧州), 임배(林配)를 지나 호북의 노하구(老河

□)에 도착한 휘의 표정에는 어두운 그늘이 짙게 깔려 있었다.

전란을 경험해 본 적도 없고, 지독한 굶주림에 시달려 본 적도 없는 휘였다. 천검보에서 떠날 때까지도 그러한 것에는 별달리 생각해 본 적도 없었다. 한데 하남 땅을 한 바퀴 휘돌다 보니 요즘 들어 고난에 찌든 양민들의 살아가는 모습이 눈에 새겨진다.

굶주림에 죽어가는 자, 수해를 당해 집도 잃고 길거리에 나앉아 구걸로 연명하는 자들이 지천에 널려 있다. 어떤 이는 자식을 팔고, 심지어는 굶주림에 지쳐 사람 고기마저 먹는다 한다.

충격이었다. 세상에서 제일 불쌍한 사람 중에 한 명이 자신이라 생각했거늘 그것만도 아닌 듯하다.

노하구의 자그마한 객잔에서 대나무살 사이로 보이는 밖의 풍경을 초점없이 바라보던 휘가 혼잣말하듯이 입을 열었다.

"후우… 세상을 이해한다는 것이 참으로 복잡하고 어려운 것이구나."

옆에서 휘의 말을 들은 초평우가 움찔 눈꼬리를 떨었다.

무엇 때문인지는 몰라도 며칠간 휘의 표정이 어두웠다. 처음에는 모용서하나 사공희령 때문이 아닌가 생각했었다. 그런데 자세히 보니 그러한 이유가 아닌 것 같아 의아한 마음이 들기도 했다. 그러다 오늘, 휘가 하는 말을 자세히 음미해 보니 고민하는 내용이 매우 심오한 듯 느껴진다. 그래서 물어봤다.

"저… 형님."

"예."

"도(道)를 공부하십니까?"

한마디로 '도 닦수?' 하는 물음이다.

차를 마시던 풍인강은 찻물이 흐르는 줄도 모른 채 입을 쩍 벌리고, 만두를 앞에 놓고도 영등은 염불만 외워댔다. 두 사람의 생각은 한결같았다.

과연 늑대다운 질문이다. 날씨 탓인가?

초평우의 말에 쓴웃음을 짓던 휘의 표정이 굳어졌다. 문득 도사할배가 한 말이 생각났다.

"도는 네 앞에 있단다."

띵 하니 뇌리가 울렸다.

모든 것이 내 앞에 있고, 내가 그 속에 살고 있지 않은가. 그렇다면 길 또한 내 앞에 있다는 말이다. 고민만 할 것이 아니라 바꾸려 노력을 하면 될 것이 아닌가. 혼자 노력해서 무슨 변화를 기대할까마는 겨자씨도 모이면 태산을 이룰 수 있지를 않던가 말이다.

고민할 것도 없는 것을 고민한 셈이다. 그저 살아가며 나 자신을 세우면 될 일을.

휘가 가벼운 웃음을 터뜨리며 답했다.

"하하하! 맞습니다. 남들이 한 번쯤은 다 해본다는 도를 닦아봤습니다."

모든 것을 털어버린 듯 휘의 표정이 밝게 변하자 초평우도 환하게 웃음 지었다. 하지만 풍인강과 영등은 하마터면 뒤로 넘어갈 뻔했다. 그들은 또 생각했다.

'도(道)를 아는 늑대다!'

두 사람은 밝은 표정으로, 두 사람은 심각(?)한 표정으로 오랜만에 여유있는 시간을 보내고 있을 때였다.

촤르륵!

먹구름 사이로 비친 태양 빛에 누렇게 빛나는 객잔의 주렴이 걷히더니 두 명의 여인이 들어섰다.

한 여인은 능히 미녀란 소리를 들을 법한 뛰어난 미색을 지닌 여인이었고, 다른 한 여인은 기다란 검상이 눈 위를 가르며 새겨져, 마치 서역 산 고양이처럼 싸늘한 표정의 여인이었다. 공통점이라면 두 여인 다 등에 검을 메고 있다는 사실이었다.

두 여인은 객잔의 내부를 훑어보다가 창가에 인접한 자리로 걸어갔다. 휘와는 반대편의 창가였다.

두 여인 중 얼굴에 검상이 새겨진 여인이 걸어가며 잠깐 이채 서린 눈으로 휘 일행을 바라보는 듯했지만 그것도 잠시, 탁자에 자리를 잡고 앉더니 더 이상 휘 일행에게 신경을 쓰지 않았다.

그리고 잠시 후, 화사한 웃음을 지으며 재잘거리던 미모의 여인이 아름다운 옥성으로 웃음을 터뜨렸다.

"호호호!! 그러니까 제갈 공자가 정말로 당 언니에게 그렇게 말했단 말이에요?"

얼굴에 검상이 새겨진 당씨 성의 여인이 싸늘하게 콧방귀를 뀌었다.

"흥! 그러지 않으면."

"그래도 그렇지, 제갈세가의 지낭(智囊)이라는 제갈진이 급하긴 급했나 보군요. 천하에서 무서울 게 없는 당 언니를 건드렸으니… 호호호!!"

당씨 성의 여인이 무심한 표정으로 입을 열었다.

"백리 동생은 아직 그 인간을 몰라서 그래. 그 인간이 순순히 숙였다고 생각해?"

백리 성을 가진 여인이 눈웃음을 치며 말했다.

"좌우간 언니에게 누님이라 불렀다니, 제갈 공자가 어지간히 혼나지 않았으면 어디 그런 말이나 했겠어요?"

두 여인의 말을 멍하니 듣고 있던 초평우가 고개를 갸웃거렸다. 그러다 갑자기 고개를 휙, 돌리더니 당씨 성을 가진 여인을 바라보며 혼잣말을 하듯 중얼거렸다.

"혈빙검(血氷劍) 당홍?"

비록 작게 중얼거린 소리였지만, 객잔이 그리 시끄럽지 않았기에 당홍의 능력이라면 충분히 들을 수 있는 소리였다.

당홍은 자신의 이름을 뇌까리는 초평우를 싸늘한 눈으로 바라봤다. 두 눈빛이 객잔의 가운데서 마주치자 보이지 않는 불꽃이 번쩍였다. 순간 당홍이 차갑게 코웃음을 치며 고개를 돌렸다.

"흥! 입을 잘못 놀리다 병신 된 사람들이 많다는 것을 모르는군."

움찔, 초평우가 눈을 크게 뜨더니 피식 웃음을 지었다.

"그래 봐야 고양이는 고양이지, 고양이가 호랑이가 될 수는 없지."

객잔 안이 쥐 죽은 듯이 조용해졌다.

사람이라고 해봐야 휘 일행과 두 여인, 그리고 일반 상인으로 보이는 사람들이 두 개의 탁자에 앉아 있는 것이 전부였지만, 그나마 잡담조차 들리지 않으니 왠지 늦여름 같지가 않게 한기가 느껴질 정도였다.

"흥! 늑대도 호랑이가 되지 못하기는 마찬가지지."

당홍은 초평우의 무위가 예사롭지 않다는 것을 느끼고 있었다. 그 옆에 있는 사람들 역시. 하지만 기가 꺾인다는 것은 아예 생각해 보지도 않았다.

자신이 누군가? 사천혈화 혈빙검 당홍이 아니던가.

싸늘한 눈으로 늑대의 눈을 마주 보며 한 치도 꺾이지 않는 당홍의 자세는 누구나 감탄할 정도였다. 하지만 백리연은 다른 이유로 놀라고 있었다.

'당 언니가 남자하고 저런 식으로 말하는 것은 처음 보네!'

그녀가 아는 당홍은 한마디 말을 나누고 나면 두 번째는 검으로 말해야 옳았던 것이다. 그런데…

"늑대하고 놀고 싶지 않으니까, 그만 신경 끄시지."

세 번째도 말로 한다!

'웬일이야, 좋은 검 놔두고?'

초평우가 한마디 지고 들어가자 풍인강이 흘낏 초평우를 바라봤다. 벌게진 얼굴에 광랑(狂狼)의 눈빛, 금방이라도 폭발할 것만 같다.

'임자 만났군!'

그때, 영등이 당홍을 보며 합장하더니 중후한 목소리로 입을 열었다.

"여시주, 혹시 아시오?"

당홍도 중후한 목소리에 묵직한 표정의 스님에게까지 냉랭한 대꾸를 할 수는 없었는지 조금은 수그러진 목소리로 반문했다.

"뭘 말인가요, 스님?"

"아미타불… 꽃에 약한 늑대도 있다는 사실 말이오."

"예?"

"아! 그 늑대는 도(道)도 안다오. 아미타……."

"영.등. 스.님!!"

광랑의 눈빛이 마침내 폭발했다. 그런데 상대가 바뀌었다. 서리서리 뿜어지는 눈빛이 금방이라도 영등을 잡아먹을 듯이 으르렁거린다. 거기다 대고 당홍이 입꼬리를 올리며 한마디 했다.

"별 희한한 늑대도 있군요."

"……."

끝났다. 완벽한 당홍의 승리였다. 초평우는 말문을 열지 못하고 열심히 만두 속만 파고 있는 영등을 눈빛으로 태워 버릴 듯이 바라보기만 할 뿐이다.

"깔깔깔!!!"

그러다 끝내는 백리연마저 죽는다고 웃어대자, 벌게진 얼굴로 슬그머니 고개를 돌릴 수밖에 없었다. 두고 보자는 눈빛으로 영등을 한 번 더 째려본 후에,

"쳇! 여자하고 말싸움을 하다니, 남자인 내가 참아야지."

그래도 마지막 변명은 하고서.

백리연과 당홍이 식사를 하는 동안에는 조용한 시간이 흘러갔다. 창밖에선 어느새 하늘을 덮은 먹구름이 비를 뿌리고, 세찬 바람에 빗줄기는 점점 거세지더니 사위가 어둠에 잠식당하기 시작했다. 객잔 안의 유등잔에 불이 밝혀진 지도 이각여가 흐른 시각.

촤라락!

어둠 속의 빗줄기를 뚫고 한 사람이 들어섰다. 사십대 후반 정도로 보이는 장년인이었다. 그는 안으로 들어서자마자 조용히 한쪽 탁자로 다가가 앉았다. 엽차를 가져다주던 주인이 흠칫 놀란 눈으로 장년인을 바라보다 재빨리 안색을 바로 했다.

"뭘 드시겠습니까?"

왠지 조심스런 목소리다. 그럴 수밖에. 장년인의 몸에서 흘러 바닥에 떨어진 빗물 속에 붉은 핏물이 섞여 있었다. 아마도 장년인이 앉은 탁자 주변에는 더 많은 피가 떨어져 있을 터. 주인이 놀라기에 충분한 상황이었다.

조용히 앉아서 주인이 가져다준 엽차를 마시던 장년인의 눈이 휘의 눈과 마주쳤다.

고요하게 잠겨 있는 눈. 휘는 그렇게 보았다.

'고수다! 그것도 경지에 발을 들여놓은 정도의 고수. 누굴까? 저런 고수가 어디서 저런 상처를 입었을까?'

휘의 의문에 대한 답은 당홍의 입을 통해서 나왔다.

식사를 마치고 방으로 들어가려던 당홍은 때마침 빗속을 뚫고 들어선 장년인을 보자 문득 한 사람이 생각났다. 장년인의 얼굴이 아니라 장년인의 허리에 매달린 한 자루 도를 보고 생각난 것이다.

'설마 수류도(水流刀) 적인풍?'

당홍의 두 눈이 한껏 크게 뜨여졌다. 그녀의 놀람을 눈치챘는지 백리연이 넌지시 전음으로 물었다.

"언니, 저 사람이 누군지 알아요?"

굳은 얼굴로 고개를 끄덕인 당홍이 장년인에게 다가가자 휘의 눈빛이 깊게 가라앉았다. 성큼성큼 걷는 발걸음. 아마도 그를 아는 듯하다.

장년인도 당홍이 다가오자 휘를 바라보던 눈을 돌려 당홍을 바라보았다.

"삼가 적인풍 선배를 뵙습니다."

적인풍이 고요한 눈으로 천천히 당홍을 살폈다. 그러다 당홍의 어깨 위로 솟은 검병이 눈에 들어온 순간, 그의 얼굴에 가벼운 놀람의 표정이 떠올랐다.

"유빙과는 어떤 사이냐?"

"소녀의 선사(先師)십니다."

"선… 사? 죽었단 말이냐? 그럼 네가 당홍?"

적인풍의 말이 가늘게 떨려 나온다.

빙심혈후(氷心血侯) 유빙, 여인의 몸으로 절정의 경지에 올라선 몇 안되는 고수 중 하나.

강호의 수많은 여고수 중 봉황곡의 곡주 봉황여제 옥천향과 더불어 쌍후(雙侯)라 불리기도 했던 여인. 혹자는 그녀가 여인이기에 사가들이 많이 봐줘서 쌍후라 부른다. 하지만 그녀를 잘 아는 사람들은 그녀의 검이 얼마나 무서운지를 잘 알고 있었다.

적인풍도 유빙과 손을 섞어본 적이 있었다.

비록 승부를 내진 못했지만, 그녀의 검은 결코 자신의 아래가 아니었다. 그런 인연으로 그녀는 그가 아는 몇 안 되는 여인 중 한 명이 되었다. 그런데 그런 유빙이 죽었다니.

"…상대는?"

당홍의 무심한 눈빛이 흔들렸다. 유빙을 잘 아는 적인풍이었기에 단번에 죽음에 얽힌 사연을 꿰뚫어 본 듯하다.

"구유객(九幽客) 낭리각. 그는 제 손에 죽을 겁니다."

옥쟁반에 얼음이 굴러가는 듯한 당홍의 목소리에는 깊은 한이 배어 있었다. 옆에서 듣던 이들은 등줄기를 타고 흘러내리는 한기에 몸을 떨어야 했다.

"낭리각이? 특별한 상황이 아닌 한 그의 실력으로는 결코 유빙을 죽일 수 없다."

"부상을 입은 상태였습니다. 사부님께서 어딘가를 다녀오셨는데, 그곳에서 적지 않은 부상을 입었다 하셨습니다. 부상이 완쾌되지 않은 상태에서 낭리각을 만났던 거죠."

적인풍의 눈빛이 빛을 발했다.

"혹시… 호남을 다녀오지 않았나?"

"어떻게……?"

"음……."

갈등이 서린 표정, 당홍은 단번에 적인풍이 뭔가를 알고 있다 느꼈다.

"말씀해 주세요. 무슨 일이 있었던 거죠?"

당홍이 재촉하자 적인풍은 휘를 한 번 바라보고는 당홍을 향해 입을 벌렸다. 하지만 전음으로 말을 하는지 소리는 나오지 않았다.

잠시 후, 당홍이 적인풍을 향해 말없이 깊이 허리를 숙였다. 허리를 숙인 그녀의 두 눈에서는 진한 냉기가 서리서리 뿜어져 나왔다. 그러자 적인풍이 굳은 얼굴로 말했다.

"네 사부도 그렇고, 나 역시 그들에게 적지 않은 부상을 입었다. 함부로 움직이는 것은 섶을 지고 불길에 뛰어드는 것임을 알아야 할 것이다."

"알고 있습니다. 하지만 사부님과 저는 다릅니다."

여전히 냉정한 표정으로 뒤돌아서는 당홍을 바라보던 휘는 그녀에 대해 감탄을 금치 못했다.

사부의 죽음에 얽힌 이야기를 듣고도 냉정을 유지할 수 있는 사람이 얼마나 될 것인가. 더구나 초평우가 넌지시 해준 말에 의하면 유빙이 어린 당홍을 딸처럼 데리고 다녀서 주위 사람들이 당홍을 유빙의 사생아가 아닌가 의심을 했을 정도라 하니 그 정이 오죽이나 깊었을까.

그런데도 그 한을 가슴속에 묻어두다니… 참으로 대단한 여인이었다.

휘가 당홍과 적인풍을 번갈아 바라보자, 적인풍도 당홍을 보던 눈을 돌려 휘를 바라보았다. 있는 듯 없는 듯하면서도 조금 전부터 신경을 거슬리게 하는 휘가 못내 눈에 걸리는가 보다.

하지만 적인풍은 더 이상 휘에게 신경을 쓸 수가 없었다.

촤라락!

거칠게 주렴이 걷히더니 우의를 뒤집어쓴 두 명이 객잔 안으로 들어온 것이다. 그들은 들어오자마자 사위를 쓸어보고는 적인풍이 있는 곳으로 걸음을 옮겼다. 그리고 탁자에서 일 장 정도 떨어진 곳에 멈춰 서더니 두 사람 중 키 큰 자가 입을 열었다.

"멀리 도망갔을 줄 알았는데 의외로군, 적인풍."

적인풍이 천천히 술 한 잔을 입에 털어넣고 그들을 향해 고개를 돌렸다. 이미 두 사람의 정체를 알고 있는 듯 별다른 반응은 보이지 않았다.

"아직도 용무가 남았나?"

"그대가 형님을 죽였으니 그대도 죽어야 하지 않겠나?"

"정당한 대결이었다. 그대들도 모르지는 않을 텐데?"

스르릉─

키 작은 자가 검을 빼더니 유난히 뾰족한 검첨으로 적인풍을 가리켰다.

"이긴 자는 항상 그렇게 말하지, 정당했다고. 하지만 강호의 대결을 믿을 수는 없지 않겠나. 칼을 들어라, 적인풍! 우리는 형님의 원수를 갚겠다!"

딱딱 끊어지는 음성이 칼날처럼 날카롭게 흐르자, 순식간에 객잔 안이 살풍으로 가득 찼다.

적인풍도 어쩔 수 없음을 느꼈는지 굳은 표정으로 도를 잡아갔다. 한데 그때였다.

"이 대 일보다 이 대 이가 낫지 않을까요?"

계단을 올라가던 당홍이 다시 계단을 내려오며 말했다. 키 큰 자가 고개를 돌리고는 비릿한 미소를 지었다.

"계집이 다리나 벌리고 서방님이나 받아들일 것이지, 죽고 싶어 환장했나?"

그 말에 두 군데서 반응이 나왔다.

"저 사람은 고양이가 얼마나 무서운지를 모르는군."

"흥! 당 언니한테 저렇게 말하다니… 제대로 죽기는 틀렸군."

초평우와 백리연이었다. 하지만 당홍은 여전히 차가운 표정에 변함이 없다.

"적 선배, 저자는 저에게 양보하세요."

"저들은 호남 혈천교의 비독삼효 중 둘이다."

당홍의 입가에 차가운 미소가 걸렸다.

"제가 누군지 잊으셨나 보군요."

적인풍의 입가에도 가느다란 미소가 그려졌다.

비독삼효는 혈천교의 고수였다. 비록 널리 알려진 고수는 아니지만, 그렇다고 아무렇게나 무시할 수 있을 정도의 하찮은 자들도 아니었다. 그런데도 당홍은 그게 무슨 대수냐는 듯한 반응이다.

그렇다면 망설일 것도 없다. 둘이라면 부상당한 상태에서 만만치 않은 상대가 될 수 있는 상황이지만, 하나라면 자신 역시 훨씬 상대하기가 편하니까.

"좋아! 그렇게 하지!"

말이 끝남과 동시, 우수가 도를 잡아가고, 좌수가 탁자를 가볍게 밀치자 적인풍의 신형이 허공으로 떠올랐다.

느닷없는 적인풍의 움직임에 거칠게 우의를 벗어 던진 키 작은 자가 끝이 유난히 뾰족한 첨검을 빠르게 흔들었다.

차라라랑!

수십 개의 검영이 허공을 가득 메우지만 적인풍의 칼날은 마치 고기가 급류의 갈대 숲을 헤집듯 거침없이 검영을 파고든다. 그의 성명절기 수류도의 절초, 수류만폭(水流滿瀑)이었다.

스치는 갈대를 밀치고, 쓰다듬고, 끌어안는다. 이를 악물고 전력을 다해 펼친 수류만폭에 첨검의 검영이 산산조각으로 부서지고 흩어진다. 찰나!

쩌러렁!!

"흡! 컥!"

한순간이었다. 적인풍의 칼날이 비독삼효 중 둘째 임하중의 목을 스치고 지나갔다. 잘린 대동맥에서 붉은 선혈이 허공에 분수처럼 뿜어진다.

동시에 한쪽에선,

"헉! 욱! 켁!"

기묘한 신음과 함께 셋째 임삼의 오른팔이 허공으로 치솟고, 목을 관통한 검날을 잡은 임삼이 눈을 치켜떴다.

"그르륵… 너……!"

"나 당홍에게 그렇게 말하고도 그대처럼 편하게 죽은 사람도 없어. 그러니 지옥에 가서도 행복한 줄 알아."

당홍이 검을 잡아 빼자 임삼의 몸뚱이가 그대로 뒤로 넘어갔다. 당홍의 이름을 듣고서야 자신이 나찰을 만났다는 것을 깨달은 눈빛이다. 하지만 당홍은 나자빠진 임삼은 본 척도 않고 적인풍만을 바라보았다.

비틀거리는 적인풍의 몸이 불안해 보인다. 아마도 시간을 아끼기 위해 전력을 다했을 터, 부상이 더욱 악화 된 듯하다. 입꼬리가 비틀린 것이 웃고 있는 듯하지만, 그마저도 고통으로 일그러져 있었다.

당홍이 다가가려 하자 적인풍이 손을 흔들었다.

"나는… 괜찮아."

무사의 자존심이었다. 내기가 크게 흔들려 몸을 가누기도 힘들건만 지금껏 살아온 세월이 자신의 몸을 넘어지지 못하게 붙잡고 있었다. 그러나 그것도 한계가 있는지 손에 들린 칼조차 점점 무겁게 느껴진다.

억지로 발에 힘을 주고 힘들게 몸을 돌리려 할 때였다. 한쪽에서 나직한 음성이 귀를 파고들었다.

"바로 내기를 다스리지 않으면 오랜 세월을 고생하셔야 할 겁니다."

그였다. 오랜만에 자신의 신경을 팽팽하게 당겨주던 젊은 자. 고개를 돌리자 그가 자신을 한없이 깊은 눈으로 바라보고 있다.

그대는 누구인가?

휘는 적인풍을 보고 감탄하지 않을 수가 없었다. 실력은 둘째치고라도 그의 결단력있는 행동에는 오랜 관록이 절로 배어 있었다. 아무나 쉽게 할 수 없는 무사의 본능이.

─마음을 먹었으면 최대한 빨리 베어야 한다.

눈이 마주치자 의혹과 긴장이 서린 눈빛이 억누른 고통과 뒤섞여 있다. 아마도 자신에 대해 궁금한 듯한 눈빛이다.
"몸 먼저 다스리시죠."
"자넨 누군가?"
"진휘라 합니다."
그동안 석두아버지와 염소아버지의 성만 썼으니 돌아가는 길에는 빼빼아버지의 성을 쓸 생각이었다. 그래야 저승에서도 싸우지 않고 즐거워할 테니까.

"진휘가 그래도 제일 품위가 있잖아?"
"뭔소리! 조휘가 그래도 제일 멋져!"
"어… 여휘는 어때?"

휘의 입가로 슬며시 웃음이 떠오른다. 아버지들이 이름에 성을 붙이지 않은 이유를 말하면서 자신에게 제일 좋은 성을 골라서 쓰라고 했는데 어쨌든 세 분의 성을 골고루 썼으니……
자신이 진씨 성을 쓰자 초평우와 풍인강이 고개를 끄덕인다. 두 사람은 이미 휘의 성에 얽힌 이야기를 대충은 들어 알고 있었다.

"나에겐 아버지가 세 분이 계셨습니다. 그분들의 성이 진, 조, 여죠. 그래서 제 이름이 진조여휘지요."

뭐, 어떻든 두 사람에게는 그저 휘 대형이면 족했다. 성이야 무얼 쓰던 상관이 없었다.

휘가 이름을 말하자 적인풍이 천천히 고개를 저으며 말했다.

"이 정도에 쓰러질 것 같았으면 벌써 쓰러졌을 것이네."

적인풍이 지지 않겠다는 듯 휘를 쏘아보며 말하자 초평우가 한마디 툭 쏘아붙였다.

"거참! 자존심도 세울 때 세워야지, 쓰러지기 직전인 양반이 그리 말하면 누가 믿어주기나 한답디까?"

풍인강이 여전히 감탄이 서린 표정으로 받아쳤다.

"멋은 있잖수!"

"멋은 개뿔이나……."

적인풍의 눈빛이 기묘하게 변했다. 어이가 없다는 눈빛 같기도 하고 재미있어하는 눈빛 같기도 하다. 그런데 거기에다 당홍까지 나선다.

"흥! 늑대가 멋을 알면 사람이 다 되었다고 봐야겠지."

"……."

초평우도 풍인강도 말을 잃고 멍하니 당홍을 바라보았다. 심지어 이층 난간에 서 있던 백리연마저 입을 쩍 벌리고 있다, 믿을 수 없는 일을 본 사람마냥.

'세상에! 아마 오빠에게 말하면 믿지 않을 거야. 당 언니가 농담을 다 하다니…….'

어이없어하는 표정, 놀란 표정, 사람들이 각양각색의 표정을 지으며 말을 잃자 한순간 장내가 조용해졌다. 그때였다. 문득 휘의 표정이 굳어 졌다.

두 구의 시신에서 뿜어져 나온 피 냄새가 온 객잔 안을 맴돌고 있는 데도 거기에 신경을 쓰는 사람이 없다. 오직 객잔 주인만이 안절부절못하고 있을 뿐이다.

피를 보고도 아무렇지도 않은 듯한 사람들의 표정이 왠지 비정하게 보일 정도다. 그 비정한 사람들 중에 자신도 끼어 있다는 것이 충격으로 다가온다. 언제부터 이리된 것인지…….

전쟁터도 아닌 객잔에서 피비린내를 맡고도 아무렇지가 않다니…….

휘는 한숨을 내쉬며 몸을 일으켰다.

"후우… 일단 시신을 먼저 치웁시다."

"아!"

그제야 죽은 자가 생각났는지 사람들의 시선이 시신으로 향했다.

시신을 바라보는 눈빛들이 어색하게만 보인다. 적인풍과 당홍을 남겨 놓고 휘의 일행 모두가 시신을 치우는 데 달려들었다.

그때부터는 아무도 입을 열지 않았다. 초평우와 풍인강이 나서서 시신을 들어내고, 비 내리는 밤에 땅을 파는 소리만이 귀기스럽게 들릴 뿐이다. 그나마 영등이 죽은 자들을 위해 무량수경을 외우자 사람들의 굳어진 표정이 조금은 펴지는 듯했다.

아침이 되자 언제 비가 내렸냐는 듯 햇살이 창문을 두드리며 몰려들었다. 비가 내린 때문인지 대기를 흐르는 바람도 한결 상쾌했다.

객잔의 일층에 내려와 식사를 하는 사람들의 표정도 어젯밤과는 다르게 많이 밝아져 있었다. 적인풍의 내상 역시도 하룻밤 사이에 많이 좋아진 듯 얼굴에 붉은 홍기가 돌았다.

휘는 식사를 마치자 적인풍을 향해 간단한 목례를 보내고는 객잔을 나섰다. 초평우가 휘를 따라가다 말고 객잔 내부를 둘러보더니 당홍이 보이자 씩 웃었다.

"언제고 고양이의 무서움을 직접 봤으면 좋겠군."

"흥! 목숨이 두 개라면 못할 것도 없지."

한 치도 지지 않는 말솜씨다. 초평우가 몸을 돌리며 피식 웃었다.

"내 칼도 그리 만만치 않으니 그런 걱정은 마슈."

2

천수검왕 사공천은 태사의에 깊숙이 몸을 묻은 채 눈을 감았다. 앞에 앉아 있던 부양청이 힐끔 한쪽을 바라보더니 고개를 저었다. 결정이 아직 나지 않았으니 조금 더 기다리라는 듯.

그가 바라본 곳, 그곳에는 사공천이 무릎을 꿇고 있었다.

얼마의 시간이 지나고, 눈을 뜬 사공천이 물었다.

"천도맹에서의 연락은?"

"아직 오지 않았습니다. 아마도 어찌할지 고민하고 있는 듯합니다."

"천도맹주가 순순히 숙이고 인정할 거라 생각하느냐?"

"그리 생각지는 않습니다. 하지만 그들로서도 마땅한 방법을 찾기는 힘들 것입니다."

"그리해서 우리가 얻을 이익은?"

"명분과 실리, 양쪽 다 이익이라 생각합니다."

"피를 흘려야 할 것이다. 그 정도는 각오하고 있겠지?"

"그동안 저희 천검보는 너무 정체가 되었습니다. 얼마 전 조휘의 사건만 봐도 그렇습니다. 수하들이 멋대로 움직이지 않았습니까? 이제는 바람을 일으켜 묵은 때를 정화시킬 시기가 되었다고 생각합니다."

"바람이라… 그래, 그럴 때가 되기는 했지. 구대문파도 움직이고, 오대세가도 움직이는 판이니. 그래도 천도맹은 상대가 너무 커."

"삼양신문이라면 저희와 발을 맞추려 할 것입니다. 또한 십팔마마공이라면 구파와 오대세가도 움직일 수밖에 없습니다. 명분도 있고, 힘도 있습니다. 실리는 조금 적게 챙기더라도 대신 피해를 줄일 수 있을 것입니다."

"음… 좋아, 어차피 일은 벌어진 것. 대신 지검당에 일러 너무 많은 피를 요구하는 계획은 세우지 말라고 이르거라."

"예!"

사공명이 깊숙이 허리를 숙였다, 자신의 뜻대로 되었다는 만족감으로 안도의 표정을 지으며.

그런 사공명을 바라보며 사공천이 물었다.

"희령이는?"

사공명의 표정이 다시 굳어졌다.

"그 아이는 동정호 쪽으로 움직이고 있습니다. 조휘가 뜻을 받아주지 않자 여행한다며 안중쌍호를 데리고 돌아다니고 있습니다."

"쯧쯧쯧… 천방지축이 마음이 아픈가 보군."

"천위단은 돌아오도록 했으나 천궁단은 계속 그 아이를 보호하라 명을 내렸습니다."

"잘했다. 하나, 일이 시작되기 전 그 아이를 데려와야 한다."

"예, 아버님."

"후아가 폐관을 마치고 나오면 본격적으로 일을 시작할 것이다. 그리 알고 준비하도록."

사공천의 눈이 가늘게 떨렸다.

'형님이 곧 나온다는 말……'

"알겠습니다. 그동안 무사들의 정신 상태를 잡아놓겠습니다."

사공명이 나가자 사공천은 부양청을 바라보았다.

"어떻게 생각하나?"

부양청이 이마를 찌푸리며 답했다.

"너무 좋은 기회라서 오히려 마음에 걸립니다."

"너무 좋아서 걸린다라… 하긴 나도 그래서 오랫동안 생각을 했다네. 하지만 그냥 보내기에는 너무 아까운 기회야."

"계륵이다, 그 말씀인가요?"

"계륵보다는 나으니까 문제라는 거네."

이마를 짓누르며 잠시 생각에 잠긴 사공천이 천천히 고개를 들더니 부양청을 직시했다.

"자네가 좀 나서줘야겠어."

"제가요?"

"밥만 축내고 있는 사람들을 데리고 따로 움직이도록 하게."

"그럼… 저도 밥만 축내는 사람이다, 이 말이군요."

부양청이 못마땅한 투로 눈을 부라리자 사공천이 눈을 크게 뜨고 말했다.

"아닌가? 자네가 어디 밥만 축냈나? 천.심.단.까지 꿀꺽했잖아!"

'에이, 쫀쫀한 의형 같으니라구.'

"뭐, 그렇다고 해두죠. 언제 움직이면 됩니까?"

"지금 당장!"

3

강북과 호남의 대문파들로부터 스스로를 지키기 위해 강서성의 십여 문파가 힘을 합한 지 일백여 년. 이름을 천도맹이라 짓고 힘을 키우니 그것이 바로 천도맹의 탄생 비화였다.

탄생한 지 오십여 년. 칠패의 하나로 불리게 된 천도맹의 힘은 이제 강서뿐이 아니라 절강, 복건에 이르렀다. 어느 누구도 다시는 강서의 땅을 넘보지 못할 정도가 된 것이다.

그렇게 된 데는 현 천도맹주의 본가인 남창 위지가의 힘이 절대적이라 할 수 있었다. 엄청난 자금, 천도맹 주축의 삼 할이 넘는 위지가의 무력, 그 모든 것을 위지가가 아낌없이 쏟아 부은 결과였던 것이다.

그 때문에 천도맹의 총단은 강서제일가라 불리던 위지가에서 십 리 밖에 떨어지지 않은 곳, 남창 동문의 동쪽 이십 리 떨어진 곳에 세워져 있었다. 세 개의 가산을 끌어안은 채 백만 평이 넘는 드넓은 땅에 세워진 천도맹의 총단은 강서무림인들의 자랑이요, 의지였다.

그 천도맹의 내성에 늘어선 수십 채의 고루거각 지붕에는 백 년 세월이 얹혀진 이끼가 끼어 천도맹의 역사를 증명하고 있다.

가을이 한창 무르익어 가는 시월의 중턱, 전각 지붕의 파란 이끼 위로 뻘건 석양이 떨어져 내린다.

너무도 진하게 핏빛으로 물든 석양이…….

내성의 한가운데 서 있는 삼층 전각, 천도맹의 대소사가 집행되는 제일의 중지 천상전에선 무슨 일인지 십여 명이 침통한 표정으로 침묵을 지키고 앉아 있었다.

쾅!

침묵을 깨부수는 굉음, 자단목 탁자가 가루로 변해 부서져 버렸다.

그래도 화가 가라앉지 않는지 천도맹주 구천도제(九天刀帝) 위지혁성은 눈에서 불을 뿜으며 창밖을 주시했다. 석양빛에 얼굴조차 불타오르는 듯하다.

"대체 사공천은 무슨 생각을 하고 있단 말인가?!"

획 돌아선 위지혁성이 앉아 있는 열다섯 명을 하나하나 바라보았다.

"소진용과 여우경이 천도맹의 이름을 걸고 분명하게 말을 했는데도 믿지 않았다는 것은 한 번 해보자는 말이 아닌가 말이다!"

아무도 위지혁성의 말에 반론을 제기하지 않았다. 지금까지 진행된 상황으로 봐서는 위지혁성의 말이 결코 틀리지 않을 거라는 생각이 들었기 때문이었다.

"흥! 해보자면 못할 것도 없지."

나직이, 그러나 강하게 코웃음을 친 위지혁성이 좌측에 앉아 있는 신도문의 문주 여만정을 바라보았다.

"여 문주, 어찌 생각하시는가?"

여만정이 조용히 입을 열었다.

"이번 일을 기회로 무언가를 도모하겠다는 것 같습니다. 너무 오래 웅크리고만 있다 보니 슬슬 움직일 때가 되었다 생각한 것이겠지요."

옆에서 그 말을 들은 웅천보의 강량호가 이마를 찌푸렸다.

"문제는 놈들에게 명분이 주어졌다는 것입니다. 우리에게서 나온 것이든 아니든, 놈들은 최대한 십팔마마공을 이용할 텐데… 일단은 거기에 대한 방비부터 세워야 할 거라 생각합니다, 맹주."

위지혁성도 그것이 골치였다.

찾아가서 해명한다고 고개를 끄덕일 것 같으면 진즉 소진용이나 여우경이 말했을 때 통했을 것이다. 그렇다고 모른 체할 수도 없다. 다른 물건도 아니고 십팔마마공은 정파가 모두 백안시하는 무공이 아니던가.

어떻게든 해명할 방법을 찾아야 하는데 당장은 마땅한 방법이 없다. 현재로선 대유 백야숙을 앞세워 잃어버린 책자가 십팔마마공의 두 권이 아님을 밝히는 수밖에 없다. 그런데 백야숙 역시 천도맹의 말만 듣고 전하는 입장이니, 그의 말을 믿어줄 가능성도 희박하다.

그래도 만일의 경우를 생각해 적을 줄여야 한다. 다는 믿지 않아도 일부는 믿어줄 것이 아닌가 말이다. 게다가 대유 백야숙의 명망은 결코 작은 것이 아니니 어쩌면 의외의 소득이 있을지도 모른다.

위지혁성이 한쪽에서 대기하고 있는 전령을 향해 말했다.

"백야숙 선생을 모셔와라! 일단 그분으로 하여금 천검보를 방문토록 부탁을 해야겠다."

"예!"

"나머지 분들은 만약의 사태에 대비해 무사들을 점검해 주시오. 천검보가 작정을 했다면 결코 그냥 넘어가지는 않을 것이오. 이 일을 빌미로 자그마한 것이라도 얻으려고 할 터. 나는 우리가 일군 터전을 놈들에게 조금도 내줄 생각이 없소!"

"으음……."

위지혁성의 단호한 목소리에 사람들의 안색이 어둡게 변했다. 솔직히 조금의 양보를 하더라도 조용히 넘어갔으면 하는 것이 대부분의 바람이었다. 하지만 맹주가 결심을 굳힌 이상 그조차도 힘든 일이 되어버렸다. 그런 사람들의 마음을 아는지 여만정이 입을 열었다.

"조금을 양보하면 그 다음에는 더 큰 것을 바라는 게 사람의 마음입니다. 그리고 천검보주 사공천은 결코 조금 얻었다고 만족할 자들이 아닙니다. 자의로 주는 것과 싸우다 잃는 것의 차이를 아서야 합니다. 조금이라도 자의로 내주게 되면 결국 큰 것까지 내줘야만 한다는 사실을 모두 명심하십시오!"

그때까지 아무 말도 않고 한쪽 구석에 앉아 있던 삼십대의 백의인이 일어섰다. 그는 십파 중 세력이 가장 미미한 비양문의 문주 조령위였다.

"저… 제가 한 말씀드리겠습니다. 명운곡에서 창산이마를 홀로 물리친 사람이 있다 들었습니다. 사실이든, 과장된 것이든 그를 찾아야 합니다. 증인으로서, 그리고 천검보에 부담을 주기 위해서라도 말입니다. 사공명도 그를 매우 어려워했다 들었습니다."

강량호가 물었다.

"조휘인가 하는 자 말이오?"

"그렇습니다."

입가에 비웃음을 배어 문 강량호가 말도 안 된다는 듯 말했다.

"조 문주는 삼십도 안 된 젊은 사람이 혼자서 창산이마를 이겼다는 말을 믿는단 말이오? 거참."

"어쨌든 증인으로서 가치는 있을 듯합니다."

"그는 사공명과 친하다 했소. 그런데도 증인으로서 가치가 있다 생각하시오?"

여만정의 물음에 키마저 작아 볼품없이 보이는 조령위가 살짝 붉어진 얼굴로 고개를 끄덕였다.

"소진용의 말에 따르면 그는 냉정하게 사태를 파악하고 있었다 했습니다. 또한 그는 소진용의 말을 믿어주었다 했습니다. 정말 그가 창산이마를 이겼는지 어땠는지 모르지만 충분히 가치가 있다고 생각합니다."

조용히 십파의 주인들이 하는 말을 듣고 있던 위지혁성이 고개를 끄덕였다.

"흠… 조 문주가 이리 말을 많이 하는 것은 처음 보는 것 같군. 좋소, 일단 그 일도 추진하겠소. 아무래도 소진용이 그를 잘 아니 소진용을 보내 그를 찾도록 하겠소. 그리고……."

위지혁성이 우측에 앉아 말없이 어깨를 세우고 있는 장년인을 쳐다보았다.

"장 전주, 그대가 해줘야 할 일이 있다."

장년인, 천도맹의 사전 중 무진전을 맡고 있는 무심도 장추룽이 말없이 허리를 숙이자 위지혁성이 차갑게 입을 열었다.

"황산검문으로 가라! 가서 그들의 의향을 알아 오라! 우리를 믿고 도와줄 것인지, 아니면 천검보의 손을 들어줄 것인지!"

"알겠습니다, 맹주!"

장추룽이 다시 한 번 고개를 숙이자 위지혁성의 눈 깊은 곳에서 한망이 번뜩였다.

'부디 나로 하여금 황산을 향해 검을 들게 하지 마시오, 화 선배!'

위지혁성이 두 주먹을 불끈 움켜쥐며 고개를 돌렸다.

창밖에는 여전히 뻘건 석양이 떨어지고 있었다.

'사공천, 내가 바로 구천도제 위지혁성이다! 어디 할 테면 해봐라!'

7장
무당의 바람 속으로

1

무당으로 향하는 길은 자욱한 아침 안개로 인하여 설레는 기분이 더해지고 있었다. 춤을 추듯이 계곡 사이를 누비는 안개의 군무에 절로 탄성이 발해질 정도였다.

정오의 태양이 머리 높이 걸릴 때쯤 단강구를 지나자 저 멀리 무당산의 웅장한 자태가 눈에 들어오기 시작했다. 걸어가던 중에 초평우가 힐끔 뒤를 돌아보고는 고개를 갸웃거렸다.

"형님, 저들이 우리를 따라오는데요?"

"따라온다기보다 가는 길이 같은 것 같군요."

"예? 그럼 저들도 무당에……?"

"글쎄요."

백리연이 당홍을 향해 말했다.

"언니, 저 사람들도 무당에 들르려나 봐요."

"그러게 말이다."

"참 재미있는 사람들이죠?"

"흥! 재미있기는……."

'풋!'

백리연은 당흥의 반응에 속으로 웃음이 나왔다.

하루 전만 해도 생각할 수조차 없었던 반응이다. 전이었다면 이맛살 찌푸리는 걸로 끝났을 터였다. 아니면 직접 알아본다고 검을 빼고 들이대든지. 한데 이제는 자연스럽게 말로 받아친다. 오히려 그러려니 하며 웃는 자신이 이상할 지경이다.

"적 대협, 저 사람들이 무당에는 무슨 일로 오르려 하는 걸까요?"

한 걸음 뒤에 처져서 두 여인을 따라가던 적인풍이 이마를 찌푸렸다.

"글쎄… 아무튼 볼일이 있으니 가는 것 아니겠나?"

적인풍은 특별한 일이 있어 두 여인과 동행한 것은 아니다. 오히려 별다르게 할 일이 없기 때문에 동행을 하게 되었다. 당흥이 유빙의 제자라는 이유도 있었고, 그녀에게 유빙의 일을 알려준 이상은 자신에게도 어느 정도 책임질 일이 있지 않을까 해서 무작정 당흥과 동행하게 된 것이다.

그렇게 균현에 이를 때까지 기묘한 두 일행의 행보는 계속되었다. 그리고 균현을 지나 무당산에 들어가서야 두 일행은 같이 마주 설 수 있었다. 그것도 자의에 의한 것이 아니라 무당의 입구라 할 수 있는 해검지에 도착했기 때문이었다.

"무량수불. 저희 무당을 찾아주셔서 감사합니다, 도우 분들. 이곳에 검을 맡기시고……."

휘가 이맛살을 찌푸리며 난감한 표정을 지었다. 만양을 남에게 맡긴다는 생각을 해본 적이 없는 그였다. 게다가 맡긴다면 용명검까지 맡겨야 하는 판이니…….

"꼭 맡겨야만 합니까?"

"본 파의 규율이 그러한지라……."

하지만 무당의 삼대제자 송학을 곤혹스럽게 하는 사람은 휘뿐이 아니었다.

"나도 검을 맡길 생각은 없어요."

당홍 역시도 검을 남의 손에 넘긴다는 것은 자신의 목숨을 맡기는 거와 같다는 생각을 하는 사람이었다.

"무량수불… 여도우……."

가끔은 해검지에 검을 맡기지 않겠다는 사람들이 있다. 그런 사람에게 해줄 말은 단 한 가지뿐이었다.

"검을 맡기지 않겠다면 무당에 오르실 수 없습니다."

"이상하군요. 해검지에 검을 맡기지 않고도 무당을 오를 수 있다고 들었는데요."

상황이 이상하게 흐르자 백리연이 나섰다. 그녀의 말에 송학이 안색을 굳히고는 고개를 끄덕였다.

"물론… 방법은 있습니다만……."

"그 방법이 해검지를 지키는 세 분 도장의 삼재진을 깨는 거라 알고 있는데 맞나요?"

"그렇습니다. 무량수불……."

송학의 도호가 길게 늘어지자 좌우에 있던 두 명의 도장이 송학의 좌우로 다가왔다. 그러자 백리연이 싱긋 웃으며 말했다.

"혈빙검 당홍 언니를 세 분이 막으실 수 있을지 모르겠지만 한 번 해보도록 하죠."

순간 송학의 눈이 크게 뜨였다.

"혀, 혈빙검 당홍?!"

"아참! 적인풍 대협께선 어떻게 하실 건가요? 검을 맡기시겠어요? 아니면 삼재진을 구경하시겠어요?"

송학의 크게 뜨여진 눈이 바르르 떨렸다.

"설마… 수류도 적인풍 대협?!"

적인풍이 씁쓸한 웃음을 물고 입을 열었다.

"나도 칼을 맡길 생각이 없네."

백리연이 어깨를 으쓱 추켜올렸다.

"그렇다는군요. 뭐, 저야 맡기라면 맡겨야죠."

그러더니 휘 일행을 바라보았다.

"공자께선 어쩌실 건가요?"

그때였다. 나직한 웃음소리가 울리더니 중년의 도인이 해검지 안으로 들어섰다.

"하하하… 뜻밖의 손님이 오셨는데 본 파에서 너무 대접이 소홀한 것 같습니다그려."

그가 나타나자 송학을 비롯해 세 명의 도인이 일제히 고개를 숙였다.

"운풍 사숙을 뵙습니다."

중년 도인을 본 적인풍이 가볍게 웃음을 흘리며 말했다.

"오랜만이외다."

중년 도인 운풍도 사람 좋은 웃음을 지으며 답했다.

"허허허. 오 년은 된 듯싶습니다, 적 도우."

이미 두 사람은 서로를 알고 있었다. 운풍 도장이 비록 지금은 해검지를 맡고 있지만, 오래전만 해도 무당의 대소사를 처리하기 위해 강호를 들락거렸었다. 그 당시 운풍은 강호에서 적인풍과 대면한 적이 있었다.

그렇기에 오늘 자신이 자리를 비우지 않은 것이 다행으로 생각되는 운풍이었다. 만일 자신이 없었다면 해검지의 관문이 무너지는 것은 불을 보듯 훤한 일이었으니까.

"한데 어인 일로 본 파를 방문하셨는지……?"

적인풍은 백리연을 바라보았다. 백리연에게 말은 들었지만 자신의 일이 아니었으니 자기가 나설 일이 아니었다.

"저는 광한장(光寒莊)의 백리연라고 합니다. 무당의 운풍 도장님께 인사드려요."

"광한장? 호! 백리가의 여도우께서 무당까지 웬일로?"

진정 놀랐다는 표정을 지으며 운풍 도장이 묻자 백리연이 빙긋 웃으며 말했다.

"태상 가주이신 조부님의 명으로 청천 도장님을 만나러 온 거예요. 그분께 보내는 서신을 가지고 왔어요."

"상문 사숙을 말이오?"

백리가의 여인이 조부님이라 부르는 태상 가주라면 중원칠검 중의 한 사람인 광한신검 백리자군을 말함일 터였다. 백리자군이 사숙인 청천 도장과 가까운 사이라 듣긴 했지만 막상 두 사람의 이름이 함께 불려 나오자 운풍은 놀라지 않을 수 없었다.

"허! 정말 놀랍기 그지없는 일이외다. 어이쿠! 그러고 보니 빈도가 그만 실수를 한 것 같소이다. 귀한 손님들께서 오셨는데… 들어들 가십시다."

해검지의 관문에 대한 것은 더 이상 생각할 것도 없었다. 사실 구대문파가 칠패에 힘에서 밀린 이후로 해검지는 그저 관습적인 통과 절차일 뿐이었다. 그나마 관문을 설치한 것도 해검의 일로 시비가 붙을 경우, 행여 제자들의 안전을 위한 하나의 방편으로서 생긴 것이었다.

한데 백리연과 적인풍에게 안으로 들 것을 권하던 운풍은 문득 이상한 기분이 들었다. 그리고 곧 그 기분의 근원을 알 수 있었다.

백리연의 뒤를 당홍만이 따라올 뿐 다른 네 명의 젊은이가 따라오지 않고 멀뚱히 서 있는 것이 보인 것이다.

"저들은… 같은 일행이 아니시오?"

백리연이 웃음을 지으며 대답했다.

"저분들은 같이 오기는 했지만 저희들의 일행은 아니에요."

운풍이 휘를 보며 뭐라 하려 할 때였다.

"저들도 그냥 들여보내면 안 되겠소?"

적인풍의 전음이 운풍의 귓전에 스며들었다. 그러자 운풍은 휘와 휘의 일행들을 자세히 살펴보았다. 그리고 적인풍이 왜 그런 전음을 보냈는지 어렴풋이 알 수 있었다.

'고수! 송 자 배의 제자들로는 막을 수 없는 고수다!'

"무슨 일로 본 파를 방문하신 건지……."

그렇다고 물어야 할 것을 묻지 않을 수는 없었다. 운풍의 물음에 휘가 한 걸음 앞으로 나섰다.

"운검 도장님을 뵈러 왔습니다."

"운검 사형을?"

운풍이 가볍게 놀란 눈으로 휘를 바라보았다.

무당을 찾는 사람은 많지만 운검 도장을 찾아온 사람은 그리 많다 할 수가 없었다. 아니, 거의 없다시피 했다. 수년 전에 천검보에서 찾아온 한 젊은이를 제외하고는 요 근래 다른 사람이 운검 도장을 찾아왔다는 소식을 들은 적이 없는 운풍이었다. 그러다 보니 호기심이 일었다.

"운검 사형께선 외부 손님을 안 만나고 계시오만……."

"천검보 사공천 보주의 서신만 전하면 됩니다."

"천검보주의 서신이라고요?"

운풍의 눈이 경악으로 휘둥그레졌다. 옆에 있던 적인풍 등도 미처 몰랐던 사실에 놀란 표정을 숨길 수가 없었다. 그 정도로 천검보주 천수검왕 사공천의 이름에는 엄청난 힘이 실려 있었던 것이다.

"아마도 회갑연 때문에 보내는 서신인 듯합니다. 직접 전해주라 했으니 될 수 있으면 직접 뵈었으면 합니다."

"흠……."

태연한 신색을 유지하는 것이 여간 어려운 일이 아니었다. 천수검왕의 서신이라면 이미 자신의 손을 넘어선 일이다. 운풍은 사람 좋은 웃음을 지으며 휘를 보고 말했다.

"허허허. 내 기별은 넣겠소만, 그분이 받아들이실지는 모르겠소. 따라오시구려."

2

무당산의 넓이는 상상 이상이었다. 빙 둘러 팔백 리라는 말이 헛말이 아니었다. 칠십이 개의 크고 작은 봉우리가 끝도 보이지 않고 뻗쳐 있었다.

해검지에서도 오르길 반 시진, 그동안 휘가 본 커다란 도관(道館)만도 십여 개에 이르렀다. 군데군데 공사 중인 곳까지 합하면 그 두 배는 되어 보였다. 그런데도 아직 본관인 상청궁이나 자소궁은 까마득하기만 했다. 지나다니던 도인들이 운풍 도장을 보고 인사를 건네자 운풍 도장은 건성으로 고개를 끄덕이며 빠르게 걸음을 옮겼다.

"겁나게 넓군요."

초평우가 질린다는 듯 고개를 휘휘 저으며 입을 열자 당홍이 곧바로 맞받아쳤다.

"아무리 넓어도 무당에 늑대가 산다는 소리는 들어보지 못했어."

운풍이 어리둥절한 표정으로 당홍을 바라보았다.

"무당에 늑대가 없다는 말은 맞소만… 웬 늑대?"

"그런 늑대가 있어요. 도를 아는 늑대라고 하더군요."

"꽃도 좋아한대요."

가까스로 웃음을 참으며 백리연이 한마디 거들자, 얼굴이 붉어진 초평우가 억지로 쥐어짜며 반격을 했다.

"앙칼진 고양이도 없을 거요."

하지만 하늘은 끝내 초평우의 손을 들어주지 않았다. 운풍 도장이 고개를 갸웃거리며 말한다.

"고양이는 몇 마리 있소. 앙칼진지 어쩐지는 몰라도."

초평우가 휘를 쳐다보았다, 응원을 바라는 표정으로. 그러나 휘는 입을 다물고 무당산의 주봉인 천주봉만을 바라볼 뿐이었다. 그래도 여자를 말싸움으로 이기려 드는 초평우가 안쓰럽게는 보였는지 한마디 충고는 잊지 않았다.

"초 형, 누가 그럽디다."

"뭐라고……?"

"여자는 입이 두 개라 말로는 못 이긴다고 말이오."

컥! 헉! 그런!!

하마터면 휘를 뺀 모두가 쓰러질 뻔했다. 적인풍마저 발이 꼬일 뻔했으니 말해 무엇 하랴. 그런데도 휘는 상황을 알지 못하고 심각한 얼굴로 묻는다.

"그런데… 그게 정확히 뭔 뜻인지는 모르겠소. 혹시 누구 아는 사람

없소?"

누가 감히 그 질문에 답을 할 수 있을까?

그 후로 더 이상 입을 여는 사람은 없었다. 누구도……

오직 금방이라도 칼날이 튀어나올 것만 같은 당홍의 눈빛과 빨개진 얼굴로 능구렁이를 보는 듯한 백리연의 눈빛만이 고개를 갸웃거리며 앞서가는 휘의 등판을 뚫어버릴 듯이 쏘아보고 있을 뿐이다.

운검 도장은 무당의 도궁(道宮)에 있지 않았다. 운풍 도장의 말대로라면 천주봉의 좌측 운수봉을 따라 내려간 계곡 위에 따로 자그마한 도관을 짓고 그곳에 살고 있다 한다. 그나마 대부분의 시간을 도관에서도 십여 리 떨어진 풍곡(風谷)에서 지낸다 했다.

백리연과 당홍은 자소궁으로 올라가야 했기에 휘 일행과는 천주봉 중턱에서 헤어질 수밖에 없었다. 다행히 운풍이 송 자 배의 제자를 한 사람 붙여줘서 운검 도장을 찾는 것은 그리 어렵지 않을 듯싶었다. 그때까지 한마디도 하지 않던 적인풍이 막상 헤어질 때가 되자 어렵게 입을 열었다.

"진 공자, 언제고 그 검을 한 번 보고 싶군."

휘가 조용히 웃음 띤 얼굴로 답했다.

"물결이 보이지 않을 때 보죠. 그럼."

순간 적인풍의 표정이 충격으로 굳어졌다. 그는 휘의 모습이 시야에서 사라질 때까지 움직이지를 못했다. 이상하게 보였는지 당홍이 물었다.

"적 대협, 왜 그런가요?"

적인풍이 신음을 흘리듯 말했다.

"미처 몰랐다. 음……"

당홍이 의아한 듯 다시 물었다.

"뭐가 말인가요?"

"저자… 나에 비해 뒤지지 않을 거라 생각했는데……."

"겉멋만 든 자들이 간혹 있기는 하잖아요."

백리연이 적인풍의 말을 곡해하며 그럴 수도 있지 않냐는 듯 말하자 적인풍이 미간을 찌푸리며 한숨을 내쉬었다.

"후우… 내가 우물 안 개구리였는지도… 저자는 내가 상대할 수 없는 자일 것 같다는 생각이 든다."

"적 대협……?"

눈을 휘둥그렇게 뜬 당홍이 무슨 뜻이냐는 눈으로 바라봤다. 당홍의 눈빛에 적인풍이 고개를 저으며 말했다.

"나의 사부께서 생전에 말씀해 주신 것이 있다. '네 검이 완성되려면… 물결이 사라져야 한다'. 저자가 알고 그랬는지 모르고 그랬는지는 모르지만, 적어도 내가 보지 못한 것을 본 것만은 틀림이 없다."

당홍이 자신도 모르게 휘가 사라진 곳을 바라보았다. 그러고 보니 자신에 비해서 그리 뒤지지 않을 것 같은 초평우와 풍인강이 그를 마치 신앙처럼 따르고 있는 것이 이상하게 보이기는 했다.

지금까지는 단순히 주종적인 관계일지 모른다는 생각만 했었다. 그런데 적인풍의 말을 듣고 나니 이상한 것이 한두 가지가 아니다.

적인풍의 상세를 눈으로 보듯이 알고 있던 것도 그렇고, 비독삼효와의 싸움을 눈 하나 깜박이지 않고 바라보던 모습이나, 자신과 적인풍을 상대하며 한 점 흔들림 없던 모습마저도 그가 평범한 사람이 아니라는 반증처럼 느껴진다.

그는 누군가? 정말 수류도 적인풍보다 강한 자일까?

당홍의 손이 절로 굳게 쥐어졌다, 뭔가 각오를 다지듯이.

'붙어보면 알겠지!'

두 사람이 휘가 떠나간 곳을 바라보며 말을 잊고 있을 때, 오 장 앞에서 제자들에게 뭔가를 지시하던 운풍이 손짓하며 소리쳤다.

"적 도우! 갑시다. 마침 장문 사숙께서 자소궁에 계시다는구려."

3

운수봉을 돌아가자 두 갈래로 길이 갈라졌다. 위쪽으로는 운검 도장이 기거한다는 도관을 가는 길이었고, 아래쪽으로는 풍곡(風谷)으로 가는 길이었다.

풍곡으로 가기 위해 아래로 내려가자 바위 사이로 난 거친 암도(岩道)가 나타났다. 그 길은 어찌나 가파른지 일반 사람들이 지나간다는 것은 엄두도 낼 수 없을 정도였다. 게다가 구불구불 암벽 사이로 이어진 길은 가도가도 끝이 없을 것만 같았다. 오죽하면 앞서 가던 송오의 얼굴에 질린다는 표정이 떠오를까 싶었다.

그렇게 한없이 계곡 안으로 들어가던 송오의 발걸음이 멈춘 것은 천주봉이 완전히 시야에서 사라진 지 이각이 지나서였다.

휘이이잉!

그곳에서는 거센 바람이 절벽을 타고 용트림하고 있었다.

절벽 밑을 바라보자 밑에서 불어오는 바람에 머리카락이 허공으로 치솟는다. 몸이 날아오르지 않는 것이 다행일 정도로 거센 바람에 눈을 뜨기조차 힘들 지경이다. 거기다 뿌연 안개까지 휘돌고 있어 밑은 아예 보이지도 않는다.

송오는 걸음을 멈추더니 휘를 돌아보았다.

"죄송하오나, 제가 안내할 수 있는 곳은 여기까지입니다."

초평우가 어이없는 표정으로 송오에게 물었다.

"이보시오. 여기서부터는 길도 없는데 어떻게……."

그 물음에 송오가 말없이 한쪽을 손으로 가리켰다. 고개를 돌려 손끝을 따라가 보았다. 바위 절벽 끄트머리에 쇠기둥이 박혀 있다. 그리고 그 쇠기둥에 매어진 밧줄도.

"저 밧줄을 타고 내려가시면 운검 사숙께서 계시는 풍곡입니다, 도우."

뿌연 안개에 싸인 계곡을 내려다보며 휘가 물었다.

"풍곡이라… 과연 바람이 엄청나군요."

"듣기로는 오래전, 그러니까 근 이백여 년 전부터 이렇게 바람이 세졌다고 합니다. 그전만 해도 약초를 캐기 위해 제자들이 내려갔었다 합니다. 그러나 바람이 세진 이후로는 워낙 위험하기 때문에 아무도 내려가지 않고 있는 곳이지요, 몇 분 어르신들을 빼고는."

"이백여 년 전이요?"

"그쯤 된다고는 하는데… 아마, 정확한 시기는 아무도 모를 것입니다."

'풍곡… 이백여 년 전이라… 바람 속에 묘하게 와 닿는 기운이 있다.'

휘의 눈에 기광이 반짝였다. 하지만 곧 사라져 누구도 휘의 눈빛을 알아챌 수는 없었다.

"여기까지 안내해 주셔서 감사합니다. 여기서부터는 저희끼리 가보겠습니다."

송오가 돌아가자, 초평우가 먼저 밧줄의 상태를 살펴보았다.

쇠기둥에 매달린 밧줄은 거센 바람에 춤을 추고 있었다. 덩달아 초평우의 간담도 바람을 따라 춤을 추고 있었다, 서늘하게 식은 채.

"혀, 형님……."

떨리는 초평우의 말을 끊으며 휘가 슬며시 웃음을 지었다.

"세 분은 여기에 남으세요."

구원의 목소리라도 들은 듯 여태껏 가만히 있던 영등이 재빨리 나섰다.

"예, 조… 진 시주, 굳이 저희가 내려갈 필요는 없을 것 같군요. 나무아미타불 관세음보살……."

이번에는 누구도 영등의 겁에 질린 말에 반박을 하지 않았다, 초평우도 풍인강도. 그저 먼저 나서준 영등이 고마워 나중에 오리 뒷다리라도 한쪽 찢어 줘야겠다는 생각이 절로 드는 두 사람이었다.

밧줄을 타고 무저동을 드나들던 솜씨가 여지없이 발휘되었다.

뿌연 안개 속으로 끝도 보이지 않게 내려진 채 출렁이는 밧줄을 잡고 가볍게 바위를 박차자, 휘의 신형은 한 마리 독수리가 먹이를 발견하고 내리 꽂히듯이 눈 깜짝할 사이에 안개 속으로 사라져 버렸다.

시원한 안개바람이 얼굴을 때린다.

허공을 유영하며 한 번씩 바위를 박찰 때마다 가슴이 뻥 뚫리는 기분이 든다.

손안에서 미끄러지는 밧줄의 까칠한 느낌조차 내 것이 아닌 것만 같다. 찰나간에 드는 기분이 아득하다.

놓아버리고 싶다.

밧줄을 놓고 하늘을 날고 싶다.

바람을 타고 안개의 바다에 누워 쉬고 싶다.

바람의 기운에 온몸을 맡겨 버리고 싶다. 바람, 바람이여!

화아아아아…….

찰나간이 억겁처럼 길게 느껴진 순간, 가슴 저 깊은 곳에서 바람이 일었다. 처음에는 미풍인 듯하더니 일순간에 커진 바람이 가슴을 가득 채우고 사지백해로 뻗어나간다.

자신도 모르게 눈을 감았다.

그때였다. 자신의 몸이 새털보다 가볍게 느껴진다.

머리 속이 환하게 밝아오더니 허공을 부유하고 있는 자신이 보인다.

꿈인가? 몽중현(夢中現)인가?

대기의 숨결이 온몸으로 스미어든다. 스미는 숨결 속에 섞인 기운에서 이질감이 느껴지지가 않는다. 마치 오래전부터 쉬어오던 나의 숨결, 바로 그와도 같다.

뭐지? 왜? 왜 바람이 내 숨결처럼 느껴지는 걸까?

바람의 령(靈)이 내 몸 안에서 노닐고 있는 건가?

빠르게 떨어져 내리던 휘의 신형이 어느 순간 멈칫하더니 부유하듯이 바람을 따라 허공을 미끄러졌다. 누가 본다면 눈이 튀어나올 정도의 기경이었다.

―사람이 새처럼 날고 있다!

그 일은 휘 자신마저도 인지하지 못한 사이에 벌어진 일이었다.

그리고 그 순간에 깊숙이 눌려 있던 본능이 고개를 쳐들어 휘의 정신을 일깨웠다.

―내가 왜 하늘을 날고 있는 거지?!

움찔, 허공에 고정되어 있던 눈동자가 파르르 떨렸다.

―나는 하늘을 날 수 없는데… 그럼 나는 지금……?

그 순간이었다. 계곡을 울리는 굉음이 귀청을 울렸다. 왜 못 들었는지 이해가 가지 않을 정도로 커다란 굉음이.

콰르르르……

이십여 장 아래를 내려다보았다. 깎아지른 절벽 사이로 굉음을 울리며 떨어져 내리는 폭포가 보인다.

휘는 그제야 자신이 찰나간이나마 정신을 놓아버렸다는 것을 깨달았다. 손에 밧줄이 그대로 있음도 그제야 느껴졌다, 떨어져 내리는 속도가 생각보다 느리다는 것도.

기이한 일이다. 아무런 힘도 끌어내지 않았는데 자신은 깃털처럼 천천히 하강하고 있다.

서서히 미끄러지는 것마저 멈추고 아래를 내려다보았다. 그러다 문득 드는 생각에 등줄기로 식은땀이 주르륵 흘러내렸다.

만일 계곡의 깊이가 깊지 않았다면 어떻게 되었을까?

'후우… 아무리 기분이 좋다고 정신을 놓다니……'

폭포의 위쪽, 직경 십여 장은 될 듯한 거대한 암반에 내려선 휘는 사위를 쓸어보았다. 폭포수 떨어지는 소리만 뺀다면 아래쪽은 위에서 보기보다 매우 평온해 보였다. 도저히 거센 광풍이 불어오던 계곡이라고는 상상을 할 수가 없는 풍경이었다. 하지만 휘가 계곡에 들어온 목적은 경치를 구경하기 위함이 아니었다.

운검 도장은 어디에 있는 걸까?

찾아볼 만한 곳은 한 곳뿐이었다. 계곡의 안쪽.

계곡 안으로 신형을 날리던 휘의 표정이 묘하게 변했다.

'가볍다. 전보다 훨씬 더… 왜지? 설마?'

내려오며 찰나간 정신을 잃었을 때를 생각해 봤다. 별다른 기억은 나지 않는다, 그저 바람이 매우 친숙하게 느껴진 정도. 그 바람에 안겨 하늘을 부유하는 꿈을 꾸었던…

가만? 그 바람이 가슴을 가득 채우니까… 전신이 시원해진 것 같았는데?

휘가 이런 저런 생각에 잠겨 멈칫거릴 때다.

후우우…….

괴이한 소리가 계곡의 안쪽에서 들려온다.

바람 소리였다. 공명되어 울리는 바람 소리가 점점 커지고 있다. 그리고 휘가 뜻밖의 상황에 어리둥절해 있는 사이, 바람은 어느새 휘의 몸을 덮쳐 버렸다.

콰아아아…….

바로 계곡의 정상에서 느꼈던 그 거센 바람이었다.

"읏!"

휘의 입에서 자신도 모르게 놀란 소리가 튀어나왔다. 내공을 끌어올리지 않고는 가만히 서 있기도 힘들 정도였다.

바람은 계곡의 굴곡을 따라 흐르더니 폭포가 있는 곳의 암벽에 부딪치고는 그대로 암벽을 타고 하늘로 올라갔다. 폭포에서 치솟은 물보라도 안개가 되어 바람을 따라 솟구쳤다. 가히 장관이라 할 수 있는 광경에 휘는 탄성도 잊고 멍하니 바라보기만 했다.

한데… 그렇게 바람을 맞으며 반 각가량을 서 있을 때였다. 휘는 문득 기이한 느낌이 들었다. 언제부턴지 스쳐 지나가는 바람의 결을 따라 조금씩 움직이고 있는 자신이 느껴진 것이다.

걸음을 내딛어보았다, 가슴 가득 풍령의 기운을 담고 비월신영의신법을 펼치며.

스윽. 바람이 자신을 비켜가는지, 자신이 바람 사이를 빠져나가는지 모를 정도로 바람에 대한 아무런 저항감도 들지 않는다. 온몸이 바람에 안겨 바람 스스로 자신을 인도하고 있는 것만 같다.

신기하다. 바람의 결 사이를 빠져나가는 자신이 신기하기만 하다. 그대로 바람을 타고 하늘로 날아오를 수도 있을 것만 같다.

"하하하!!"

웃음이 터져 나왔다. 그 기분을 살려 천양과 지음의 기운을 동시에 일으켰다.

독맥을 타고 흐르는 천양의 기운이 힘을 뿜자 휘의 몸이 십 장 허공으로 솟구쳤다.

기해에서 발원한 지음의 기운이 전신의 구석구석을 시원하게 일깨우니 천지사방의 뿌연 안개가 걷히며 계곡이 속살을 드러낸다. 그리고 가슴 저 깊은 곳에서 잔잔히 흐르던 그 존재조차 잊을 뻔했던 풍령이 솟구치는 두 기운을 아우르며 서서히 기지개를 켜기 시작했다.

휘는 그제야 한 가지를 확실히 깨달았다. 비록 완벽하지는 않지만 풍령의 기운을 움직일 수 있게 되었다는 것을. 그렇게 노력해도 진도를 볼 수 없었던 풍령의 기운이었건만.

뜻밖이었다. 생각지도 못했던 곳에서 다시 오기 힘든 기연을 만났다. 찰나간의 억겁이 그에게 가져다준 것은 바람의 연(緣)이었다.

"하! 하! 하하하!!"

명운곡의 일 이후로 그동안 가슴 저 깊은 곳에 쌓여 있던 답답한 기분이 웃음에 섞여 터져 나왔다. 그런 기분으로 바람을 거슬러 계곡 안으로 날아갔다.

백여 장이나 들어갔을까. 어느 순간 휘의 표정이 묘하게 변하더니 서서히 웃음이 잦아들고 표정이 굳어졌다.

저만치 계곡의 끝자락, 절벽 아래 한 사람이 보인 것이다.

도복을 입고 있는 모습을 보니 그가 바로 운검 도장인 듯했다. 계곡 안에는 그밖에 없다 했으니까.

그런데 조금은 의외의 모습이다. 검을 들고 일 장 높이의 동굴을 마주하고 있다. 그리고 놀랍게도 거센 바람은 바로 그 동굴에서 쏟아져 나오고 있었다.

대체 뭘 하고 있는 것일까?

바람을 상대로 검이라도 익히고 있는 걸까?

가까이 가보았다. 휘가 십여 장 가까이 접근하도록 운검 도장은 오직 동굴의 바람을 맞이해 검을 치켜세우고 있을 뿐이다.

그때였다.

운검 도장에게 다가가던 휘의 몸이 벼락을 맞은 듯 부르르 떨렸다.

휘는 이를 악물고 두 눈을 부릅떠 동굴을 주시했다. 아니, 정확히는 동굴의 일 장 정도 위쪽, 흘려 쓴 듯한 글자가 적혀 있는 곳에 눈을 고정시켰다.

비록 비바람에 깎여 나간 부분이 있긴 했지만, 못 읽을 정도는 아니었다.

대기심성(大氣心盛) 천지감(天地瞰) 증혼(增魂)…….

"맙소사!! 설마……?"

삼령문의 전대 문주셨던 지양 선인이 남긴 말이 뇌리를 천둥처럼 울렸다.

"신주령만이 삼신주를 찾을 수 있는 열쇠……."

비록 풍령에 대한 글은 적혀 있지 않지만, 저 동굴에서 항거하기 힘들 정도의 거센 바람이 불어오거늘 무슨 글이 필요할까.

그 자체로 신주령의 법문 중 풍령에 대한 법문이 아닌가 말이다!

대기에 내 마음을 담고 하늘과 땅을 굽어보니 그 모든 것에 내 영혼이 깃

들어 풍령이……

휘는 주체할 수 없이 떨리는 가슴을 억누르며 하늘을 올려다봤다.
이것이 운명인가!
근 이백여 년 전부터 풍곡이라 불렸다는 이름이 마음에 걸렸던 것도
그래서였던가?
그래서 바람에 휘말려 찰나간 정신을 잃었을 때 풍령의 기운이 자연스
럽게 움직였던 것인가?
그 모든 이유가 바로 이곳, 이곳 때문에?!
'혹시… 풍령신주가 이곳에? 하늘과 땅… 태극?'
문득 한고점에서 읽은 책의 내용이 생각난다.

하나가 둘을 낳고 둘이 셋을 나으니 셋에서 모든 만물이 시작된다.

천.지.인. 삼재 역시 태극과 마찬가지로 무당과 무공의 근원 중 하나
다.

무시무종은 무극이요, 유시유종은 태극이라.

처음도 없고 끝도 없으니 무극이요, 처음서 끝을 모두 아우르니 곧 천
지만물이 근원을 말함이 태극이라.
흔히 들어보는 말이다. 한데 바람 역시 처음도 없고 끝도 없다. 그럼
에도 세상 어디에고 있다.
하늘의 천양도 아니고, 땅의 지음도 아닌 하늘과 땅의 기운을 다스리
는 바람. 그래서 바람의 기운을 이곳에 심어놓으셨던 건가?

너무 억지 해석인가?

'후… 암담하구나. 바람은 운이 좋아 찾은 듯하지만 나머지는 어찌 찾으라고…….'

하나를 찾은 듯하니 나머지가 더 걱정이다.

'뭐, 별수없지. 하늘의 그물은 성긴 듯하면서도 빠져나갈 길이 없다 하지를 않더냐. 그래, 인연이란 하늘의 외길에 놓여 있는 것, 인연이 닿으면 찾겠지. 그때까지 그저 열심히 노력하는 수밖에.'

휘가 동굴의 입구 위에 쓰인 글에 정신이 팔려 있을 때다. 언뜻 하단에 내려져 있던 운검의 검이 움직인다 느껴졌다. 바람이 전해준 느낌이었다.

휘는 그제야 놀란 가슴을 진정시키고 운검에게 정신을 집중시켰다.

운검이 힘겹게 검을 들어올리더니 하나의 원을 그린다.

천천히, 지루하게 느껴질 정도로 아주 천천히… 반 각에 걸쳐 그려진 원 하나. 그 원을 따라 바람이 비틀린다. 어찌 보면 이해가 안 될 상황이지만, 그걸 바라보는 휘의 표정에는 감탄의 기색이 떠오른다.

'바람을 잡아두는 검이라…….'

원은 일곱 개가 그려졌다. 조금씩 그려지는 속도가 빨라지기는 하지만 그래도 반 시진에 걸쳐서 그려진 원이었다. 그렇게 일곱 개의 원이 마무리될 때쯤, 서서히 바람이 약해지기 시작했다.

전신을 땀으로 목욕한 듯한 운검이 검을 검집 안으로 갈무리하며 깊은 숨을 몰아쉰 것도 그때쯤이었다.

차갑게조차 느껴지는 바람 속에서 땀을 흘릴 정도였으니 그가 내쏟은 심력이 어느 정도였는지 휘는 능히 짐작할 수가 있었다.

"후우우……."

몇 번에 걸쳐 숨을 몰아쉰 운검이 천천히 몸을 돌렸다. 그런 그의 눈에는 의혹과 경탄이 어우러진 눈빛이 가득 담겨 있다.

금지나 다름없는 곳에 처음 보는 사람이 있으니 의혹이 일 수밖에 없는 것이고, 자신이 내뿜은 기운은 결코 약한 것이 아니었음에도 아무런 표정의 변화가 없으니 놀란 것이다.

"도우는 누구신가? 이곳은 아무나 들어올 수 없는 곳이거늘……."

"조휘라 합니다. 운검 도장님이시죠?"

천검보의 일을 처리해야 하니 조휘라는 이름으로 답했다.

"내가 운검이네만."

"사공천 보주님께서 서신을 전해달라 하시더군요."

순간적으로 운검의 눈이 잘게 흔들렸다.

"그분께서… 무슨 일로……?"

어쨌든 자신의 형이었다. 뜻이 다르다는 것과는 별개의 문제였다. 이러한 오지에까지 사람을 보내 직접 서신을 전할 정도라면 단순히 안부나 묻자고 온 것은 아니리라.

"제가 어찌 알겠습니까? 저는 단지 그분의 부탁으로 서신을 전할 뿐입니다."

"부탁이라… 놀랍군."

운검은 또 한 번 놀라지 않을 수 없었다.

그는 자신의 형이자 천검보의 보주인 사공천에 대해서는 그 누구보다 잘 안다 할 수 있었다. 그의 형은 결코 부탁 따위를 함부로 하는 사람이 아니다. 한데 눈앞의 청년은 부탁이라 했다.

그가 생각했을 때, 조휘라는 청년이 그러한 말을 할 이유는 둘 중 하나다. 서신을 전하는 것이 거짓이던가, 아니면 또 다른 사연이 있다는 말.

"자리를 옮기세."

자리를 옮기자는 말에는 다른 뜻도 있었지만 휘로선 아직 그 이유를 알지 못했다. 운검의 고요히 가라앉은 말에 휘는 다시 한 번 동굴을 바라보고는 고개를 끄덕였다.

"그러죠."

동굴에 대한 것은 나중에 알아봐도 될 일이었다. 동굴이 어디로 달아날 것은 아니니까.

4

콰콰콰콰……

폭포수가 이십 장 높이에서 굉음을 일으키며 떨어져 내리고, 하얀 포말은 은빛 가루가 되어 폭포를 거슬러 올라간다. 그러다 계곡 위에서 비추는 햇빛에 굴곡되어 하늘에 무지개를 걸쳐 놓았다. 진정 용이 승천하다 쉬어 간다는 전설이 생겨날 정도로 신비스런 광경이었다.

참으로 아름답기 그지없는 이 폭포를 무당의 제자들은 승천폭포라 불렀다.

승천폭포는 무당에서도 세 손가락 안에 들어가는 장관이었으나, 그 진입로가 워낙 험한 데다 무당의 허락을 받지 않고는 들어갈 수 없는 심처에 있기 때문에 사람들의 발길이 거의 닿지 않는 곳이었다.

그리고 그 폭포가 잘 내려다보이는 바위 위에는 오래전 무당의 현인들이 만들어놓은 자그마한 죽루(竹樓)가 한 채 세워져 있었다.

휘는 운검을 따라 승천폭포에서 몸을 날렸다.

우측 절벽의 중간중간 튀어나온 바위를 밟고는 세 번을 도약하자 폭포 아래에 도착할 수 있었다.

부드럽게 바닥에 내려서 눈을 들자 저만치서 자신이 내려오는 모습을 바라보던 운검이 몸을 돌리고 있는 것이 보였다.

잠시 후, 오죽루(烏竹樓)라는 현판이 달려 있는 죽루에 도착했다.

안으로 들어서던 휘는 문득 기이한 느낌에 고개를 돌려 좌측을 바라보았다. 오죽을 잘라 만든 창살 사이로 승천폭이 보였다. 그 승천폭에서 튀어 오르던 뿌연 포말이 안개가 되어 허공으로 치솟는 것도.

'음? 그래서 자리를 옮기자 했나?'

또다시 계곡 안에서 정확히는 동굴 안에서 바람이 불기 시작한 것이다.

"반 시진 동안 불고, 일각 정도를 멈춘다오."

역시 그래서였다. 휘는 고개를 끄덕이며 품속에서 서신을 꺼내 운검에게 건네주었다.

"생신 때 꼭 오셨으면 한다 하더군요."

서신을 꺼내던 운검의 손끝이 멈칫했다. 그러다 마저 서신을 꺼내더니 천천히 읽어 내려갔다. 운검의 눈빛이 한순간 번뜩인 것은 서신을 거의 다 읽어 내려갔을 때였다.

한참을 서신에 눈을 고정시키고 있던 운검이 다시 한 번 서신을 읽고는 내려놓았다. 그리고 물었다.

"자넨 누군가?"

휘의 눈에서 기광이 일었다, 무슨 뜻이냐는 눈빛을 담고. 그러자 운검은 깊이 가라앉은 눈으로 휘를 바라보았다.

"당금 천하에서 자네 나이에 부 형을 이길 사람이 있다니… 빈도는 믿을 수가 없네."

그거였나? 휘가 조용히 미소 지으며 말했다.

"세상에는 가끔 믿을 수 없는 일이 종종 일어난다는 것을 모르는 사람은 없어요. 그런데 이상하게도, 사람들은 자신이 직접 보거나 들은 것조차 믿으려 하지 않는 이상한 습성이 있더군요."

잠시간 아무 말 없이 휘를 바라보던 운검이 풀썩 헛웃음을 터뜨렸다.

"허허! 형님께선 나를 잘 안다네. 아마 나에게 자네의 검을 보여주고 싶은 모양일세. 검의 길에는 여러 길이 있다는 것을 보여주고 싶은 마음이시겠지. 한데 그걸 알면서도 나는 여전히 자네의 검을 보고 싶은 마음이 간절하니, 진정 나는 형님의 눈에서 벗어나기가 힘든 모양이네."

"눈이 아니라 마음이겠지요."

휘의 말에 운검의 눈이 가늘게 떨렸다. 입에서 자그맣게 새어 나오는 음성도 잘게 떨려 나온다.

"마음이라… 마음… 음……."

떨리는 눈을 가만히 감고 자신이 뇌까린 말을 음미하던 운검이 눈을 슬며시 뜨더니 물었다.

"자네는 조금 전에 내가 검을 펼치는 것을 보았네. 어떻던가?"

휘는 고개를 끄덕였다.

"도장께선 무엇을 바라고 바람을 가두셨습니까?"

"그저 마음을 가두고 싶었네."

"그래서 가두셨습니까?"

가두었다고 말하려 했다. 너도 보지 않았냐고 묻고 싶었다. 그런데 입이 떨어지지 않는다. 왜?

내가 과연 바람을 가두었던가? 바람이 과연 내 검에 가두어졌는가?

오히려 의문이 든다.

휘를 바라보았다. 그리고 물었다, 눈빛으로.

내가 가둔 것이 바람이 아니었단 말인가? 마음이 아니었단 말인가?

운검이 혼란 속에 갈피를 못 잡고 있을 때였다. 휘가 조용히 손을 들어올리더니 검지를 뻗어 허공에 원을 그린다, 천천히.

하나, 둘, 셋…….

승천폭에서 날아와 죽루 안을 떠돌던 물안개가 원 안에 갇혔다. 그리고 천천히 휘돌더니, 한 방울 이슬처럼 허공에서 뭉쳤다. 그러다 마침내 휘의 검지가 제자리로 돌아가자 허공에 떠 있던 이슬은 다시 안개처럼 흩어져 바람결에 사라져 버렸다.

운검은 눈을 부릅뜨고 허공을 바라보았다. 그는 알고 있는 것이다.

안개를 뭉친 이슬이 사라지기는 했지만, 휘가 마음만 먹었다면 그 이슬은 상대의 생명을 앗아갈 한 자루 검이 되었을 거란 것을.

한데… 문제는 그 이슬을 다시 안개로 흩어버렸다는 데 있었다.

"바람은 바람일 뿐이지요. 천지에 자유로운 마음을 가두어서 어디에 쓰고 싶으신 겁니까?"

휘가 천장 무저의 심해처럼 깊은 눈으로 운검을 바라보며 말을 이었다.

"바람을, 마음을 가두어 도를 이루려 하셨습니까? 혹여… 그 바람으로 남을 누르려 하지는 않으셨습니까?"

휘의 눈과 운검의 부릅뜬 눈이 마주쳤다.

"어떻습니까? 도장님의 검으로 피바람을 가두어보지는 않으시겠습니까?"

일순 운검의 눈이 움찔 흔들렸다.

"피바람……?"

"아마 서신에도 그에 대한 내용이 조금은 있었을 것 같았습니다만."

"음… 혈풍의 조짐이라는 말이 써 있더군."

"그 말을 믿으십니까?"

"무슨… 뜻인가?"

"사공 보주님의 말씀을 믿으시냐는 말입니다."

"그건……."

운검의 이마가 잔뜩 찌푸려졌다. 믿는다 하고도 나 몰라라 하면 혈풍을 외면한 꼴이 될 터이고, 믿지 않는다고 하면 형의 말조차 믿지 않는 배덕한 아우가 되지를 않는가 말이다.

하는 수 없이 말을 돌려 답했다.

"빈도는… 칠패 간의 싸움에는 관심이 없네."

휘가 차갑게 물었다.

"무당이 휘말린다 해도 말입니까?"

"감히! 아무리 칠패라 해도 감히 무당을 함부로 할 수 있는 곳은 없네!"

노기마저 느껴지는 운검의 말투에 휘는 천천히 고개를 저었다.

"만일 칠패가 아닌 곳에서 주도한 혈풍이라면 그때는 관여하시겠습니까?"

운검의 눈이 크게 뜨였다.

"칠패 말고도 그 정도의 무력을 지닌 곳이 있단 말인가?"

"제가 아는 한은… 사공 보주께서 도장님을 만나시고자 하는 이유가 아마 그 때문일 겁니다."

"…으음……."

끝내 운검의 입에서 침음성이 흘러나오자, 휘도 속으로 숨을 내쉬었다.

북천산에서의 일이 없었다면 굳이 이렇게까지 운검을 몰아붙이지는 않았을 것이다. 그만큼 북천산에서의 껄끄러운 결말이 휘의 마음에 부담으로 자리잡고 있었다.

운검의 영향력은 무당에서도 결코 작은 것이 아니다. 천검보주의 동생이라는 이유로 장로들 간에는 견제를 받고 있지만, 그가 지닌 강함은 무당의 자랑이기도 했다. 그런 강함 때문에 젊은 제자들은 그를 영웅시한다.

결국 일이 벌어지고 휘의 말이 사실로 드러나면 운검의 뜻에 따라 무당이 움직일 수밖에 없을 것이다. 무당이 관여한다는 것은 곧 구파의 관여로 이어짐을 뜻하는 것.

휘는 구파와 오대세가들이 무엇 때문에 움직이는지 잘 알고 있다.

그렇기에 구파와 오대세가의 움직임이 정파 내부 간의 갈등으로 이어지는 것보다, 기왕이면 삼악의 어딘가를 견제하며 앞으로 일어날 혈풍을 막는 것이 훨씬 더 효과적일 거라는 것이 휘의 생각이었다. 그리고 그 와중에 만상문이 자리를 잡고 힘을 키울 수 있다면 금상첨화일 테고.

조용히 생각을 정리한 휘는 운검을 향해 마지막 못을 박았다.

"어쩌면 곧, 그 조짐이 눈앞에 드러나게 될 것입니다. 적지 않은 피를 동반하고 말입니다."

일각여, 눈을 감고 말없이 생각에 잠겨 있던 운검이 천천히 눈을 뜨더니 고개를 끄덕였다.

"진 도우 말대로 혈풍이 분다면 내 어찌 보고만 있을 수 있겠는가. 음… 오랜만에 형님을 만나 이야기를 나눠봐야 할 것 같구먼."

휘가 빙그레 웃으며 눈을 돌려 풍곡을 바라보며 말했다.

"형제간이라는 것이 끊는다고 어디 끊어지겠습니까?"

씁쓸한 웃음이 운검의 입가에 맺혔다. 그러자 그걸 본 휘의 눈이 반짝 빛났다.

"아! 그런데 도장님, 부탁 하나 해도 되겠습니까?"

"말씀해 보시게."

"풍곡 안에 있는 동굴을 한 번 들어가 보고 싶습니다만 될지요."

"풍곡의 동굴을?"

휘둥그레진 눈으로 운검이 물었다.

"예, 제가 익힌 무공 중 바람과 관계된 무공이 있습니다. 한데 그 풍곡의 동굴을 보니 뭔가 느껴지는 것이 있어서 말입니다."

"흠… 풍곡이 비록 금지(禁地)는 아니지만 아무나 혼자서 들어갈 수 없다는 것을 모르지는 않을 텐데?"

빙그레.

"이미 들어갔다 왔지 않습니까? 아직 완전히 벗어난 것도 아니고 말이죠. 정 혼자 가는 게 걸리시면 도장님께서 같이 가시죠."

"음? 그런가?"

그건 말이 된다. 문득 운검은 자신의 미망을 일깨워 준 이 젊은이에게 무언가를 해주고 싶은 충동이 일었다.

"흠, 굳이 같이 갈 것까진 없네만, 조심해야 하네. 그 동굴 안에는 무수히 많은 동혈이 뚫려 있네. 그리고 밖에서 보는 것보다 훨씬 강한 바람이 몰아치지. 자칫하면 기혈이 상할 정도네. 전대의 많은 선배 고인들이 그 동굴의 비밀을 알아보려 했지만 모두 실패하고 말았네. 오히려 몸만 상하고 말았지."

"좀 전에도 말씀드렸지만 다행히 저에게는 바람과 관계된 무공이 있습니다. 정 안 되게 생겼으면 바로 나오죠, 뭐."

조금은 익살스런 휘의 표정과 말투에 운검은 가볍게 웃음을 지으며 고개를 끄덕였다.

"그래도 너무 오래 있어서는 안 되네."

"알겠습니다. 허락해 주셔서 감사합니다."

과연 무엇이 있을까?

무엇이 있기에 내 마음을 이리도 끌어당기는 것일까.

그것이 정녕 풍령신주일까?

휘는 뛰는 가슴을 누르며 멀리 승천폭 너머 풍곡의 동굴 쪽을 바라보았다.

『진조여휘』 5권에서…

청어람신무협판타지소설

2005년 고무판(WWW.GOMUFAN.COM)
「장르문학 대상」최고의 영예, 대상(大賞) 수상작!

좌검우도전(左劍右刀傳) / 이령 지음

한칼에 세상이 갈라지고,
한걸음에 무림이 격동친다!

『좌검우도전』
(左劍右刀傳)

강한 자(强漢者)가 뿜어내는 거대한 힘과
강인한 매력에 빠져든다!

"너는 반드시 힘을 가져야 한다. 네 의지로… 세상을 뒤엎어 버려라."

"강자를 약자로 만들고, 명예를 뭉칠하고, 돈을 빼앗아라.
협의도(俠義道)가, 마도(魔道)가 얼마나 더러운 것인지 알려주어라."

"오냐, 아무것에도 얽매이지 말고 네 마음대로 세상을 휘저어라.
너의 이름은 수강호(讐江湖)가 아니더냐? 강호를 향해 마음껏 복수하거라!
유오독존(唯吾獨尊)! 그것이 나의 소원이다."

유행이 아닌 자유추구 -
WWW.chungeoram.com